T0243902

GRANTRAVESÍA

Michelle Quach

Traducción
Marcelo Andrés Manuel Bellon

GRANTRAVESÍA

ELISA ES FEMINISTA

Título original: *Not here to be liked*

© 2021, Michelle Quach

Publicado según acuerdo con The Bent Agency Inc.,
a través de International Editors 'Co.

Traducción: Marcelo Andrés Manuel Bellon

Diseño de portada: Mariana Palova

D.R. © 2022, Editorial Océano de México, S.A. de C.V.
Guillermo Barroso 17-5, Col. Industrial Las Armas
Tlalnepantla de Baz, 54080, Estado de México
www.oceano.mx
www.grantravesia.com

Primera edición: 2022

ISBN: 978-607-557-487-5

IMPRESO EN MÉXICO / *PRINTED IN MEXICO*

A la verdadera J.

1

Comparto la recámara con mi hermana mayor Kim, lo cual no sería un problema si no fuera porque tiene el hábito de hacer muecas cada vez que entro.

—¿Así te vas a vestir? —me apunta con su varita de rímel; su incredulidad parece tan espesa que podría caer en pedazos.

—Está bien —me levanto las mangas, pero se vuelven a caer—. No te preocupes por esto.

Para ser justa, lo que llevo puesto es un enorme suéter de poliéster que tiene el mismo color gris del asfalto de un estacionamiento y que nadie consideraría como parte de un buen atuendo. Pero no me importa. De hecho, básicamente así me visto todos los días. Alguna vez leí que muchas personas importantes optan por usar un "uniforme" a fin de reservar su energía mental para las cosas que en verdad importan, así que yo también comencé a hacerlo. Kim piensa que ésta es una forma horrible de vivir.

—¿No se supone que hoy es un gran día para ti?

Me dejo caer en la cama con un libro, una novela de Eileen Chang que encontré por casualidad en la biblioteca. Me gusta porque el personaje principal es una niña china inteligente, pero un poco quisquillosa; al mundo le vendría bien tener más de esa combinación. Es sólo mi opinión, por supuesto.

—¿Y bien? —pregunta Kim, después de que le doy vuelta a la página.

Doy una mordida a la masa dura de mi *sachima* estilo cantonés, que es dulce y pegajosa, como una barra Rice Krispies sin malvaviscos. Luego, como puedo sentir la impaciencia de Kim prácticamente condensándose en mi silencio, tomo un largo sorbo de té y paso otra página.

—Claro —acepto—. Es un gran día.

Hoy es el día en que el personal del *Bugle* de Willoughby, el periódico de mi preparatoria, seleccionará a su nuevo editor para el próximo año. Es un ritual sagrado que tiene lugar alrededor de las mismas fechas cada primavera, y este año, ahora que estoy en el penúltimo grado, por fin puedo participar.

—Entonces, ¿no deberías intentar verte mejor? —Kim ahora está dibujando sus cejas al estilo grueso y horizontal de las heroínas de los doramas coreanos—. ¿No quieres que la gente vote por ti?

Veamos, no creo y nunca he creído en el autoengrandecimiento. Eres tan buena como tus datos lo afirman, me gusta decir, tanto en el periodismo como en la vida. Y aquí están los míos:

Durante casi tres años, he sido la miembro del equipo más prolífica, más trabajadora y más juiciosa que el *Bugle* haya visto jamás. Puedo escribir un artículo de calidad de setecientas cincuenta palabras en sólo treinta minutos, publico la mitad de las historias que aparecen en la portada mes tras mes, y ya soy la jefa de redacción en este momento, un puesto que por lo general se le asigna a algún estudiante del último grado. Así que no, no necesito que la gente del *Bugle* vote por mí sólo porque me arregle bien. Me van a elegir porque soy la opción más sensata. Porque, literalmente, nadie más hará un mejor trabajo. Y además, da la casualidad de que no hay nadie más. Estoy en la carrera sin ningún oponente.

—Dado que soy la única candidata, sólo necesito los votos suficientes para ser confirmada —explico mientras termino con el último bocado de *sachima*—. Es más como, ya sabes, un nombramiento en la Corte Suprema que una elección.

Kim no parece muy convencida.

—¿Quieres que al menos te rice el cabello o algo así?

A veces, lo juro, la perseverancia de mi hermana sólo rivaliza con su densidad.

—El *Bugle* no funciona así, Kim. Se trata de una meritocracia —arrugo el envoltorio del *sachima* crujiente en una bola—. Si quisiera participar en una farsa, me estaría postulando para el consejo estudiantil.

—Bueno, lo hiciste una vez.

Es un pinchazo inesperado, agudo e intrascendente como cortarte con una hoja de papel.

—Eso fue hace mucho tiempo.

Kim es sólo dos años mayor que yo, así que también estuvo en la Preparatoria Willoughby. El año pasado, cuando estaba en su último grado, pensé que por fin me liberaría de ella cuando se graduara, pero luego, por supuesto, terminó en la Universidad de California en Irvine. "¡Es tan cerca!", dijo papá. "Ni siquiera es necesario que te quedes en las residencias de estudiantes. Sería una pérdida de dinero". Y aquí estamos. Como en los viejos tiempos.

11

—No te mataría verte más bonita, Elisa. Quiero decir, en general.

Frunzo mi cara: un ojo entrecerrado, la nariz arrugada, la lengua colgando hacia un lado.

—¿No crees que soy bonita? —bromeo, tratando de hablar y mantener la expresión al mismo tiempo.

Kim responde como si le hubiera hecho una pregunta seria.

—No.

Ahí va mi diversión, resbalando por mi cuello como una gota fría. Observo por un momento mientras se aplica labial color coral, y luego, sin mucho entusiasmo, lanzo un tiro más:

—No creas en la mirada masculina, Kim.

Pero ella sí cree en eso, por completo. Kim es una de esas chicas que tienen la desgracia de pensar que deben ser bonitas. En realidad, no es su culpa: ella *es* bonita. Tiene bonitos ojos, grandes al modo de Fan Bingbing, con el tipo de párpados dobles por los que podrías considerar, si no matar, sin duda someterte a un quirófano para tenerlos. Cuando éramos más pequeñas, la gente solía hablar (por lo general en cantonés) sobre lo hermosa que era: *"Gam leng néuih ā!* ¡Podría participar en el concurso de Miss Hong Kong!"*.

"¿Por qué diablos querrías algo así?", le pregunté a alguien una vez, y mamá tuvo que hacerme callar: *"¡Nadie te lo está diciendo a *ti*!"*.

Mamá está en la puerta ahora, esperando a ver si estoy lista para irme.

—*Đi được chưa?* —pregunta en vietnamita. Ése es el otro idioma, además del cantonés, que se suele escuchar en nuestra casa. El mandarín, en contraste, sólo hace apariciones ocasionales, por lo general en forma de algún proverbio. Mi familia es lo que la gente de Canadá llama *wàh kìuh*, o "china de ultramar", lo que esencialmente significa que, a pesar de que hemos pasado tres generaciones en Vietnam, nunca hemos dejado de ser chinos. Kim y yo entendemos todo, pero nosotras, como buenas estadounidenses perezosas, a menudo respondemos en inglés.

—Sí, claro —le digo a mamá, mientras me bajo de la cama y empiezo a recoger mis libros para irme a la escuela.

Ella aprovecha la oportunidad para inspeccionar mi atuendo.

—¿Vas a...?

Salto para pasar junto a ella, con los libros aferrados contra mi pecho y la mochila todavía medio abierta.

—¡Adiós, Kim!

Afuera, el aire todavía está fresco, como si el sol ya hubiera salido, pero no del todo. Los aspersores acaban de encenderse y se ven algunas manchas de pavimento oscuro junto al jardín. Mientras mamá y yo pasamos por las familiares filas de apartamentos, respiro el rocío que se está evaporando. Huele a cemento húmedo y a abono caliente: mañana en un paraje de estuco.

Seguimos el largo camino de entrada hasta nuestra cochera cuando suena mi teléfono. El mensaje es de James Jin, el actual editor del *Bugle*:

Te gustaría saber que Len DiMartile me envió un correo electrónico anoche.

Esto es casual. Len es este chico mitad japonés, mitad blanco que forma parte del equipo de trabajo del *Bugle* y que ha sido asignado a la sección de Noticias este mes. James y yo nunca antes habíamos hablado de él.

Yo: ¿Por qué, está renunciando o algo así?

13

James: De hecho, ha decidido postularse como editor.

—Elisa, ya te he dicho que no debes arrugar tanto el ceño —dice mamá. Nuestro auto está a un par de metros por delante de nosotras y ella lo abre con un pitido de desaprobación—. ¿Quieres que tu cara se quede así para siempre?

¡Como col en escabeche!

Me quedo unos pasos detrás de mamá para que mis cejas se puedan levantar en paz.

Yo: ¿Es ególatra o masoquista?

James: Oh. Vamos, Quan. ¡Sé una buena competidora!

—Definitivamente lo sacaste de tu papá —mamá está todavía pontificando sobre mi calistenia facial—. Es tan mal hábito.

La ignoro y me subo al asiento del pasajero; cierro la puerta con una sola mano para poder seguir enviando los mensajes de texto con la otra.

Yo: Soy una excelente competidora

James: ¿Ah, sí? ¿Así que estás de acuerdo con que nuestro chico Leonard compita contigo?

Ahora mi ceño se arruga como una hoja de papel. ¿En serio? "Nuestro chico" Leonard acaba de unirse al *Bugle* apenas el año pasado. No sé en qué está pensando al lanzarse así, pero no cambia el evidente hecho de que está más verde que un dulce Jolly Rancher de manzana.

Yo: No me importa lo que haga. Un niño puede soñar. 🧑

James: De acuerdo, bien. Me alegra ver que no le temes a una pequeña competencia. 😏

—Elisa, ¿me estás escuchando siquiera? —mamá me frunce el ceño mientras enciende el auto.

—Sí, definitivamente.

Pero mis hombros están tensos ante la posibilidad, de la misma manera en que lo hacen cada vez que estoy a punto de obtener una puntuación triple en el Scrabble, y estoy ocupada escribiendo mi respuesta a James:

Venga.

2

El *Bugle* se fundó tres años después de que la Preparatoria Willoughby abriera sus puertas como la primera academia pública de preparación para la universidad Jacaranda Unified. Al inicio, el equipo que lo conformaba era un pequeño y dedicado grupo dirigido por Harold "Harry" Sloane, generación del ochenta y siete, un joven con una increíble visión de futuro. Podemos rastrear casi todas las tradiciones del *Bugle* hasta esta mente notablemente fértil.

Tomemos, por ejemplo, el nombre mismo: *Bugle*, que significa clarín. Harry lo eligió para ir acorde con las asociaciones vagamente militares implícitas en la mascota de nuestra escuela, los Centinelas. En algún momento de ese primer año, él apareció con un verdadero clarín de bronce, que supuestamente robó de la Academia Santa Ágata que se encuentra calle abajo (entonces conocida como Escuela Militar para Niños Santa Ágata). En realidad, Harry lo compró en una tienda de antigüedades en Fullerton; lo sé porque alguna vez le envié un correo electrónico preguntándole al respecto, sólo por curiosidad, y me lo contó. Grabaron en él el lema del *Bugle*: *Veritas omnia vincit*, y ahora está sobre el escritorio del señor Powell como una auténtica reliquia histórica. *La verdad lo conquista todo.*

O tomemos otro ejemplo: la mencionada elección buglera. El editor del *Bugle* siempre es elegido de la misma manera en que se seleccionó a Harry ese primer año: por votación popular entre el equipo. Harry, según cuenta la historia, manipuló la votación para que él, y no Lisa Van Wees, también de la generación del ochenta y siete, se convirtiera en el editor, porque todos sabían que ella era la favorita de sus asesores. Harry ha negado esta versión; Lisa no pudo ser contactada para comentar al respecto.

Luego, está el Muro de los Editores, quizá la mejor idea que tuvo Harry. En la pared del fondo de la sala de redacción, flanqueada en un lado por un gabinete lleno de obras de Shakespeare y, en el otro, por el cartel de Johnny Cash del señor Powell, cuelga la imagen del rostro de cada estudiante que ha ocupado el puesto de editor desde los tiempos de Harry, quien retomó esa tradición de un periódico estudiantil que encontró durante una gira por distintas universidades del noreste. Eton Kuo, de la generación del ochenta y ocho, el artista inaugural y antiguo ilustrador del *Bugle*, dibujó a mano todos los retratos con tinta china real y continúa haciéndolo con cada nuevo editor electo (a pesar de que ahora es endodoncista y vive en Irvine).

El Muro de los Editores es lo primero que veo cada mañana cuando entro al salón de clases del señor Powell antes de que comiencen las clases. Y cada vez, aunque sea sólo por un instante, hago una pausa para admirarlo y recordarme lo que estoy buscando. Porque aquí está la verdad: en Willoughby, cuando entras en esa alineación, significa que eres importante. De la misma manera que ser presidente de la escuela, la otra

17

posición superior en el campus, ser editor del *Bugle* significa que te conviertes en parte de una institución. Incluso si terminas haciendo un trabajo por completo inútil, tu lugar en la historia será preservado para la posteridad. Siempre podrás decir: "Bueno, al menos logré estar en el muro".

Esta mañana, cuando me detengo allí un instante, preguntándome cuánto tiempo tardará mi propio retrato en volverse amarillo como los más viejos, Cassie Jacinto salta para unirse a mí. Ella es una fotógrafa del *Bugle* razonablemente competente, estudiante de segundo año con una gran y tupida cola de caballo y una enorme sonrisa con frenillos.

—¡Hey, Elisa! —exclama—. ¿Estás emocionada por el día de hoy?

Me alejo del Muro de los Editores y dejo la mochila en mi escritorio habitual.

—Seguro...

—¡Yo también! Quiero decir, estoy muy emocionada por ti.

—Gracias, yo...

—Pero ya escuchaste lo de Len, ¿verdad? —ahora su voz se reduce a un susurro, y antes de que yo pueda siquiera abrir la boca de nuevo, se apresura a agregar—: No estás preocupada por él, ¿cierto? Porque en realidad no deberías estarlo. O sea, tú estás mucho más calificada y tienes mucho más...

—*Cassie* —la interrumpo esta vez—. No estoy preocupada. En serio.

—¡Impresionante! —Cassie me sonríe como si todo el tiempo hubiera sabido que yo lo superaría. Luego me ofrece una despedida de puño antes de alejarse, mientras me pregunto por qué todo el mundo asume que la insignificante candidatura, de último minuto y básicamente no registrada por parte de este chico Len es algo por lo que yo podría sentirme amenazada.

Unos minutos más tarde, me encuentro junto a las computadoras del *Bugle*, revolviendo un cajón en busca de un bolígrafo rojo, cuando una hoja de papel revolotea sobre mi hombro. Sobresaltada, agito los brazos con torpeza para atrapar la página antes de que caiga al suelo. Es el primer borrador de un artículo sobre la señora Velazquez, la mujer de la cafetería que se jubilará el próximo mes. Cuando veo el nombre del autor, me doy la vuelta, pero él ya se está alejando.

—Gracias —grito, y Len ondea la mano sin mirar atrás.

Bajo la vista y finjo estar interesada en su borrador, aunque en realidad lo observo mientras se dirige al fondo del salón, cerca de Johnny Cash. Suele pasarse la hora entera en ese rincón, hablando tan poco con nadie que es fácil olvidar incluso que está allí. En un abrir y cerrar de ojos, hace un despliegue de agilidad y salta para sentarse entre un conjunto de escritorios, cruza las piernas y acomoda su computadora en su regazo. Es sorprendentemente felino.

—¿Hola? —James ha aparecido a mi lado, y me doy cuenta de que el cajón en el que estaba hurgando todavía está abierto. De prisa, lo empujo para cerrarlo.

—Hey —digo en voz alta, porque estoy segura de que me sorprendió espiando y lo último que necesito en este momento es un comentario de James Jin. Intento pensar en algo para distraerlo—. ¿Conoces esa nueva tienda de té con perlas de tapioca?

—¿Sí? —hace una pausa con gesto de interés. A James le gusta el té de perlas.

—Ya pusieron una fecha de inauguración para la próxima semana. Me enteré por Alan Rodriguez —Alan es el tipo de persona mayor que corre maratones y viste camisetas polo en tonos pastel con shorts caqui, es el presidente de la Cámara de

Comercio de Jacaranda. He estado en contacto con él desde que *Jacaranda Community News* se declaró en quiebra, hace dos años.

James se emociona.

—¡Por fin!

Recientemente, alguien comenzó a renovar el centro comercial abandonado que está frente a la escuela, al lado de la iglesia presbiteriana que pone dichos divertidos en su marquesina (*Jesús quiere brindarte un cambio de imagen extremo*). Pero ha estado vacío durante algunos meses, y Boba Bros es el primer negocio en mudarse ahí. Durante años, el único sitio de reunión cerca del campus había sido un sucio Dairy Queen que está a dos cuadras, así que esto es definitivamente una gran noticia, al menos en un mes tan lento como éste.

—Creo que deberíamos escribir alguna nota sobre eso —digo.

—De acuerdo. Agrégala a la página principal —James choca las manos conmigo en todo lo alto—. Qué manera de conseguir la primicia, Quan.

Animada por los elogios, vuelvo rápidamente a mi escritorio, pero en cuanto me siento con el artículo de Len sobre la señora Velazquez, mi efervescencia adquiere una nueva carga competitiva. Al leerlo, recuerdo que aun cuando su estilo de escritura es desordenado y tosco, es también... de acuerdo, más o menos bueno. Me siento extrañamente atraída por su escueta línea de entrada:

Cuando Maria Elena Velazquez tenía doce años, quería ser bailarina.

Quiero decir, la mujer pasó los últimos veinticinco años de su vida preparando almuerzos escolares, ¿y así decide él comenzar la historia?

—Hey, Elisa —Aarav Patel, un estudiante de segundo año, se acerca con una absurda chamarra de cuero—. ¿Cómo va todo?

—Bien —hojeo mi carpeta para encontrar su borrador, que edité anoche. Su historia habla de la venta anual de pasteles del consejo estudiantil, lo cual era un asunto verdaderamente soporífero incluso en las manos más capaces.

—¿Sólo bien? ¿Por qué sólo bien? —pregunta Aarav, como si no pudiera entender por qué creo que se trata de una respuesta sensata a su pregunta.

Le sigo la corriente con una mirada impasible.

—¿Cómo estás *tú*?

—¡Yo estoy genial! —sonríe—. Voy a ir a un concierto esta noche. Súper emocionado.

—Eso es bueno. Aquí tienes —le entrego su borrador, que está cubierto, como de costumbre, de marcas rojas.

—Auch, ¿en serio? —Aarav hace pucheros mientras me quita la hoja—. No está tan mal, ¿cierto?

Me encojo de hombros. Cuando se trata de formar oraciones escritas, Aarav tiene la pericia de un niño de tercer grado.

—La pluma roja es muy agresiva, Elisa. Quizá deberías probar con otro color, no sé, tal vez morado. Ya sabes, algo menos violento.

Esboza una sonrisa arrepentida, en un intento por suavizar las cosas de esa manera tan suya de chico bonito medio provocador y medio llorón. No ha aprendido que eso no funciona en una chica tan sin encanto como yo.

—O quizá deberías escribir un mejor borrador —sugiero.

La siguiente es Olivia Nguyen, una estudiante de primer año, que recibe su historia con manos temblorosas. Hoy sus uñas están pintadas en diferentes tonos de rosa. Ella está es-

21

cribiendo el único artículo realmente importante de este mes, sobre los recortes recientes en los presupuestos de actividades de los clubes que afectarán de manera desproporcionada a los grupos más pequeños... como los que se dedican a los intereses de los estudiantes marginados.

—Bueno —digo, con toda la paciencia posible—. Veo que has hablado con más personas además de tu amiga Sarah desde la última vez. Y, de hecho... —le quito el borrador otra vez y lo hojeo— eliminamos a Sarah, ¿cierto? ¿Recuerdas lo que dijimos sobre el "conflicto de intereses"?

—¿Sí? —la voz de Olivia está atascada en su garganta.

—Sí, así que esto es una gran mejora —doy golpecitos en la hoja de papel con mi pluma—. ¿Pero ves que todos los demás párrafos son citas? Necesitamos un poco más de estructura. Tú eres la escritora, así que debes contarnos una historia.

Olivia asiente con gesto solemne. Siempre luce así de aterrorizada cuando está conmigo, pero no me preocupa... James dice que la chica tampoco consigue mantener la calma con él.

El último borrador que tengo pertenece a Natalie Weinberg, otra estudiante de segundo año. Reviso el salón para ver si ya está aquí y en ese momento la localizo acercándose a la esquina donde está Len. Lo cual es un poco extraño.

Él está concentrado en su laptop y no se percata de su presencia. Pero entonces ella dice algo que lo hace levantar la mirada y, por un segundo, incluso sonríe, como si fuera una persona perfectamente normal, en lugar del recluso residente del *Bugle*. Ella sigue hablando, diciendo cosas que no puedo oír, y luego él ríe, como si pensara que es en verdad divertida.

¿Desde cuándo Natalie es graciosa?

Aparto la mirada. Ahora no es el momento de reflexionar sobre los enigmas del universo.

James se ha subido a una silla en la parte delantera del salón y está agitando las manos de una manera ridícula y digna al mismo tiempo, como un líder mundial que va bajando de un avión.

—Amigos, bugleros, compatriotas —dice con su voz retumbante—, escuchadme.

Todos guardan silencio. El señor Powell, al fondo del salón, se aclara la garganta e inclina la cabeza. James se baja de la silla, pero continúa sin inmutarse:

—Hoy es la elección anual buglera, en la que tendrán la oportunidad de seleccionar a su próximo editor. Ésta es, como bien saben, una tradición única entre los periódicos estudiantiles, una que nuestros antepasados instituyeron con un profundo respeto por el poder de la democracia. Valoren este privilegio de elegir quién los dirige y voten sabiamente. Como su actual e intrépido líder, sé que mi sucesor tendrá que llenar unos zapatos colosales...

Aquí, Tim O'Callahan, editor de la sección de Deportes, chifla desde su escritorio, lo que provoca una ola de risas, pero enseguida lo hacen callar. James hace un gesto para que la sala se calme.

—Pero también sé que quienquiera que elijan estará sin duda a la altura de las circunstancias con coraje, convicción y carisma —James comienza a caminar de un lado a otro—. Trabajará duro para merecer su lugar en el Muro de los Editores. Pasará noches incansables a la altura del honor que le confiere este emblema inviolable, este símbolo de claridad y responsabilidad —toma el clarín del escritorio del señor Powell como si quisiera emitir algún sonido para dar un mayor énfasis, pero luego decide que mejor no.

—Recuerden, las deliberaciones se llevarán a cabo durante el almuerzo, al final de las cuales haremos una votación, así que vengan preparados para un intenso debate. ¡Y no lleguen tarde! —apunta hacia mí con el clarín y luego hacia Len—. Ustedes dos, por supuesto, están obligatoriamente exentos —y ahora, junta las manos—. Con respecto a eso, ¡que comiencen los discursos!

Len y yo tenemos que jugar piedra, papel o tijeras para determinar quién va primero. Las primeras tres rondas, empatamos: primero piedra, después tijeras, luego piedra de nuevo.

—Hey, ustedes —dice James, parado entre nosotros como si fuera el árbitro—, no tenemos todo el día.

Levanto la mirada para observar a Len y me doy cuenta por primera vez de que es muy alto. Sólo llego al cuello de su camisa, que está parcialmente arrugado bajo su sudadera con capucha. *De acuerdo, Len,* pienso, *terminemos con esto. Hagas lo que hagas, simplemente* no *hagas lo mismo que yo.* En un movimiento nervioso, cierro mi mano en un puño y comenzamos de nuevo. Piedra, papel...

Al tercer conteo, como si él hubiera escuchado mi súplica silenciosa, extiende dos dedos. Un signo de paz lateral: tijeras. Mi mano todavía está en un puño. Soy la primera.

Len y James me dejan al frente del salón y, de repente, todos tienen puesta su mirada fija sobre mí. Aliso la parte delantera de mi suéter e intento no sentirme cohibida.

—Bueno —digo, aclarándome la garganta. Siempre es muy incómodo comenzar un discurso como éste cuando más o menos conoces a todos. ¿Se supone que debes saludar, como si se tratara de una simple conversación? ¿O se supone que debes lanzarte como si fuera una charla TED? ¿Cuál te hace parecer menos falsa? Me sacudo el nerviosismo y evoco las palabras que he estado ensayando—, estoy aquí porque me gustaría ser la editora en jefe del *Bugle* —examino el salón y veo a James apoyado contra la pared del fondo. Sus brazos permanecen cruzados, pero me levanta el pulgar—. Y para tomar prestada una de las frases favoritas de James, creo que sería jodidamente buena en eso.

Mi última frase provoca algunas risitas. Todo el mundo sabe que si James garabatea *JODIDAMENTE BUENO* a lo largo del borrador que le entregaste en lugar de marcarlo con sus observaciones, finalmente conseguiste escribir algo.

Envalentonada, sigo adelante.

—He sido una buglera desde que era estudiante de primer año. He escrito más de treinta artículos, incluidas dieciséis historias de portada. Obtuve un lugar por cuatro ocasiones en la Conferencia de Periodismo Estudiantil del Sur de California, y en dos de esas veces gané el primer lugar. Ahora, por supuesto, soy la jefa de redacción y estoy a cargo de dirigir nuestro equipo más grande, Noticias, y de supervisar el contenido de todas las secciones. En resumidas cuentas, quizás he pasado más de trescientas cincuenta horas de mi vida trabajando en el *Bugle*, así que si hablamos de experiencia, definitivamente es algo que tengo cubierto.

Continúo describiendo mis propuestas para el próximo año. Deberíamos asociarnos con los chicos del curso avanzado de Ciencias de la Computación para crear infografías interactivas como las de *The New York Times*. Deberíamos hacer videos de periodistas incorporados, como los que hace *Vice*. Deberíamos buscar historias en los datos públicos del distrito. Deberíamos ir más allá de los artículos sobre diversidad y violencia armada.

—Me emociona pensar que trabajaremos juntos en todos estos proyectos —concluyo—. Espero que estén de acuerdo en que soy la mejor candidata para dirigirnos el próximo año.

Todos aplauden educadamente cuando me siento.

—¿Len? —dice James a continuación, señalándolo.

Len balancea los brazos hacia delante y hacia atrás mientras se pasea por el frente del salón, tocando sus puños cuando se encuentran frente a él. Luego, echa los hombros hacia atrás unas cuantas veces antes de sacudirlos. Tengo la sensación de que estoy viendo a un atleta relajándose mientras se prepara para una competencia. En la cual, en cierto sentido, también estoy yo.

—Es muy difícil que pueda superar a Elisa —dice, sonriendo. Tiene una amplia sonrisa, del tipo que arruga tanto sus ojos que no puedes dudar de que te está sonriendo justo a ti—. Pero supongo que lo intentaré —mete las manos en su sudadera.

—La verdad es que me uní al *Bugle* apenas hace un año. Quizás un poco más. Algunos de ustedes saben que solía jugar beisbol. Todo el mundo tiene lo suyo, ¿no es así? Eso era lo mío. Yo era el lanzador y era bastante bueno. Se podría decir que era la Elisa Quan del equipo de beisbol de Willoughby.

Esto parece divertir a todos, menos a mí.

—Pero tuve que renunciar —continúa— porque me rompí un ligamento del codo. Y no voy a mentir, eso fue difícil.

Pienso en el segundo año y recuerdo de una manera más bien vaga que lo vi con un aparato ortopédico en el brazo en algún momento.

—No pude seguir lanzando. No de la forma en que solía hacerlo. Ya no podía jugar beisbol. Después de la cirugía, el médico dijo que debía quedarme fuera del campo por un tiempo. Pareció como una eternidad —hace una pausa—. Me sentí realmente perdido.

De alguna manera, todos están pendientes de cada una de sus palabras. Me pregunto si esto se debe a que los demás también se han dado cuenta de que, durante el tiempo que ha formado parte de este equipo, ésta es la sucesión de oraciones más larga que Len ha pronunciado.

—Con el tiempo, sin embargo, supe que debía probar con algo más. Me puse a pensar qué quería hacer si no podía jugar beisbol —se encoge de hombros—. Allí estaba yo, deambulando por la feria de actividades de primavera, y entonces vi la mesa del *Bugle*. Creo que tal vez algunos de ustedes estuvieron allí.

Yo *estuve* ahí. Me había ofrecido como voluntaria para el equipo de la mesa del *Bugle* durante toda la semana porque, bueno, pensé que era lo mejor si sería la editora en jefe algún día. Ahora recuerdo mejor a Len. Entonces se veía más como un atleta: menos pálido, más esbelto que delgado, su cuerpo aún no se volvía blandengue en su descenso a ser el chico flaco. Su cabello, todavía ondulado bajo una gorra de beisbol del equipo de Willoughby, era más largo, recogido detrás de las orejas, y también más claro, del tipo de marrón miel que adquiere el cabello oscuro después de que se ha expuesto mucho tiempo al sol.

—Me uní al *Bugle* porque necesitaba algo que hacer. Pero descubrí que era un lugar al que quería pertenecer.

Pongo los ojos en blanco en un gesto exagerado para que James me vea, pero él parece intrigado con el discurso.

—Descubrí que me gusta escribir —prosigue Len—, y que tampoco soy tan malo en eso. No he ganado tantos premios como Elisa, pero obtuve un lugar en la conferencia del año pasado. El primero, de hecho. Por el mejor artículo —me mira por un segundo, fríamente combativo, y la tensión que pasa entre nosotros es eléctrica—. Era mi primera competencia.

27

Cubro mi latido acelerado con una mueca de desprecio.

—Les digo todo esto para aclarar que no soy un completo inepto. Pero para mí no se trata en realidad de eso. No, se trata de retribuirle al *Bugle*. Se trata de darte a ti la posibilidad de elegir quién te va a dirigir el próximo año. Se trata de democracia y de hacer que el *Bugle* sea lo mejor posible —pasa un par de dedos suavemente por el lado derecho de su cabello, lo que reconozco de inmediato como una sutil marca de ansiedad, pero al parecer los demás lo interpretan como un gesto del Señor Genial.

—Confío en que todos tomarán la decisión correcta —dice, inclinando la cabeza, como si estuviera haciendo una leve reverencia.

Los aplausos llenan la sala mientras regresa a su asiento, y soy lo suficientemente inteligente como para saber que estoy en problemas.

3

—Todo eso fue puro cuento —refunfuño, mientras abro una bolsa verde brillante de aros coreanos con sabor a cebolla. Son ligeros, crujientes y perfectamente salados: una combinación muy peligrosa. Winona y yo estamos pasando en este momento por una fase de adicción.

—Bueno, no *sabes* si es puro cuento —dice Winona, sacando un aro de la bolsa.

Ninguna de las dos tiene que ir a clases en la séptima hora, así que estamos pasando el rato bajo el único árbol que da sombra en el patio, un viejo roble en medio de un mar de escuálidas palmeras. Winona está sentada en una de las mesas de picnic que ponen para el almuerzo, al parecer haciendo la tarea de la clase avanzada de Química, y yo estoy dando vueltas de un lado a otro con los aros sabor a cebolla.

—Estuvo diciendo algunas tonterías sobre "pertenecer" —aprieto la bolsa en mi puño—. Justo ahí tenemos serias falsas noticias. Te juro que él es incluso más antisocial que yo.

Winona se sube los lentes por el puente de la nariz. Tienen un aspecto *vintage*, con una franja en la parte de arriba de color oro rosado, y no hacen nada para ocultar la evaluación que ella está llevando a cabo sobre mí en este momento.

—¿Eso es posible?

Winona Wilson, una de las tres chicas negras de nuestro grado, es mi mejor amiga y también la persona más inteligente que conozco. La conocí en el primer año, cuando nos asignaron al mismo grupo para un proyecto de la clase de Español. En nuestra primera reunión, Divya Chadha y Jacob Lang, los otros miembros del equipo, estaban un poco más asombrados que yo por el anuncio de Winona de que *no* nos grabaríamos simplemente demostrando el uso del verbo *gustar*.[1] *No*, aclaró ella, *haríamos una* película.

—Pero ninguno de éstos está siquiera en español —protestó Divya, cuando Winona nos mostró la propuesta en la que se había inspirado: una serie de clips de películas en blanco y negro cuya comprensión requería subtítulos.

—¿Podemos hacer tan sólo un video común y corriente, y terminar con todo esto de una vez? —dijo Jacob, antes de preguntarnos qué opinábamos sobre si debía enviarle un mensaje de texto a Zach Reynolds para invitarlo al próximo baile.

—Mmm, sí —dijo Divya.

Winona me miró entonces, con los ojos entrecerrados, y fue claro que esperaba que yo también la decepcionara. Pero la verdad es que yo estaba mucho más interesada en su idea que en la vida amorosa de nadie más.

—No —dije—. Hagamos una película.

En concreto, eso significó que Winona y yo terminamos haciendo la mayor parte del trabajo para nuestro proyecto.

---

[1] N. del T.: en español en el original.

(Obtuvimos una nota sobresaliente, pero perdimos puntos por algunas conjugaciones incorrectas). Sin embargo, a partir de ese día, nos reconocimos como almas gemelas, y creo que Winona ha tenido una idea bastante clara de quién soy desde entonces. Incluso cuando desearía que no fuera así.

—Lo único que digo es que paso gran parte de mi vida en el *Bugle*. ¿Cómo es que nunca me di cuenta de que Len "pertenecía" a ese lugar?

—Tal vez sea porque tienes un punto ciego deportista.

—¿Qué es eso?

—Es como si tu cerebro se apagara cuando se le pide que procese cualquier cosa relacionada con los deportes. A veces siento que físicamente no puedes ver a los deportistas, o personas que crees que lo son... como Len.

—Bueno, él es un *ex*deportista.

—Claro, ahora lo sabes, así que ahora lo ves.

Distingo a James a lo lejos, dirigiéndose hacia nosotras, quizás en su camino hacia el estacionamiento. Cuando me ve, se detiene en seco, lo cual es extraño, porque suele ser de ese tipo de personas que grita tu nombre en una habitación llena de gente y se empeña en abrirse paso a codazos entre un centenar de extraños sólo para darte una palmada en la espalda.

Antes de que tenga tiempo de procesar lo que esto podría significar, ya tengo mi mano a mitad de camino para un saludo, y es demasiado tarde para los dos.

—Hey, Quan —dice mientras se acerca a la mesa. Intenta sonar jovial, pero no consigue dar con la nota correcta—. Hey, Winona —toma uno de los aros con sabor a cebolla—. Oh, qué bien, me encanta.

31

—Entonces... —le entrego toda la bolsa—, ¿cómo estuvo la votación?

—Oh —James muerde un aro—. Estuvo bien.

La pequeña vacilación en su voz petrifica al instante la papilla con sabor a cebolla que se asienta en el fondo de mi estómago.

—James, dime qué pasó.

—Pronto lo descubrirás —su piel, que ya parecía fantasmal en circunstancias normales, ha adquirido un brillo enfermo—. Se supone que debo enviar los resultados esta noche.

Winona, que a estas alturas ha dejado de fingir que está trabajando en su tarea de Química, extiende los brazos sobre la mesa.

—¡Sólo díselo!

James frota el asfalto con las puntas de sus botas, primero el lado izquierdo y luego el derecho.

—De acuerdo —dice finalmente, rascándose la nuca—. Carajo, lo siento, Elisa, pero eligieron a Len.

Lo sabía. Sabía que esto iba a suceder. Lo sabía, pero de alguna manera eso no hace que me resulte más fácil creerlo.

—¿*Eligieron* a Len?

Las cejas de James se levantan juntas, a la defensiva.

—Sí, los *demás* lo eligieron. Yo voté por ti.

Miro a Winona, que parece tan sorprendida como yo.

—¿Eligieron a *Len*? —repito, esta vez más fuerte.

James se gira para ver si alguien más está escuchando.

—Sí, pero guárdalo para ti por ahora, ¿quieres?

Miro boquiabierta el suelo, donde la hierba ha sido aplastada por las patas metálicas de la mesa de picnic. He querido ser la editora en jefe del periódico durante tanto tiempo que este sueño era básicamente una función de vida: comer, dormir, planear la ejecución del *Bugle*. Y ahora, se acabó. Totalmente aplastado. ¿Y todo por culpa de un *deportista*?

—Él ni siquiera está calificado —gruño—. Para nada. Pensé que este tipo de tonterías no ocurrían en el *Bugle*. Ésa fue la razón por la que me uní, para empezar. Por eso he estado tan jodidamente loca por esto. Se suponía que el *Bugle* era el tipo de organización donde importaba hacer lo correcto. Donde importaba hacer bien tu trabajo. Donde importaba tener un poco de integridad.

—No lo sé —los hombros de James se han hundido tanto que ni siquiera pueden encogerse—. Supongo que dio un buen discurso.

—¿A eso se redujo todo? —agito los brazos y casi golpeo a Winona en la cara.

—Algo así. Quiero decir, no lo sé.

—¿Qué quieres decir con que no lo sabes? ¡Tú estabas ahí!

—Lo sé. Lo sé.

—Entonces, ¿qué pasó?

James parece afligido.

—Sólo escúpelo, amigo —dice Winona. Luego le quita los aros con sabor a cebolla y comienza a comer sin parar, como si estuviera viendo una película y la parte buena estuviera a punto de comenzar.

—Bueno —dice James. Cada sílaba es un esfuerzo, lo que también es inusual para él—. Supongo que algunas personas votaron por Len porque pensaron que parecía… bueno, pensaron que se veía más como un líder.

—¿Qué? —Winona y yo reaccionamos al mismo tiempo.

—¿Y eso qué significa? —pregunto.

James juguetea con la correa de su mochila.

—No sé si quieres…

33

—Sí, quiero saberlo.

Entonces se rinde, y puedo verlo en su columna: la rigidez se desvanece con cualquier último intento de endulzar la situación.

—La gente dice que eres un poco intensa, Elisa. Y dura con las correcciones. Demasiado crítica, supongo, ésa fue la idea general.

Siento que mi rostro se calienta. Una cosa es imaginar que la gente está diciendo cosas negativas sobre ti; otra es estar segura de que así es.

—Yo sólo tengo altos estándares —mi garganta se siente extrañamente seca—. Como tú.

—Lo sé —dice—. Y eso es justo lo que te convierte en una reportera jodidamente buena...

—*Tú* eres intenso —sostengo—. *Tú* eres crítico. Y nadie tuvo problemas para votar por *ti* el año pasado.

—Lo sé, pero... vamos, Elisa, sabes que a veces puedes ser un poco, bueno, algo fría. Ni siquiera lo intentas.

No puedo creer que esté escuchando esto.

—Hasta antes de ese ridículo discurso revisionista, *Len* es el que no lo había intentado —le doy un puntapié a la pata de la mesa de picnic, pero ni siquiera se mueve. La golpeo de nuevo de cualquier forma—. ¿Cuándo te ha dicho más de dos palabras que no fueran absolutamente necesarias?

—No lo sé, la gente pareció pensar que él era más... accesible. Como si no se estuviera esforzando demasiado.

—Entonces, ¿primero es porque ni siquiera lo intento, y ahora es porque me esfuerzo demasiado? ¿De qué se trata?

La exhalación de James es de cansancio.

—Sabes a lo que me refiero, Elisa.

—No —digo—. No, *no* sé a qué te refieres.

—Mira, si lo tuviera que decidir yo, tú serías la nueva editora en jefe. Sin lugar a dudas —se desinfla aún más—. Pero no hubo nada que pudiera hacer. Intenté convencer al resto del equipo, pero no hubo manera. Dijeron que tú eras demasiado "institucional".

—¿Demasiado *institucional*? —repito, tontamente.

—Qué idiotez, ¿cierto? Sólo porque tú y yo somos amigos. Pero ¿desde cuándo yo soy "institucional"? —parece realmente molesto por esto.

—Yo... —pero no puedo decidir qué decir. Tengo demasiados pensamientos, todos cáusticos.

James cambia su mochila al otro hombro.

—Como sea, debo irme, Elisa, pero en verdad lo lamento —aunque suena como si lo dijera en serio, siento que me estoy poniendo de mal humor—. Hey, ¿estás bien? —pone una mano vacilante en mi hombro.

Sin expresión en el rostro, consigo pronunciar una sola palabra.

—Sobreviviré.

—De acuerdo, bueno, mándame un mensaje si quieres —levanta su teléfono mientras se arrastra hacia atrás, lejos de mí, y finalmente ondea la mano para despedirse antes de darse la vuelta.

Cuando ya no está, clavo mi talón en la hierba y cada giro es más contundente que el anterior, sin importarme la profundidad de la hendidura.

—Winona —digo, después de varios minutos de furia—. Creo que el *Bugle* podría estar tan lleno de idioteces misóginas como el resto del mundo.

Asintiendo, muerde otro aro con sabor a cebolla y lo tritura compasivamente.

—Creo que tienes razón.

Cuando llega la hora de que Winona vaya a buscar a su hermano a Santa Ágata, yo me dirijo a la sala de redacción para hablar con el señor Powell. Todavía no estoy muy segura de lo que voy a decir, pero tal vez será algo parecido a "esto es basura misógina". Sólo que, ya sabes, de una manera que me haga parecer razonable.

Sin embargo, el señor Powell no está en el salón cuando llego. Y tampoco nadie más. Suspirando, dejo la mochila en mi escritorio y me acerco al Muro de Editores. Me quedo mirando esos retratos durante un largo rato. Está el bueno de Harry al comienzo de la alineación, como siempre, con esos grandes anteojos ochenteros que han vuelto a ponerse de moda y una parte de cabello que todavía no ha vuelto del todo. Y está James al final, mirando de reojo pero también sonriendo, para que puedas ver algunos de sus dientes frontales. Creo que luce justo como él, pero James se quejó de que sus ojos no son tan pequeños cuando sonríe. (Sí lo son.)

Ahora el retrato de Len será el siguiente. Menos de veinticuatro horas antes de las elecciones, el tipo decidió lanzarse al ruedo y nadie se pregunta siquiera si está lo suficientemente comprometido. Él decidió, hoy, que sería encantador y amigable, y nadie se pregunta si todo esto en realidad le importa algo.

Yo, por otro lado, me esfuerzo demasiado.

Lo que en verdad me deja enganchada es la idea de que Len es "más como un líder" que yo. Tengo tantos defectos como cualquier otra persona, tal vez más. Pero una cosa que tengo a mi favor, y que parece bastante relevante en este momento para la pregunta de si tengo o no madera de líder, es que de hecho ya estoy liderando un maldito equipo. ¿De qué manera Len podría estar más calificado que la mismísima jefa de redacción? Y aun así. Quizás haya algo. Lo sé, porque también funcionó un poco en mí, a pesar de que traté de destrozar eso con rabia. Fue algo en la forma en que habló, el equivalente de barítono a poner un brazo alrededor de ti y mirarte a los ojos como si dijera: "Yo me encargo", aunque sabes que él no hará nada. Me tranquilizó incluso cuando me hizo dudar de mí. ¿Y si en verdad él *es* mejor? ¿Por qué él es mejor *sin* esfuerzo?

Ésa es la razón por la que la mayoría del personal del *Bugle* votó por él como editor, a pesar de todo. También es la razón por la que James puede ser grandilocuente y excepcional, pero por la que yo no puedo ser... lo que sea que soy.

Porque todo el mundo ama a una chica jefa hasta que intenta decirte qué debes hacer.

El señor Powell aún no ha aparecido, así que regreso a mi escritorio y abro mi computadora portátil. Por desgracia, está muerta y, por supuesto, en un día como éste, olvidé el cargador en casa. Reviso en el salón para ver si alguien dejó alguno por ahí, pero después de unos minutos, termino por instalarme frente a una computadora del *Bugle*. Tal vez, pienso, debería hacer algo de tarea mientras espero. No hay necesidad de dejar que este lamentable asunto me haga perder más tiempo del que ya me ha tomado. ¿Cierto?

Saco de mi carpeta las instrucciones para un ensayo de la clase avanzada de Historia de Estados Unidos. *Utilizando evidencia histórica*, comienza, *desarrolla un ensayo donde expongas en qué medida el cambio científico o tecnológico afectó a la economía de Estados Unidos entre 1950 y 2000.* Bien, sí, puedo hacerlo.

Con un aire de renovado propósito, abro un Google Doc en blanco y empiezo a escribir:

La economía estadounidense se vio afectada de manera significativa por el cambio tecnológico durante la segunda mitad del siglo xx. Muchos desarrollos científicos

Vaya, ¿a quién pretendo engañar? Aprieto la tecla de retroceso hasta que mi tontería intelectualmente pusilánime desaparece de la pantalla. La verdad es que no tengo nada original que decir sobre la economía estadounidense en este momento. Nada. En lo único que puedo pensar es en lo furiosa que estoy por toda esta situación con Len.

Así que cambio de tema y, sin más, las palabras fluyen en un torrente:

Hoy, no fui ascendida para ocupar el puesto de editora en jefe del Bugle. *Mis compañeros de equipo eligieron a otra persona para que sea su líder durante el próximo año. Esto estaría bien, salvo porque se trata de un descarado gesto de misoginia y me horroriza que, a pesar de la era de mente abierta que vivimos y el supuesto espíritu progresista que caracteriza a nuestra generación, sea un resultado que nos vemos obligados a enfrentar. Sí, amigos, la democracia no es inmune al sexismo.*

Admito que no soy una persona carismática. Éste no es mi objetivo en la vida. Se podría decir, y muchos lo han hecho, que soy una auténtica perra. Otros han dicho que soy "intensa" y "demasiado crítica" y "fría". Pero también soy la candidata más calificada para el puesto de editora en jefe este año, y ése es un hecho rotundo.

Los hechos, sin embargo, no son de interés primordial para mis queridos bugleros. No, no les interesa cuánta experiencia tenga una candidata, ni cuántas horas haya invertido en ello. No les interesa la cantidad de artículos que haya escrito ni los planes concretos que ella tenga. No, se dejarán convencer nada menos que por el patriarcado, envuelto en sentimentalismo barato.

Aquí es donde llegamos al tema del elegido: Len DiMartile, la acabada estrella del beisbol convertida ahora en reportero, cuyo único talento real radica en el ocasional giro inteligente de alguna frase. Pero no importa, porque es alto, porque tiene el cabello oscuro y ondulado, y porque luce una pizca de acné en los pómulos, de la misma manera en que una supermodelo luciría unos anteojos gruesos.

Pero lo más importante, es un chico.

Saben de lo que estoy hablando. Esto es lo que sucede en todas las elecciones, en Willoughby y donde sea. Una chica que busca un puesto de liderazgo debe ser inteligente, competente, trabajadora, atractiva y, por encima de todo, simpática. Debe ser todas esas cosas para tener una oportunidad contra un oponente masculino, que con frecuencia sólo debe reunir algunas de esas cosas, y a veces ninguna. Un chico que busca una posición de liderazgo sólo tiene que intentar no meter demasiado la pata. Las chicas son juzgadas por su pasado; los chicos, por su potencial.

Así es como yo, la actual jefa de redacción del Bugle, *perdí frente a DiMartile, cuyas historias he editado durante todo el año. Porque "no soy muy simpática". Porque "me esfuerzo demasiado". Porque DiMartile contó una buena historia en su discurso, y eso fue suficiente para convencer a todos de que él, a pesar de ser típicamente reservado, es más líder que yo. Porque DiMartile se presentó como accesible, y eso fue tomado como una revelación, no como un hecho fortuito.*

Yo creía que mis estimados colegas del Bugle *eran mejores que esto. No lo son. Ellos*

La puerta de la sala de redacción se abre de manera abrupta y doy la vuelta, luego me estiro detrás de mí para apagar la computadora. De alguna manera, no me di cuenta de que las clases del día habían terminado y que el equipo del *Bugle* estaba llenando el salón. Aunque estoy bastante segura de que nadie vio mi pantalla, me invade la compulsión de salir corriendo de aquí. Decido que mi conversación con el señor Powell puede esperar.

—¡Hey, Elisa! —Cassie, con una sincronización infalible, se interpone en mi ruta de escape. Tal vez me lo esté imaginando, pero podría jurar que ha aumentado la fuerza de su alegría sólo para mí—. Necesitas una foto de la señora Velazquez, ¿cierto? ¿Como una foto en acción en la cafetería o algo así?

—Ehhh, sí —digo—, eso estaría bien.

—De acuerdo, ¿y qué hay con lo del club de botánica?

Me cuesta recordar lo del club de botánica.

—Oh, eh, Gene Lim dijo algo sobre cómo obtuvieron un tipo de pasto local resistente a la sequía que quiere que la escuela plante en lugar del pasto no local resistente a la sequía que ya tienen.

—Ooooh, es verdad. Pensaste que sería genial tener una presentación de diapositivas, ¿cierto? ¿De los diferentes tipos de plantas?

—Sí, algo así. Oye, de hecho ahora tengo que correr, así que te veré más tarde —empiezo a acercarme a mi escritorio.

—Oh, de acuerdo. Por cierto —Cassie lanza su mirada alrededor, luego retoma el susurro de esta mañana—. No se supone que deba decirte quién ganó las elecciones, así que no lo haré, pero sólo quería que supieras que yo voté por ti.

La miro parpadeando hacia ella por un segundo antes de reunir lo suficiente para responder.

—Gracias.

Cassie me sonríe amablemente y luego, con la cámara gigante alrededor de su cuello, se aleja de su forma habitual, como un canguro.

No le digo una palabra a nadie más mientras recojo mis cosas. Me siento incómoda, aunque no estén agazapados, susurrando acerca de mí. Pero ellos lo saben y, lo que es peor, creen que yo no. No estoy segura de si la distancia entre nosotros está llena de satisfacción o de lástima.

Afuera, apenas atravieso la puerta cuando casi me estrello con Len.

—Vaya —dice—. ¿Noticias de última hora?

—No —respondo con brusquedad, y enseguida tomo un respiro—. Quiero decir, lo siento —digo de nuevo, con más calma—. No estaba prestando atención.

—Eso es inusual.

Estoy sosteniendo la puerta y cuando veo hacia atrás, me doy cuenta de que todos en el salón nos están mirando. Desvían la mirada cuando se percatan de que lo he notado.

¿Qué otra cosa podemos hacer? Hago un gesto hacia la puerta, como si fuera una maldita portera; después de un segundo de vacilación, entra.

—Gracias —dice.

—No hay problema —respondo, y cierro la puerta de golpe detrás de él.

4

J ames envía el anuncio sobre la victoria de Len hasta el sábado por la mañana. *Lo siento, Quan,* me manda un mensaje de texto después de eso. *Tuve que hacerlo finalmente.* ☹ Como si yo le hubiera *pedido* que lo pospusiera, arrastrando mi miedo como un chicle pegado a la suela de un zapato.

Recibo el correo electrónico mientras estoy parada bajo la luz fluorescente de la sección de mariscos en Viet Hoa, un supermercado vietnamita en Little Saigon. En el fondo, el canturreo metálico de cải lương se mezcla con los sonidos de la pescadería: el agua que se derrama de los tanques, las aletas que son desprendidas en cortes rápidos, las escamas que son raspadas y eliminadas con grandes chorros de agua. La cacofonía, salada y fría, es indiferente a mi consternación.

SU NUEVO LÍDER dice la línea de asunto del correo electrónico en el estilo habitual de James, explotando al máximo el drama, incluso cuando es una tragedia.

Borro su mensaje sin abrirlo.

Kim, inclinada sobre el carrito de compras con su propio teléfono, no se ha dado cuenta todavía de este giro de los acontecimientos. Tampoco mamá, que está arrancando un boleto rosa del dispensador de turnos. Y tengo la sensación de que quiero que se mantenga así.

Las tres somos visitantes habituales de Viet Hoa porque es donde a mamá le gusta hacer sus compras semanales. En realidad, ella preferiría un mercado chino, pero los vietnamitas están más cerca, además de que tienen mejores precios... y el Viet Hoa es inmejorable. Algunos de los amigos chinos de mamá conducen hasta el valle de San Gabriel para hacer sus compras, pero ella considera que es un desperdicio de gasolina. Las raíces *wàh kìuh* de mamá son profundas, pero no tanto.

Como sea, y aunque venimos aquí tan a menudo, algunas veces siento que no pertenecemos a este lugar. Little Saigon, que se extiende por varias ciudades en el corazón del condado de Orange, es una resaca suburbana de mediados de siglo renovada a la imagen del sueño americano vietnamita. Lleva el nombre de la capital del antiguo Vietnam del Sur, que es de donde procede la mayoría de los residentes (y el lado que Estados Unidos apoyó durante la guerra). La bandera de Vietnam del Sur, amarilla con tres franjas rojas, todavía ondea con orgullo sobre los centros comerciales y los edificios de oficinas de Little Saigon, como un símbolo de todo aquello por lo que peleó el sur. Pero mi familia, como tantos otros chinos étnicos atrapados en la mira de ese conflicto, en realidad vivió en Vietnam del Norte antes de que se viera obligada a huir. Digamos que no peleamos mucho.

—¿Tú creías en el comunismo? —le pregunté a mamá una vez.

—Tuvimos que aprender en la escuela, pero me parecía aburrido.

—Entonces, ¿querías que ganaran los estadounidenses?

—No, nos estaban bombardeando en Hanói, así que yo iba por todos lados insultando a Nixon como todo el mundo. La filosofía general de mamá es que todas las guerras son inútiles.

—Y míranos... después de todo, ahora estamos aquí, en Estados Unidos. Siempre es así. Todos esos asesinatos y muertes, y luego los líderes se dan la mano y se acabó. La vida vuelve a la normalidad. Por eso, lo único que debería preocuparte es asegurarte de tener un plato de arroz en tu mesa.

Si nuestra familia tuviera un lema, quizá sería ése: Asegúrate de tener suficiente arroz en tu mesa. Desearía que buscáramos algo más, pero parece que soy la única a la que le importa.

—Por favor, deme un pescado pequeño —dice mamá ahora, haciendo un gesto con las manos. Habla en inglés porque el hombre que se encuentra hoy detrás del mostrador no es vietnamita ni chino, sino mexicano. Ésa es la belleza de la vida en el sur de California.

El hombre toma su red y la sumerge en el tanque lleno de tilapias nadando para atrapar al desprevenido individuo que se irá a casa con nosotros. Levanta al aire nuestro pescado, que no para de dar frenéticos coletazos.

—¿Éste le parece bien? —le pregunta a mamá.

—Sí —responde ella, asintiendo con la cabeza.

—¿Frito?

—No, sólo limpio.

Hay un cartel que cuelga del techo, con diagramas, que explica todas las opciones que ofrece el mostrador de pescado del Viet Hoa. La primera opción es que sólo le quiten las escamas al pescado, la elección de mamá. La segunda opción es limpiarlo y cortarle la cabeza. La tercera opción es todo lo anterior, pero también que le corten la cola. La opción cuatro es tener el pescado frito (presumiblemente, también puedes especificar qué partes deseas que sean cortadas en ese caso). La última opción es lo que llena el aire con el aroma del pescado acabado de freír, un olor bastante agradable hasta que lo percibes en tu ropa más tarde, mucho rato después de haber salido del supermercado.

Mientras mamá espera que preparen nuestro pescado, decido hacer una parada rápida en el pasillo de los snacks. Tal vez porque prefiero que no me interroguen sobre mi mal humor, o tal vez porque necesito un descanso de los montones de pescados y mariscos tan cerca que los puedes mirar a los ojos. Es difícil saberlo.

Pero cuando reaparezco en el carrito un par de minutos más tarde, con los brazos llenos de suficientes aros con sabor a cebolla para alimentarnos a Winona y a mí durante una semana, Kim sólo tiene una pregunta:

—¿Siguen obsesionadas con esa cosa? —saca una bolsa de mi tesoro y la suspende en el aire con un gesto de desagrado que por lo general estaría reservado para, digamos, un cefalópodo moribundo.

Mamá viene detrás de mí con nuestro pescado envuelto en papel blanco.

—Deja a tu hermana en paz. Es bueno que le gusten los snacks —dice—. Ustedes dos están demasiado flacas y necesitan comer más.

Dejo las bolsas en el carrito y le sonrío dulcemente a Kim. Ella se vuelve hacia su teléfono, pero un segundo después, con la aburrida delicadeza de un jugador de póquer que ha estado sentado con una mano ganadora durante un buen rato, lanza una pregunta… en cantonés, sólo para asegurarse de que mamá no se la pierda.

—Hey, no te había preguntado, ¿cómo estuvieron las elecciones del *Bugle*?

Mamá, que ha estado tachando su lista de compras, vuelve a centrar su atención en mí. Maldita Kim.

—Oh, ya sabes —respondo de manera evasiva—. Pasó.

—¿Ya es oficial, entonces? ¿Eres la nueva editora? —sigue Kim.

—No exactamente —estudio una pila cercana de pequeños cangrejos azules que atenazan el aire en movimientos lentos—. Hubo… una complicación.

—Nadie estaba compitiendo contigo… ¿y perdiste? —mi propia hermana luce feliz ante esta posibilidad.

—No, ésa fue la complicación —uno de los cangrejos se ha trepado sobre otro, y observo cómo araña el borde del contenedor, tan cerca de escapar, aunque no en realidad—. Hubo alguien que compitió contra mí.

—¿Y ahora esa otra persona será la editora?

—Brillante razonamiento deductivo, Kim. ¿Podemos irnos ahora?

Kim, satisfecha con mi caída, empuja el carro hacia delante. Pero ahora mamá está involucrada.

—¿Quién ganó? —pregunta en cantonés.

—No lo conoces —le digo.

—¿Cómo se llama? —pregunta de cualquier manera.

Digo las sílabas entre dientes.

—Len DiMartile.

—Oh —señala—. Los nombres de los blancos siempre son tan difíciles de pronunciar.

Llegamos al frente de la tienda, donde están las filas para las cajas. Está abarrotado, por lo que Kim intenta maniobrar el carrito hacia la que parece ser la fila más corta. Hago todo un espectáculo examinando el estante de chicles de Marukawa mientras espero que mamá haya terminado de interrogarme sobre Len.

Pero al parecer, no ha llegado al final.

—¿Es muy talentoso?—pregunta—. ¿Más que tú?

Es la segunda parte la que la convierte en una de esas típicas preguntas de mamá que no pueden ser respondidas.

—No lo sé —me las arreglo para decir.

—Debe ser talentoso si la gente votó por él —dice mamá.

No respondo, en lugar de eso, le dirijo a Kim una mirada dura mientras le entrego un paquete de *bok choy baby* del fondo del carrito. Ella lo coloca con cuidado sobre la cinta, fingiendo ignorancia.

—Bueno —dice mamá—, no te sientas demasiado triste. Lo único que puedes hacer es esforzarte. Siempre hay montañas más allá de las montañas —entona esta pieza de sabiduría en mandarín: *Yī shān hái yǒu yī shān gāo.*

Es algo extrañamente razonable viniendo de mamá frente a mi derrota y estoy tan sorprendida que casi dejo caer un cartón de huevos. Ésta es una mujer que, como muchas madres chinas, considera que ser el segundo mejor en cualquier cosa es un fracaso moral. Estaba segura de que me esperaba un largo sermón, pero parece que, después de todo, tal vez no llegará.

—Sí —digo—. Supongo.

El tema se deja de lado mientras mamá centra su atención en la pantalla de la caja, que muestra un recuento de nuestros artículos a medida que son registrados. La cajera, una chica con una cara redonda enmarcada en escaso y fino cabello, lleva una etiqueta que dice: *Hola, mi nombre es PHUONG.*

Sobre el coro de pitidos emitidos por el escáner, ella y el chico que está empaquetando discuten acerca de la razón por la que otra chica, llamada Tuyet, no se presentó hoy a trabajar. O no se dan cuenta de que entendemos el vietnamita o quizá no les importa.

—Tal vez encontró un novio —dice el chico de las bolsas, mientras arroja trozos de raíz de loto en una bolsa de tela con tanta dejadez que disgusta a mamá.

—¡Ojalá uno que tenga la ciudadanía estadounidense!
—riendo, Phuong sacude la cabeza mientras escribe un código, de memoria, para un paquete de hojas de *ong choy*—. Yo creo que tal vez renunció. Dijo que quería dedicarse a las uñas.

El chico de las bolsas parece asqueado ante tal perspectiva.

—Prefiero trabajar aquí que arreglar las uñas de otras personas. Sobre todo, si son de los pies —se estremece cuando levanta el paquete de *ong choy*—. ¿Tú no?

Phuong apenas mira una bolsa que contiene tomates *beef* antes de teclear el código y deslizarla al frente.

—Anh ơi, ¿por qué crees que todavía estoy aquí? —se dirige a mamá y le lee el total en un inglés con acento.

Después de pagar, mamá nos hace esperar detrás del chico de las bolsas mientras revisa todos los artículos del recibo.

—Estamos bloqueando el camino —dice Kim, todavía al mando del carrito de compras.

—No, estamos bien, sólo pongámonos a un lado —mamá nos arrastra hasta que quedamos casi al ras con un exhibidor del DVD *Paris by Night*. Un episodio de ese programa de variedades musical vietnamita se está reproduciendo en una pequeña pantalla plana borrosa en la esquina, y el vendedor de los DVD, un anciano con un chaleco de lana, lo mira con atención. Parece perplejo por nuestra invasión a su zona de ventas.

—Esa cajera estaba demasiado ocupada chismeando —dice mamá. Al parecer, no disfrutó la intriga alrededor de Tuyet—. Necesito asegurarme de que no haya marcado nada mal.

Kim y yo nos encogemos. Odiar este ritual es una de esas pocas cosas en la vida en las que estamos de acuerdo, pero no hay forma de luchar contra él. Desde que una vez un desafortunado cajero marcó por accidente una bolsa de manzanas Gala como manzanas Fuji, lo que resultó en un sobreprecio injusto, mamá ha tenido la certeza de que algo así volverá a suceder.

Hoy, sin embargo, este rito de austeridad parece casi aceptable. ¿Por qué *no* dedicar el tiempo necesario a ser una consumidora atenta? ¿Por qué *no* estar tan absorta en tal preocupación que no quede oportunidad de sermonear a su agraviada hija?

Pero más tarde, cuando ya estamos todas en el auto, con nuestros cinturones de seguridad abrochados y las compras en la cajuela, mamá dice:

—Elisa, sé que no te va a gustar escuchar esto, pero tengo que decírtelo porque soy tu madre.

Nada en la historia del universo ha seguido a tal preámbulo que no sea una noticia extremadamente mala. Incluso Kim, mera espectadora en esta conversación, se queda quieta en el asiento delantero, con los pulgares inmóviles sobre su teléfono.

—De acuerdo —mantengo mi voz monótona mientras mamá sale del lugar de estacionamiento.

49

—Creo que tal vez la próxima vez que tengas que dar un discurso o hacer algo importante, deberías vestirte un poco mejor.

¿Sabes con cuánta frecuencia alguien, por lo general un padre, se convence de que algo es la solución a todos tus problemas? ¿Y a pesar de que el asunto es tan específico y trivial que ninguna persona racional podría de ninguna manera creer que es el factor impulsor de nada, se las arregla, con prodigiosa creatividad, para encontrar formas de que todo se trate de eso?

Así es con mamá.

Yo tendría que haber asentido y respondido enseguida: "Sí, mamá, tienes razón. El motivo por el que no fui elegida como editora es sin lugar a dudas que me visto como una vagabunda".

Por desgracia, lo que respondo es:

—¿Lo dices *en serio*?

—Sí, lo digo *en serio* —dice mamá, mientras sale del estacionamiento. Aunque todavía está hablando principalmente en cantonés, esto lo dice en inglés: *en serio*—. Intenté mencionarlo ayer por la mañana, pero eres muy terca y, para ser sincera, a veces simplemente no tengo la energía para discutir contigo.

—En realidad, no creo que esto se deba a cómo estaba vestida —digo irritada, menos porque crea que ella está equivocada y más porque me temo que tiene razón.

—¿Que no es así? La gente siempre te juzga por tu apariencia. Como cuando te pones ese suéter, que parece que estás usando la ropa de otra persona —lo dice en el mal sentido, por supuesto—. ¿Sabes? Tienes suerte de no haber sido hija de A Pòh. Cuando era niña, si salíamos de la casa con aspecto desastroso, nos pegaba. No importaba que fuéramos pobres. Debíamos vernos respetables.

Kim se vuelve hacia mí y su rostro es una combinación de *Lo siento* y *Te lo dije.*

—A Pòh me dio este suéter —señalo.

—*Aiyah*, eso sólo fue porque estaba siendo amable contigo. Tal vez ella no sabía que lo usarías fuera de la casa. Es un suéter de hombre. Ni siquiera A Gūng lo quiso porque era demasiado grande para él.

Bajo las mangas del suéter en cuestión y oculto por completo mis manos. Mamá odia este movimiento, quizá porque enfatiza el hecho de que estoy usando una prenda de vestir que mi abuelo rechazó.

—Al menos se puede lavar en casa —digo.

—Lástima que no se encogió —dice Kim.

Mamá nos ignora a las dos.

—No estoy diciendo que tengas que ser elegante, porque eso es una pérdida de dinero. Pero al menos deberías vestirte con esmero y peinarte de manera apropiada. No quiero que la gente te insulte y diga que no tienes una madre que te eduque.

Apoyada en la ventanilla, miro con los ojos entornados mientras pasamos por una gran plaza comercial con otro supermercado vietnamita, un restaurante donde venden un *pho* bastante bueno y una tienda de sándwiches donde puedes conseguir tres *banh mi* por el precio de dos.

—Y tampoco entiendo por qué te gusta usar esos colores oscuros —continúa mamá—. Te hacen ver como si estuvieras enferma. No tienes la apariencia de una líder para nada.

Finalmente pierdo el control.

—No es como si el otro tipo estuviera vestido como el presidente o algo así, ¿de acuerdo? —digo—. Sólo llevaba una sudadera con capucha y una camisa arrugada.

51

—¿Y? —mamá hace una pausa, como si pareciera sorprendida de tener que explicar esto—. Él es un chico. Es diferente.

Me desmorono en mi asiento y me cubro la cara con los brazos, escondiéndome bajo los generosos pliegues de mi desagradable suéter.

—¿Podemos dejar de hablar de esto?

Mamá chasquea la lengua.

—Eso es lo que siempre dices, no podemos hablar de esto, no podemos hablar de aquello —refunfuña—. Lo que estoy diciendo es verdad. Es mi responsabilidad decírtelo, aunque no quieras escucharlo —luego, como un añadido para Kim—: Ella se enoja tan fácilmente.

—No estoy enojada —digo, con voz apagada.

Escucho suspirar a mamá.

—Băo bèi, sé que eres una chica lista —dice. Dejo caer los brazos a mis costados y mamá me mira a través del espejo retrovisor—. Pero serías más lista si me escucharas.

Vuelvo a enterrar la cara bajo las mangas.

5

El lunes por la mañana estoy en modo contemplativo mientras cruzo el patio hacia la sala de redacción y me abro paso distraídamente entre las mesas del almuerzo. A esta hora, el aire todavía trae consigo un frío agradable, y me envuelvo con fuerza en mi cárdigan. Ni siquiera me molesto en cerrarlo porque el frío simplemente soplaría en los huecos entre el poliéster y mi cuerpo. Pero no me importa, porque es reconfortante abrazarlo con fuerza.

Consideré boicotear al *Bugle*... ya sabes, aparecer sólo para luego irme de manera dramática, tal vez blandiendo un gran letrero que dijera SOY DEMASIADO BUENA PARA EL SEXISMO o algo así. *Eso* les enseñaría.

Sólo que no les enseñaría nada. Llegué a la conclusión de que tal vez mi presencia continua sería peor para todos que mi ausencia repentina, y decidí que definitivamente preferiría empeorar las cosas.

Cuando llego a la sala de redacción, supongo que está vacía, dado que todavía es bastante temprano. Pero Len ya está allí, sentado con las piernas cruzadas en su lugar habitual, y también hay una taza de café recién hecho en el escritorio del señor Powell. Su cita favorita de Oscar Wilde está impresa en la taza, cada palabra de un color diferente del arcoíris: *La verdad rara vez es pura y nunca simple.*

Len no me hace caso cuando entro, lo cual está bien. Yo tampoco le hago caso. Su computadora, balanceada sobre su regazo, parece tener el monopolio absoluto de su atención. Sin embargo, cuando paso junto a él, se aclara la garganta.

—"Aquí es donde llegamos al tema del elegido" —comienza—: "Len DiMartile, la acabada estrella del beisbol convertida ahora en reportero, cuyo único talento real radica en el ocasional giro inteligente de alguna frase".

Me congelo al escucharlo.

—¿Qué estás leyendo? —pregunto, sintiendo que la desesperación se arrastra por mis mejillas como una garra ardiente.

—"Pero" —continúa Len, ignorándome— "no importa, porque es alto, porque tiene el cabello oscuro y ondulado, y porque luce una pizca de acné en los pómulos, de la misma manera en que una supermodelo luciría unos anteojos gruesos".

Len levanta la mirada en este punto.

—Entonces —dice—, ¿ya notaste mi acné?

—¿Qué estás leyendo? —repito, mi horror crece.

—El *Bugle* —responde, girando la computadora portátil para mostrarme su pantalla.

Dejo caer mi mochila y me lanzo hacia las computadoras alineadas contra la pared. Con movimientos frenéticos, abro una ventana y espero a que se cargue. Luego, como una cruel recompensa, aparece el artículo, como lo hará en todos los navegadores que tienen al *Bugle* configurado como página de inicio predeterminada (es decir, en todos los navegadores en todas las computadoras de la red Willoughby, gracias a mis propios esfuerzos emprendedores para hacer que esto sucediera cuando estaba en segundo año):

¡EL PATRIARCADO VIVE!

Por Elisa Quan

—¿Quién escribió este titular? —digo, horrorizada.

—¿Qué tiene de malo? —pregunta Len, como si no lo supiera.

—Es absurdo y completamente... melodramático —digo con voz débil.

—Bueno... —Len vuelve a su computadora portátil con un incriminatorio levantamiento de cejas.

—Te juro que yo no publiqué esto —insisto—. No era mi intención que nadie lo leyera.

—Eso parece claro.

Me desplomo en la silla y dejo que mi cuerpo se deslice más y más hasta que noto algo que me hace erguirme otra vez. Alguien, quizá quien lo publicó, agregó una conclusión, retomando donde yo me detuve, a mitad de la oración:

Pensé que mis estimados colegas del Bugle *eran mejores que esto. No lo son. Ellos nunca lo han sido. En las tres décadas de existencia de este periódico, sólo siete de sus editores han sido mujeres. Eso equivale a diecinueve por ciento. Eso es más bajo que el porcentaje de mujeres que en la actualidad son parte del Congreso. Estamos hablando del Congreso, gente.*

Hoy, el Bugle *podría haber hecho una pequeña parte para doblar el arco del universo moral. En cambio, ha elegido a otro hombre para hacer un trabajo que, de acuerdo con casi todos los criterios, debería haber sido para una mujer mucho más merecedora. Me siento decepcionada, indignada e insultada… pero tal vez no sorprendida.*

—Ni siquiera escribí… parte de esto —digo, aunque parece cada vez más como sí lo hubiera hecho.

Len se encoge de hombros.

—No lo sé, suena como algo muy tuyo —dice—. Muchos hechos.

Lleva la misma sudadera gris que la semana pasada, y ahora mismo tiene la punta de un cordón en la boca; el otro parece que también es sometido de manera regular a este desafortunado hábito. Está mirando la pantalla de su computadora, y noto que sus pestañas son más largas, más como de chica, que las mías.

Me pregunto cómo responder.

—Escucha, no lo decía en serio. Lo que escribí. Quiero decir, la parte que sí escribí.

—Lo hiciste —dice Len, casi antes de que pueda pronunciar las palabras. Está escribiendo algo ahora y sus dedos vuelan sobre el teclado—. No diría que fue tu mejor trabajo, pero no te equivocaste.

El señor Powell aparece en ese momento, sosteniendo una pila de copias.

—Quan y DiMartile —dice, irradiando orgullo hacia nosotros—. Los nuevos pilares gemelos del *Bugle*.

El señor Powell es un buen tipo. No es tan viejo, pero escuché decir a la señora Norman, que sí es una anciana, que "se viste como si estuviera haciendo campaña para Bobby Kennedy en 1968". Lo dice como un cumplido, creo.

Intento sonreír, pero el gesto se convierte en una mueca. El señor Powell lleva la mirada de Len a mí.

—¿Todo bien?

—Elisa escribió un manifiesto —dice Len con naturalidad y, de repente, decido que el tipo es de lo peor.

—Hay algo que necesito quitar de la página web del *Bugle* —digo.

La preocupación de Powell crece a medida que lee el manifiesto y lo repasa en silencio. Al verlo, me siento como si me hubiera quedado atrapada en una pesadilla, una de esas horribles que continúan incluso después de que tu yo del sueño tiene las suficientes sospechas como para preguntar: "¿Estoy soñando?". Me he convencido en numerosas ocasiones de que definitivamente no estaba dormida, sólo para despertar al final bañada en un sudor frío, con los puños apretados y con un sentimiento de alivio por no haber tomado el examen de admisión para la universidad sin estudiar, después de todo.

—Bueno —dice el señor Powell cuando termina de leer—, parece que tenemos mucho de qué hablar.

—Podemos comenzar con el hecho de que yo no lo publiqué —propongo.

El señor Powell me observa por un momento.

—Está bien —dice—. Veamos quién lo hizo.

Descubrimos que el manifiesto se publicó el viernes… por mí. Ahí está, en el registro. Publicado por equan a las 3:17 p.m. hora del Pacífico.

—¡¿Qué?! —exclamo—. Alguien debe de haber usado mi cuenta.

El señor Powell, para su crédito, está haciendo un muy buen trabajo creyendo que no estoy completamente desquiciada.

—Está bien —dice de nuevo, rascándose la cabeza—. ¿Escribiste esto?

Interiormente, maldigo mis palabras, que desfilan ostentosamente por la pantalla sin vergüenza alguna. Pero no puedo renegar de ellas.

—Sí...

—Aunque al parecer no todo —añade Len amablemente.

—No los dos últimos párrafos —aclaro.

—De acuerdo —el señor Powell parece darse cuenta de que éste no es un detalle muy útil—. Escribiste algo de esto. ¿Cómo pudo acceder a él alguien más?

—No lo sé —intento recordar esa tarde—. La verdad es que lo estaba escribiendo aquí —la nueva información acentúa las líneas en el rostro del señor Powell—. Eso quizá no fue de mucha ayuda —admito—. Tal vez mi cuenta de Google Drive se quedó abierta de alguna manera. Creí que había apagado la computadora antes de irme, pero supongo que tenía prisa —me asalta un pensamiento aterrador. ¿A qué más podría haber accedido esta persona?

—Me sorprende no haber recibido ninguna llamada sobre esto —reflexiona el señor Powell, mientras cambio desesperadamente mi contraseña—. Lleva un par de días publicado.

—Nadie lee el *Bugle* durante el fin de semana —digo esperanzada.

—¿Qué diablos, Elisa? —la voz de James llega desde la puerta—. Eres una valiente hija de puta.

Uf, James. Por supuesto que *él* ya lo leyó. Aunque tal vez apenas hace un rato, porque de lo contrario me habría enterado a través de una ráfaga de textos animados.

James irrumpe en la sala y deja sus libros, llenos de papeles sueltos, frente a mí.

—¡Jesús! —se da cuenta de que tenemos el manifiesto desplegado en la pantalla—. ¿Usted aprobó esto? —le pregunta al señor Powell, quien responde, con delicadeza, que no fue así.

James parece estupefacto mientras le explico lo que pasó.

—Qué...

—Sí —interrumpo—, entonces, ¿podemos continuar con el proceso?

—Esperen —James levanta una mano—. ¿Estamos seguros de que deberíamos bajarlo de la red?

Len, que ha estado en silencio durante la mayor parte de la conversación, responde de inmediato:

—Sí, definitivamente deberíamos eliminarlo.

—¿Estás bromeando? —digo yo al mismo tiempo.

—Bueno —reflexiona James—, técnicamente no es una buena política periodística eliminar algo que ya está publicado.

—No sé qué pensarán la administración y otros profesores acerca de que dejemos esto —dice Powell.

—Como sea —interviene Len—, si estamos hablando de buenas políticas, esto debería haberse publicado como un artículo de opinión, no como una noticia de primera plana.

—Sí, pero tal vez esto es lo que necesita el *Bugle*. Un poco de descaro. Algo que te golpee en la cara. Al parecer, corremos el riesgo de convertirnos en "institucionales", y eso no lo podemos permitir. No estoy de acuerdo con todo lo que dijo Elisa, pero con esto... Éste es un punto de vista.

Para sorpresa de los tres, golpeo con mis manos el escritorio.

—Yo lo escribí —digo—. Lo escribí para mí. Alguien violó mi privacidad al publicarlo, y eso no está bien. Me *hackearon* y eso no es lo mismo que "ser publicado", lo cual indica intención. Y *consentimiento* —tomo un respiro para calmarme antes de continuar—. Todos tus argumentos son válidos, pero el punto es que ninguno de ellos importa.

El señor Powell, Len y James me miran sin comprender por un segundo. Entonces James se recupera.

—Como dije —afirma—, un punto de vista.

Me dejan el honor de desmarcar la casilla "publicar" y, así, al actualizar la página principal del *Bugle*, ya ha vuelto a su programación regular.

Si la vida fuera así de simple. Apenas he reunido mis pensamientos cuando otros miembros del equipo del *Bugle* comienzan a filtrarse.

—Hey —dice Natalie llamándome, pero se dirige a los demás. Está empuñando su teléfono con un movimiento amenazador—. ¿Vieron la portada?

—Natalie, ¿podrías guardar tu teléfono? —el señor Powell hace que todos se alejen de la puerta—. ¿Qué tal si nos sentamos todos?

Unos minutos más tarde, una vez que ha llegado la mayoría de los colaboradores, el señor Powell se para al frente del salón con las manos en las caderas.

—Bueno, amigos —dice—, tal vez algunos de ustedes vieron que se publicó un artículo en el sitio web del *Bugle* sin aprobación. Ya lo eliminamos, pero quiero enfatizar que esto es inaceptable en varios niveles. Primero, como deben saber, espero que todos traten al *Bugle* como un periódico de referencia, lo que significa que deben comportarse con profesionalismo e integridad periodística en todo momento. El proceso editorial existe por una razón, y todo el contenido que publicamos bajo la bandera del *Bugle* debe pasar por él —el señor Powell hace una pausa—. ¿Sí, Aarav?

Aarav baja la mano.

—¿Esto significa que Elisa está en problemas? —el salón estalla en murmullos de especulación. Miro a James, que niega con la cabeza, como si no pudiera creer que esto me esté pasando. Len también me está mirando, pero desvía la mirada cuando ve que ya me di cuenta.

—Y esto me lleva al segundo punto —prosigue Powell—. Elisa dice que no publicó el artículo y que tiene derecho a nuestra confianza, como corresponde a nuestra creencia en la presunción de inocencia hasta que se demuestre lo contrario. Pero esto significa que otra persona publicó su escrito sin su permiso, y eso también va en contra de las políticas del *Bugle*. Eh, ¿sí, Cassie?

—¿Elisa sí escribió esas cosas? —la voz de Cassie tiembla y me siento como el tipo de persona que ahoga a los bebés marsupiales sólo por diversión.

—Ah... —el señor Powell se ajusta los puños de las mangas antes de contestar—. Sé que Elisa pudo haber expresado algunas opiniones controvertidas, pero también se compartieron de forma prematura, si es que estaban destinadas a ser compartidas. Aquellos que estén interesados en explorar las inquietudes que ella planteó deben sentirse libres de venir a hablar conmigo, y tal vez podamos organizar una discusión más amplia. Pero mientras tanto, recomendaría que todos respeten la privacidad de Elisa en esta situación.

A veces, creo seriamente que el señor Powell merece una ovación de pie.

—Ahora, ¿qué tal si volvemos a trabajar? —propone.

Se supone que el equipo de Noticias tiene una reunión de actualización semanal todos los lunes, así que me arrastro hasta el grupo de escritorios donde están reunidos, diseminados ante mí como el círculo socrático más hostil del mundo.

Ahí está Aarav, escribiendo algo en su teléfono. Olivia, tamborileando con sus uñas cuidadas sobre el escritorio. Natalie, observándome como un insecto al que ha inmovilizado por el ala. Y Len, de vuelta en su computadora, fingiendo que no está sucediendo nada inusual.

—Entonces —digo, mirando la hoja de cálculo que tengo abierta en mi computadora portátil—. ¿Alguna actualización del trabajo?

—De hecho, yo tengo una pregunta —Natalie levanta la mano, y decide a mitad de camino agarrar un mechón de cabello, que enrolla alrededor de su dedo.

Todos la miramos.

—¿En verdad crees que el *Bugle* es misógino?

Len y yo intercambiamos una mirada. Sucede antes de que me dé cuenta de lo que está sucediendo: miro a mi alrededor, mi cara se contorsiona en un *Uff, mátenme ahora*, y Len es el único que responde con un gesto de *Lo siento, amiga*.

—Nunca dije eso, exactamente —mis mejillas quizá estén a tono con el esmalte de uñas del dedo anular izquierdo de Olivia.

—Insinuaste que por eso eligieron a Len como editor en lugar de a ti. ¿No es así?

Natalie hace preguntas difíciles, como una buena reportera de noticias. Lo agradecería más si no fuera yo la que está siendo interrogada. Decido desplegar una técnica de evasión clásica.

—Tú estabas allí, ¿no es así? —digo con calma—. ¿Por qué no nos dices por qué votaste por Len?

—De hecho, ¿qué tal si no? —la interrupción de Len es indiferente, como una broma de usar y tirar, pero me entero de que él también puede llegar a un tono rosa brillante.

—Oye, Elisa —el señor Powell se ha detenido—, ¿podemos hablar, cuando tengas un minuto?

Hago un gesto con la mano resignada hacia el equipo de noticias.

—Si nadie tiene actualizaciones, supongo que ya terminamos —digo, y todos se dispersan como un grupo de rehenes que hubiera sido liberado de pronto.

Sigo al señor Powell afuera y él cierra la puerta detrás de nosotros.

—¿Cómo estás? —suena preocupado.

—Oh, ya sabe, no le agradaba a nadie allí, así que les dije que eran un grupo de misóginos, y ahora les agrado aún menos.

La risa del señor Powell es más como un suspiro.

—Me preguntaba si querías hablar sobre lo que escribiste —dice—. Fue todo un manifiesto.

Trazo una grieta en el cemento con la punta de mi dedo del pie.

—No sé —por un segundo, la ira vuelve a surgir dentro de mí—. No me malinterprete. Definitivamente, creo que esto tuvo algo que ver con el sexismo —de repente, imagino a Len, y no puedo decidir si me siento más humillada por el hecho de que lo llamé el patriarcado envuelto en sentimentalismo barato, o que básicamente dije que él hace que el acné se vea bien—. Ufff —escondiendo mis manos en las mangas de mi suéter, presiono las palmas contra mi cara y oprimo mis mejillas hacia abajo—. En realidad, sólo quiero que todo desaparezca.

El señor Powell asiente en un gesto de apoyo.

—Lamento que no sea más fácil para nosotros averiguar quién lo publicó —dice—. Pero puedes ver el lado positivo:

aunque no fue tu intención, creo que has provocado una discusión seria entre el equipo, lo cual siempre es bueno. Y al menos, el texto ya no está publicado, ¿cierto? Lo peor ya pasó.

Me permito relajarme un poco. Quizás eso sea cierto. Tal vez sólo necesito mantener cierta perspectiva sobre la situación, y todo saldrá bien. Totalmente bien.

6

Winona sostiene su teléfono frente a mi cara.

—¿Qué... es... esto?

En la pantalla, me veo en un video Boomerang con los brazos cruzados y poniendo los ojos en blanco. Hacia la derecha y luego otra vez. Una y otra vez. Para ser honesta, quiero descargarlo para usarlo como un meme personal cada vez que Kim me envíe mensajes molestos.

Por desgracia, en la publicación de Instagram también se incluyen capturas de pantalla que no me gustan tanto, junto con el siguiente comentario conveniente:

@nattieweinberg: En caso de que te lo hayas perdido: @elisquan escribió este interesante "manifiesto" que se publicó en la portada del Bugle, aunque desde entonces ha sido eliminado (ve las capturas de pantalla). En él, acusó al personal del Bugle de ser sexista porque elegimos a @lendimartile para que fuera el editor el próximo año. ¿Demasiado dramática? Elisa alega que ella no lo publicó. Lo dudo un poco. Pero bueno, apoyaré la libertad de expresión. Elisa puede decir lo que quiera, y nosotros también. ¿Es una mala perdedora o hay algo de verdad en todo esto de la misoginia? ¿Existe el sexismo en Willoughby? Discutamos.

—Eso es lo que tú llamas periodismo serio —me quejo con Winona.

—¡Qué montón de mierda! —declara.

Caminamos hacia la casa de Winona con su hermano pequeño, Doug, que todavía está vestido con su uniforme de cadete de Santa Ágata.

—Winona, ese lenguaje —dice Doug, que tiene once años. Todavía no ha sucumbido a la atracción de la adolescencia malhablada, que un día nos llega a todos.

—Qué montón de mieeeeeeeeeerda —responde Winona.

Los Wilson viven en una comunidad escrupulosamente planificada llamada Palermo, que se encuentra a poca distancia de Willoughby y Santa Ágata. Como la ciudad siciliana que le dio nombre, este Palermo está rodeado por muros de ladrillo marcando su perímetro. A diferencia del original, éste cuenta con calles curvas lo suficientemente anchas como para estacionar cuatro BMW, uno al lado del otro, así como aceras inmaculadas y jardines más exuberantes de lo que cualquier césped en un clima desértico tendría derecho a ser.

Ahora mismo vamos por la avenida Palermo, la calle central del fraccionamiento. Todas las casas de la calle dan al otro lado, por lo que no hay nada que ver más allá de las copas de los árboles de los patios traseros y algún ocasional aro de basquetbol. A veces es tan silencioso que se puede escuchar el gorgoteo de una fuente de imitación de estilo italiano.

Hoy, sin embargo, Winona y yo estamos causando un escándalo.

—Podría *matarla* —tiro de las puntas de mi cabello—. Ni siquiera sé cuándo tomó ese video.

—En serio, eso es un desastre —coincide Winona—. ¿Qué vas a hacer?

—No tengo idea —contesto—. Le dije que lo quitara, pero algo me dice que eso no va a suceder.

El mayor problema es que ya hay un montón de comentarios, sobre todo de miembros del equipo del *Bugle*, quienes, como era de esperar, piensan que me pasé de la raya de lo políticamente correcto.

@livvynguyen: Es increíble, ¿verdad? Estaba tan sorprendido.

@heyitsaarav: Amiga, lo siento @elisquan, pero estás totalmente loca. No somos sexistas.

@ocallahant: Uh, noticia de último minuto: @lendimartile era simplemente un mejor candidato. No todo tiene que ser sexismo.

@auteurwinona: ¿Podemos dejar de llamar "locas" a todas las chicas que dicen lo que piensan? Eso es sexismo, en caso de que no se hayan dado cuenta. Además, ¿desde cuándo está bien publicar el contenido de otra persona sin su permiso?

—La buena Winona —digo—. Explícales.

—Niña, sabes que estoy contigo.

Cuando giramos hacia la calle Terrazzo, donde viven los Wilson, Doug saluda a una vecina que camina con un golden retriever.

—¡Hola, señora Singh! ¿Ya está Sai en casa?

—Llegará pronto, Doug —responde ella, saludando—. Cuando regrese, lo mandaré contigo de inmediato.

—Papá dice que le gustan esas amapolas nuevas que sembró —informa Winona, señalando la explosión de arbustos que recientemente ha reemplazado el césped de los Singh.

Como si fuera una señal, el golden retriever trota hacia el arbusto más alto y levanta una pata.

—Son bastante resistentes, ¿cierto? —la señora Singh hace una pausa para admirar su propio jardín—. ¿Me creerás que los pedí a través de internet?

—No puede ser —la incredulidad de Winona es rotundamente animada.

—Les enviaré un correo electrónico a tus padres con el nombre de la empresa. Tu mamá estaba preguntando.

—Genial, gracias, señora Singh. Estoy segura de que mamá estará muy agradecida —y con eso, Winona concluye hábilmente la conversación, mientras nos conduce a Doug y a mí por el camino de piedra hasta la puerta de su casa.

Los Wilson son la única familia negra de la cuadra, por lo que los padres de Winona siempre se han esforzado por conocer a todos sus vecinos. Winona dice que su padre cree que eso garantizará que los Wilson sean vistos como parte de la comunidad, que es, por lo demás, blanca y asiática en su mayoría. El señor Wilson, un colosal hombre de hombros anchos y una sonrisa todavía más grande, es un exjugador de futbol americano universitario y el actual vicepresidente de una empresa de ropa, la clase de éxito que cree que debe todo lo que ha logrado a Dios, a la patria y al decoro. "Nunca te hagas notar por una razón equivocada", le gusta decir. "No les des la oportunidad de derribarte."

Winona juega según las reglas de su padre, pero sólo por ahora. "Obviamente, entiendo de dónde viene él", explica a menudo. "Pero convertirse en el alcalde no oficial de la Tierra de las McMansiones no va a arreglarlo todo."

Para Winona, el verdadero sueño implica una sola cosa: hacer películas. Desde ese primer proyecto de la clase de Español, se ha vuelto mucho más conocida en Willoughby por sus videos, y casi todos han obtenido entusiastas críticas (la única excepción fue una pieza satírica sobre los conspiracionistas climáticos, un trabajo que Winona siente que fue malinterpretado hasta el día de hoy). Su proyecto actual, un cortometraje protagonizado por Doug y Sai, se titula *Los caminos de entrada*, lo que Winona describe como "una meditación sobre dos chicos, su amistad y las diferentes formas de ser de piel oscura en los suburbios". Está planeando participar en el Festival Nacional de Jóvenes Cineastas, que es básicamente, como ella dice, el "Sundance para estudiantes de bachillerato, así que, sí, se trata de algo importante".

El año pasado, su petición de entrar al festival fue rechazada, y sé que eso en verdad la desanimó. Esa película había sido un poco experimental: en lugar de apoyarse en los temas de justicia social que por lo general explora, decidió contar una historia semiautobiográfica sobre una muñeca que su abuela le había regalado años atrás. La respuesta, sin embargo, fue que la pieza era "encantadora, pero podría haber abordado temas más amplios". Yo no estaba segura de que eso estuviera siendo del todo justo, pero los comentarios parecieron pegarle a Winona, aunque insistió en que no sería de ese tipo de artistas que lloran por las críticas. Desde entonces, ha pasado mucho tiempo tratando de encontrar una idea que se sienta lo suficientemente importante como para participar en la competencia de este año, y no fue hasta el mes pasado que se le ocurrió *Los caminos de entrada*. Sin embargo, está convencida de que será un éxito y su trabajo más importante hasta el momento.

Por eso, en las aproximadamente tres semanas que nos quedan, vamos a trabajar muy duro para hacer de *Los caminos de entrada* la mejor obra posible. Soy la productora del proyecto, lo cual, debido a que es una producción de Winona Wilson, significa que también dedico mucho tiempo a ser la editora de historias, asistente de producción, mensajera, operadora de audio y todo lo demás. Somos un pequeño equipo, pero funciona.

—¡Hola, Smokey! —Doug se inclina para abrazar al perro de la familia, una mezcla de boyero de Flandes y schnauzer azul grisáceo que ha venido a darnos la bienvenida meneando la cola. Smokey es el primer boyero de Flandes y el primer schnauzer que he conocido, y también uno de los perros más inteligentes. Tiene una personalidad extremadamente magnética y más fans de los que yo podría adquirir en toda mi vida.

—Por cierto, ¿te dije que Serena Hwangbo habló conmigo hoy? —pregunta Winona, mientras me hundo en la alfombra para acariciar a Smokey.

—¿En serio? —Serena, la presidenta del tercer grado, es una de esas chicas populares cuya posición social se ha basado principalmente en que es la novia de una serie de ídolos de Willoughby (Jason Lee en este momento, un estudiante de último año que es parte del equipo de beisbol) y, en segundo lugar, en que es coreana, el grupo demográfico asiático más grande en el campus y, por lo tanto, el más genial. También es conocida por ser "simpática", algo que Winona siempre ha considerado como una forma leve de conformidad con el patriarcado: "¡Sonríe demasiado como para que le digan alguna vez que necesita sonreír más!".

Al parecer, sin embargo, Serena ha tenido el descaro de pedirle un favor a Winona.

—Me preguntó si yo quería hacer el video promocional del baile de graduación —dice Winona, pero suena como si la petición implicara aplastar un nido de cucarachas.

—¿Lo vas a hacer?

—No lo sé —responde. Subimos en estampida la escalera de caracol que conduce a la habitación de Winona—. Estoy aquí esforzándome por hacer arte, ¿y ella quiere que filme un comercial pretencioso? —sus labios se comprimen en una delgada línea—. Además, el tema es *Las chicas de rosa*, y siento que podría oponerme filosóficamente a eso.

—¿Al tema o a la fiesta de graduación?

Winona arroja su mochila al suelo y lo piensa por un segundo.

—A ambos. Pero me refería al tema.

—¿Porque estás en contra de John Hughes?

—¿Estoy en contra de que el baile de graduación sea un homenaje a un hombre que, a pesar de su don de narrar la adolescencia con ingeniosa sensibilidad, también fue probablemente sexista, racista y homofóbico? Sí —Winona transfiere una pila de ropa de la silla a su cama—. Pero quizá le estoy dando demasiado crédito a Serena Hwangbo. Tal vez ni siquiera sepa quién es John Hughes. Tal vez tan sólo le guste el rosa.

—De ninguna manera. Ella debe saberlo.

Winona resopla.

—¿La conoces?

Ahora comienza a escudriñar entre el desorden de su escritorio. Un libro de reseñas de películas de Pauline Kael es colocado cuidadosamente en un librero, pero casi todo lo demás encuentra su lugar en el piso. Una bolsa de plástico que solía contener zanahorias baby es arrojada a la basura, pero no antes de que la última pieza seca se entregue a un entusiasta Smokey, que nos siguió escaleras arriba.

—Aquí está —triunfante, Winona levanta las páginas destrozadas de un guion—. Añadí algunas notas después de nuestra última sesión.

Veinte minutos después, estamos frente a la casa de los Wilson. Sai, un niño de cara redonda con cabello grueso que se eriza en la espalda, se para frente a Doug. Los dos juegan manos calientes mientras Winona se agacha junto a ellos con su cámara y yo sostengo el micrófono boom por encima de mi cabeza.

Sai y Doug miran sus manos intensamente, tal como Winona les indicó. Las palmas de Sai están hacia arriba, mientras que las de Doug, por encima, están hacia abajo. Cuando las manos de Sai tiemblan, Doug aparta las suyas. Luego, con la misma rapidez, las vuelve a extender y el juego continúa.

El sol está directamente sobre su cabeza y una capa brillante se ha formado en la frente de Doug. Sai se inclina hacia delante, con rostro imperturbable. Sus manos permanecen quietas. Entonces, ¡manotazo! Su ataque hace contacto.

—¡Carajos, Sai! —Winona deja caer la cámara, lo que tomo como una señal de que está bien bajar el brazo del micrófono. ¡Cargar esa cosa es agotador!

—Ese lenguaje, Winona —dice Doug.

Winona lo ignora.

—Se supone que no debes pegarle, Sai. Ya habíamos repasado esto.

Sai está sonriendo como si se hubiera metido una tonelada de dulces en la boca.

—Ya sé, pero no puedo evitarlo.

Winona se vuelve hacia Doug.

—Además, ¿tú por qué eres tan malo en esto? ¿No te he enseñado nada?

Bloqueo su inminente disputa con el micrófono.

—¿Qué tal si lo intentamos de nuevo?

Montamos la escena una vez más y empezamos desde el principio. De nuevo, Sai y Doug se miran las manos. De nuevo, Winona enfoca la cámara sobre ellos. Y entonces, justo cuando Sai está a punto de hacer su movimiento, mi teléfono suena. La atención de todos se fija en mí.

—¡Maldita sea, Elisa! —dice Winona.

—Ese lenguaje... —comienza Doug.

—¡Maldita sea, Doug!

—Perdón, es mi culpa —saco mi teléfono de mi bolsillo con el pretexto de silenciarlo, pero aprovecho para revisar la notificación.

—¡Dame eso! —Winona me quita el teléfono de las manos y se dirige con fuertes pisadas hacia la puerta principal—. A partir de este momento, tenemos una regla nueva: nada de celulares en el set —entra y reaparece unos segundos después, con las manos vacías—. Concentrémonos ahora, ¿de acuerdo?

Asintiendo, levanto el micrófono en el aire y todos regresamos a nuestros lugares, justo cuando un leve zumbido se escucha a través de la ventana. Y luego otro. Y otro.

Me muevo con inquietud, luchando contra el impulso de subir corriendo los escalones, pero Winona me señala con un dedo.

—No, Elisa —me advierte—. Ni siquiera lo *pienses*.

7

Pero esto es lo gracioso de los comentarios en las redes sociales: el hecho de que no pienses en ellos no significa que la gente deje de publicarlos.

A la mañana siguiente, la publicación de Natalie, para mi consternación, se ha vuelto positivamente viral considerando los estándares de Willoughby. Estoy bastante segura de que más personas han leído el manifiesto en las últimas veinticuatro horas que todo lo que he escrito para el *Bugle* en los últimos tres años juntos. Ni siquiera conozco a todos los que han comentado al respecto, pero definitivamente parecen pensar que me entendieron. Y la mayoría no son fans:

@joeschmoez01: Pobre chico. Esta maldita se le está yendo ENCIMA sin una buena razón.

@gracenluv: ¿De qué habla? ¿Qué sexismo experimentamos aquí? ¡La presidenta de tercer grado es chica! 🧒

@walkerboynt: ¿Cuándo fue la última vez que tuvimos un presidente negrx o latinx? #preguntaseria.

De vez en cuando, algunos me siguen un poco la corriente y afirman que tengo razón en algunos puntos, pero que a fin de cuentas estoy en un error:

@hannale02: Entiendo lo que dice, pero a NADIE le importa quién está a cargo del Bugle. ¿Podría hacer su escándalo por algo importante?

@lacampanaaa: De acuerdo, pero no es suficiente con que las mujeres se hagan cargo. El SISTEMA ENTERO tiene que ser reinventado.

También hay muchos comentarios sobre mi apariencia, que parece ser relevante después de todo:

@getitriteyo: Necesita un corte de cabello.

@notyourlilsis: Cariño, necesitas cuidarte más. Ese suéter no te está haciendo ningún favor.

@ andmanymore502: Es algo linda para una chica asiática. Aunque no tiene un gran trasero.

Lo más humillante, sin embargo, es esta absurda historia de fondo que involucra un romance fallido entre Len y yo:

@benimator: ¿Se habrá acostado él con otra chica o algo así? Suena muy encabronada. 😂

@ socalsurf18: Seguramente, él la dejó. Ella sólo necesita acostarse con alguien más.

@78coffeeabs: Vaya, no lo culpo. Definitivamente, ella no es tan sexy como para considerarse edición especial.

Cuando suena la campana para el almuerzo, me envuelvo en mi suéter y camino hacia mi casillero con la cabeza gacha y los ojos pegados al teléfono. Alrededor de mí, la gente está saliendo de sus salones y cruzando el patio, pero ignoro a todos. Aunque sé que no debería hacerlo, repaso obsesivamente los últimos comentarios, cada uno de los cuales es un cliché afilado como un cuchillo. Estoy tan concentrada en seguir mi destripamiento social en línea que no me doy cuenta de que estoy a punto de tropezar con una discusión ligada a ello, pero ocurriendo en la vida real.

—Siempre supe que Elisa era intensa, pero ese manifiesto fue una exageración, ¿no crees? —antes de dar vuelta a la esquina, escucho la voz de Natalie y me quedo congelada. Mi casillero está a sólo un metro o dos de distancia, pero también está en la dirección de donde parece provenir la voz de Natalie y, a pesar de todas las pruebas de lo contrario hasta el momento, poseo una pizca de instinto de supervivencia. Estoy a punto de salir corriendo cuando reconozco la otra voz.

—Sí, ella puede ser un poco... complicada —dice Len.

El aguijón quema todo en su camino hasta mi cara. De repente, ya no tengo ganas de salir corriendo. En cambio, marcho *hacia* mi casillero, incluso cuando Natalie, cada vez más cerca, dice:

—Honestamente, me alegro de que tú seas el editor el próximo año. Ya es hora de un cambio. La forma en que el señor Powell le permitió zafarse... ¿qué onda con eso?

Me digo que sólo voy a abrir mi casillero, tomar mi lonchera, cerrar mi casillero y actuar como si no estuviera escuchando ni una sola palabra de ninguno de los dos. Sólo abrir mi casillero, tomar mi lonchera...

—¿Qué demonios? —farfullo sin querer.

Me quedo mirando fijamente mi casillero, que acaba de ser adornado con una sola palabra, escrita con letra irregular con marcador permanente: *FEMINAZI*.

Porque hablar en contra del sexismo es exactamente lo mismo que apoyar a un régimen político que cometió una de las peores atrocidades de la historia de la humanidad. Ridículo.

Miro alrededor en busca del culpable, pero lo único que registro es que Natalie y Len dan vuelta a la esquina y se muestran sorprendidos de verme. Natalie es la primera en recuperar la compostura.

—Hablaremos más tarde —le dice a Len. Y luego agrega para mí—: Hola, Elisa —antes de alejarse.

Busco mi candado, pensando que si me entretengo el tiempo suficiente, Len seguirá su camino y la situación habrá terminado. Pero en cuanto toco el candado, se abre, incluso antes de ingresar la combinación. Esto despierta mis sospechas de inmediato, porque, en circunstancias normales, no es así como quieres que funcione tu candado de combinación. Despacio, lo desengancho y abro la puerta.

Grito cuando una avalancha de tampones cae y se derrama sobre el cemento.

—¿Qué *demonios*? —me tambaleo hacia atrás. Por desgracia, Len está justo detrás de mí y reacciona un instante demasiado tarde. Es empujado hacia un lado por el mastodonte de doble compartimento que es mi mochila, esa eterna armadura contra la frialdad, reforzada como de costumbre por el peso de demasiados libros de texto.

—Vaya, ¿qué tanto cargas ahí? —dice Len. Se frota el brazo por reflejo y me siento avergonzada.

—Libros —digo, mis mejillas alcanzan un nivel de calor que no sabía que fuera posible en tan pocos segundos—. Yo no... —me encuentro gesticulando débilmente con los tampones en el suelo, como si fueran a ofrecer una explicación racional de lo que acaba de suceder, pero me detengo porque me doy cuenta de que lo que estoy haciendo es llamar la atención de un chico sobre el hecho de que hay un montón de tampones en el suelo. Presumiblemente míos.

Len, en una respuesta razonable, aunque algo insensata, se inclina para ayudarme a recoger los tampones que rodaron hasta sus pies. Pero entonces se da cuenta de algo.

—Espera, ¿son...?

—Sí —digo, insensible a todo a estas alturas—. Son tampones —me pongo sobre manos y rodillas para recoger tantos como pueda.

—¿Estás segura de que tienes suficientes?

Le lanzo una silenciosa mirada asesina y luego reanudo mi furiosa labor.

Len mira FEMINAZI escrito en la puerta de mi casillero.

—¿Necesitas... mmm... ayuda?

—No, gracias —me pongo de pie para volver a meter puñados de tampones en mi casillero—. Estoy más allá de tu ayuda. Demasiado "complicada", según he escuchado.

Len se pone rojo, pero por lo demás parece indiferente.

—Bueno, ¿por qué te importaría lo que pueda decir una estrella de beisbol acabada? —responde, entregándome los tampones que recogió. Abro la boca para responder, pero no sale nada. Me sonríe con gesto irónico y se aleja.

Siento esta extraña necesidad de correr tras de él, agarrar su brazo y decir: "Hey, no quise decir eso. No hay nada de malo en ser una estrella de beisbol acabada. Es más, ni siquiera me agradan las estrellas de beisbol".

Pero la explicación comienza a desmoronarse incluso en mi fantasía, así que no digo nada. En lugar de eso, me quedo ahí parada, mirando cómo sus zancadas revelan destellos de los calcetines blancos en sus tobillos.

Suspiro y me agacho para recoger más tampones. No tengo la menor idea de qué hacer con esto, porque ni siquiera uso tampones. Parece un desperdicio tirarlos, pero no puedo dejarlos en mi casillero para siempre, así que empiezo a meterlos en mi mochila, ¿tal vez podría distribuirlos en los baños de chicas?

Cierro la puerta de mi casillero de golpe, y el garabateado FEMINAZI me devuelve la mirada. Intento frotarlo con la manga de mi suéter, pero no se despinta. Ni siquiera un poco. Saco mi teléfono y empiezo a buscar en Google *cómo limpiar un letrero con Sharpie en un casillero metálico*, cuando lo absurdo de todo esto me golpea.

Pero ignorar la situación no ha funcionado, y arremeter contra ella sólo hará que parezca más histérica.

Y entonces, con mi mochila llena de tampones, descubro exactamente lo que tengo que hacer.

8

Winona se muestra escéptica.

—No estoy tan segura.

—Se trata de recuperar la narrativa —digo—. Créeme, es un movimiento brillante porque nadie lo espera. Nadie piensa que vas a estar de acuerdo con ellos cuando se están cagando en ti. Los confundirá por completo.

Estamos en la sala de usos múltiples, desde donde se transmiten en vivo los anuncios matutinos todos los días a las ocho en punto. Me escapé del *Bugle* diez minutos antes para reunirme aquí con Winona, que debe cubrir un turno para tomar fotografías esta mañana y que aceptó ayudarme a regañadientes.

—Si bien es genial que seas de ese tipo de personas que se refiere a sus propios planes como "brillantes", no creo que esto vaya a hacer que la gente deje de llamarte feminazi —dice, mientras ajusta el trípode—. En todo caso, quizás empeore las cosas.

—Sí, pero no importará, porque me lo habré apropiado —explico—. Lo único peor que ser insultada es ser insultada por algo que ni siquiera hiciste.

—Interesante filosofía sobre el insulto —dice Winona. Los locutores de hoy son Serena Hwangbo y Philip Mendoza, el tesorero de la escuela.

No es un requisito estar involucrado con el consejo estudiantil para leer los anuncios de la mañana, pero existe una gran coincidencia entre nuestros líderes y la población de estudiantes de Willoughby que piensan que se ven bien en cámara.

—Hola, Elisa —dice Serena, en un tono que consigue cuestionar mi presencia y transmitir una cálida bienvenida al mismo tiempo. Despliega una sonrisa que sólo puede describirse como luminosa. Hombre, esta chica tiene un buen dentista.

—Hola —digo, pero eso es todo. No voy a explicarle nada a Serena Hwangbo, lo cual está bien, porque pierde el interés en medio segundo.

—Está bien, todos a sus lugares —grita Winona, colocándose detrás de la cámara. Le encanta decir cosas que la hagan sonar como una directora—. Cinco, cuatro, tres... —termina la cuenta regresiva en silencio, sólo con los dedos, y entonces, ya estamos en vivo.

—¡Hola, Centinelas! —dice Serena—. Es Serena Hwangbo aquí...

—Y Philip Mendoza.

—Por favor, pónganse de pie para el saludo a la bandera.

Me distraigo mientras recitan el menú del día de la cafetería, los recordatorios sobre las próximas fechas de exámenes estandarizados y un montón de otras cosas aburridas que por lo general son el soundtrack de mis repasos de último minuto. Me pregunto si el señor Pham, cuya clase de Química avanzada es la primera del día, me pondrá un retardo.

Winona me empuja. *Prepárate*, me dice sin voz. Me paro frente al telón de fondo marrón que se ha colocado junto a donde están sentados Serena y Philip.

—Y ahora, la invitada especial del día —dice Philip.

Por lo general, este segmento de los anuncios matutinos está reservado para personas como el capitán del equipo de basquetbol, invitando a todos a asistir a algún juego en nuestras canchas, o al presidente del Club Key, pidiendo a las personas que donen alimentos enlatados. No es difícil conseguir este tiempo de transmisión, pero debes enviar una solicitud de aprobación a la señora Greenberg, la asesora que supervisa los anuncios.

Hoy, sin embargo, la invitada especial soy yo y no presenté ninguna solicitud. Winona, en un acto de verdadera amistad, acaba de colarme.

Gira la cámara hacia mí y es ahora o nunca.

—Gracias, Philip —digo, como si se supusiera que esto debería suceder—. Soy Elisa Quan, jefa de redacción del *Bugle*. Quizá la mayoría de ustedes me conocen porque escribí ese manifiesto. Ya saben, el del sexismo y el *Bugle*. El que ha recibido tanta atención.

La señora Greenberg se ha levantado de su escritorio, donde estaba en su computadora, y se ve muy confundida. Imagino que cuento con alrededor de sesenta segundos antes de que su desorientación se convierta en desaprobación e intente sacarme del aire.

—Primero —digo—, para que conste, el manifiesto no estaba destinado a ser publicado. Alguien lo publicó sin preguntarme. Así que me disculpo por cualquier comentario que pueda malinterpretarse como un ataque personal contra un individuo específico. Sin embargo, mantengo mi observación de que Willoughby no está, como muchos intentan afirmar, más allá del sexismo.

La señora Greenberg está ahora gesticulando hacia Winona, quien hace un valiente esfuerzo para parecer que no comprende cuál es el problema. Se lleva un dedo a los labios y me señala, como si dijera: *¡No puedo hablar, estamos grabando!*

—Todos sabemos que los dos grupos de estudiantes más antiguos (y, algunos podrían decir, los más venerables) del campus son el Consejo de Estudiantes y el *Willoughby Bugle*. La mayoría de los estudiantes de Willoughby que pasan a la Liga Ivy y a otras universidades de élite invariablemente pertenecieron a uno u otro. Pero ¿sabían que las chicas rara vez son elegidas para el puesto de liderazgo superior de cualquiera de estas organizaciones?

Pasé la tarde de ayer en la biblioteca de Willoughby, revisando viejos anuarios con una hoja de cálculo y, como resultado, descubrí algunos números muy interesantes.

—El consejo estudiantil tiene un historial aún peor que el *Bugle*: en casi cuarenta años, durante los cuales las estudiantes han constituido consistentemente al menos la mitad de la población de Willoughby, sólo cinco chicas han sido elegidas como presidentas de la escuela. Claro, tenemos mujeres oficiales de clase y tesoreras y vicepresidentas, al igual que nosotros, en el *Bugle*, tenemos editoras de sección e incluso jefas de redacción —me cruzo de brazos—. Pero ¿qué les dice el hecho de que *primeros* puestos sigan siendo tan desigual y obstinadamente masculinos?

Miro a la señora Greenberg, que ya ha dejado de intentar interferir y, de hecho, está parada allí, escuchando. Es el momento de lanzar el desafío.

83

—Entonces, hoy estoy aquí para llevar mi manifiesto un paso más allá —digo—. Nos reto a hacer de ésta la primera vez en la historia de Willoughby en que tenemos una presidenta de escuela y una editora en jefe el mismo año. Eso significa que estoy llamando a todas las chicas calificadas para que se postulen para presidenta de la escuela en las elecciones del consejo estudiantil del próximo mes —luego, me aseguro de mirar directamente a la cámara—. Eso también significa que le pido a Len DiMartile que renuncie a su puesto como editor en jefe del próximo año.

Levanto mi mochila, abro la cremallera del compartimento principal y saco un pin gigante que dice SOY FEMINIS-TA. Hice un par de docenas anoche, usando esos botones de plástico transparente en los que insertas un papel, y dejé un cuenco lleno en el vestidor de las chicas. *Toma uno si crees en la igualdad de género*, escribí en un cartel.

Pongo el pin en mi camisa ahora.

—Algunos de ustedes pueden pensar que esto me convierte en una "feminazi". Pero, en realidad, sólo me convierte en feminista.

Ahora muestro una sonrisa que rivaliza con la de Serena.

—Y la próxima vez que quieran llenar mi casillero con productos menstruales —agarro los costados de mi mochila con ambas manos—, háganme un favor y que sean toallas —tiro todos los tampones al suelo—. Yo nunca he sido una chica de tampones.

Y entonces, salgo de la escena.

Winona gira la cámara hacia Serena y Philip, quienes todavía tienen la cabeza vuelta hacia mí, mirándome fijamente. Winona llama su atención agitando la mano y Serena es la primera en recuperarse.

—Y eso es todo lo que tenemos el día de hoy —dice riendo, como si no estuviera segura de lo que acaba de suceder, pero se las arregla para recordar la despedida—. ¡Buenos días y buena suerte!

9

El doctor Guinn, que tiene forma de pera y es calvo, inclina su silla hacia atrás y me sonríe. Siempre había pensado que era un buen tipo, pero mientras sus ojos se arrugan ahora, me pregunto si lo que Winona ha estado diciendo durante años es cierto: no es un brillo lo que hay detrás de esas gafas redondas de Papá Noel. Es algo un poco más siniestro. Como un destello.

—¿Cómo estás, Elisa? —pregunta.

Estoy sentada en el borde de un sillón donado por el distrito con mi mochila todavía puesta, como si estuviera convencida de que la señora Wilder, la administradora, vendrá en cualquier momento y me dirá que todo esto ha sido un error. Que no era a mí a quien el doctor Guinn quería ver, sino a la otra Elisa Quan. La que la ha cagado de manera tan indignante como para justificar que la llamen a la oficina del director.

—Estoy bien —respondo—. ¿Cómo está usted?

El doctor Guinn se sienta y apoya los brazos sobre el escritorio, con las manos juntas.

—Para ser honesto, querida, me siento un poco sorprendido. Normalmente, eres tú quien organiza nuestras reuniones.

He entrevistado al doctor Guinn muchas veces para el *Bugle* a lo largo de los años, y debo decir que este sillón nunca se había sentido tan incómodo como ahora.

—Bueno, supongo que hoy hará usted las preguntas —digo con tono alegre.

—Muy cierto —el doctor Guinn ríe alegremente—. Muy cierto —vuelve a echarse hacia atrás y se alisa la corbata estampada con ánades reales—. ¿Qué tal si vamos directo al asunto? ¿Sabes por qué te pedí que vinieras hoy?

Bajo la mirada a la pequeña bandeja de dulces de mantequilla que el doctor Guinn mantiene cerca del borde de su escritorio. Pienso en tomar uno, pero decido no hacerlo.

—¿Por mi anuncio matutino no programado?

El doctor Guinn vuelve a sonreír.

—Esta conversación no está destinada a ser punitiva, Elisa. Sólo me gustaría tener una discusión —da unos golpecitos con los dedos en el apoyabrazos de su silla—. Has mencionado algunos puntos interesantes sobre género y liderazgo en Willoughby, tanto en tu ensayo (o manifiesto, como creo que lo llamas) como... sí... en tu anuncio de esta mañana. Es cierto que todavía tenemos trabajo por hacer en lo que respecta a los números que citaste.

Me preparo, porque eso no puede ser lo único que quiere decir.

—Y, por supuesto, como educador, siempre animo a los estudiantes a pensar de manera crítica y a expresar sus opiniones, como tú lo has hecho. Sin embargo.

Se cruza de brazos, revelando parches de cuero en los codos desgastados por muchos años de estar de brazos cruzados.

—También es mi trabajo dejar claro que hay un momento y un lugar para expresar el disenso racional. Y, lamentablemente, Elisa, los anuncios matutinos, secuestrados de la forma en que lo fueron, no son ni el momento ni el lugar.

En este punto, abre el cajón de su escritorio y saca un pin *SOY FEMINISTA* idéntico al que estoy usando. Debe haber conseguido que alguien se lo llevara del vestidor de chicas.

—Veo que cree en la igualdad de género —le digo.

El doctor Guinn ríe.

—Lo creo —dice, colocando el pin frente a mí—. Mucho. Sin embargo, sólo quería afirmar que tal vez tu causa se beneficiaría más con un enfoque menos antagónico.

Inspecciono el pin, que yace allí como un criminal siendo procesado.

—¿Es antagónico ser feminista?

El doctor Guinn cruza las manos sobre su escritorio.

—Vivimos en tiempos extremadamente pugilistas, Elisa. Los defensores de ambos lados de cada tema están cada vez más atrincherados, a menudo con poco o ningún espacio para la reconciliación. A veces me preocupa el impacto que esa cultura tiene en los jóvenes —de hecho, parece agraviado por esto—. Es mi esperanza, como puedes ver, que tu generación emerja como una nueva vanguardia de civilidad y compromiso. Y considero, en realidad, que es mi responsabilidad asegurarme de que así sea.

—Ya veo —no sé de qué otra manera responder.

—Entonces, no, querida, no es antagónico ser feminista, per se. Pero quizá podrías repasar todas las formas en que has presentado tus argumentos hasta ahora y evaluar si lo has hecho desde un lugar de exclusión o de inclusión. Por ejemplo, alentar a las chicas a postularse para presidenta de la escuela es una cosa. Pero exigir la renuncia de Len es algo muy distinto.

Reflexiono sobre esto.

—Eso es justo —digo—. Pero supongo que me lo estoy preguntando... ¿cuál hubiera sido una respuesta conciliadora, por ejemplo, al hecho de que alguien rayara mi casillero y lo llenara de tampones?

—Para empezar, ¿quizá no tirarlos de esa manera durante una transmisión en vivo?

Entiendan, no estoy diciendo que el hombre no tenga razón.

—Ciertamente, esa invasión a tu casillero fue en sí mismo inaceptable, y ten la seguridad de que habrá consecuencias para el culpable, si él o ella es descubierto —continúa—. Pero, para ser franco, me decepcionó tu propia falta de juicio al perpetuar la ofensa. Hablar de esos... mmm... asuntos personales al aire, sobre todo en un entorno educativo, es en verdad de muy mal gusto.

—No fue tan personal —digo—. Todos los que han estado en las redes sociales saben lo que sucedió en el *Bugle*. Además, ya sabe, mi casillero todavía dice *FEMINAZI*.

El doctor Guinn se aclara la garganta.

—Me refiero a tu discusión sobre la... higiene femenina.

Me toma un minuto entenderlo.

—¿Está tratando de decir que los tampones no están permitidos en los anuncios de la mañana?

El doctor Guinn me estudia por un momento.

—Quizá la señora Wilder pueda ayudarme a explicarlo —se encoge de hombros, como si no dependiera de él—. Sólo intento asegurarme de que éste sea un entorno en el que todos se sientan cómodos.

Veamos, lo entiendo. Los tampones son vergonzosos. Los periodos son vergonzosos. El síndrome premenstrual, por alguna razón, no lo es, pero eso se debe a que de alguna manera se ha convertido en sinónimo de estar de mal humor siendo mujer. Sin embargo, todo el asunto específico del *sangrado* sigue sin ser agradable, excepto en ciertos rincones de internet que demuestran tener conciencia. Y sí, admito que antes de mi reciente táctica arrasadora de descarga de tampones, yo misma era tan cómplice como cualquier otra chica. Incluso hacía toda una maniobra para tomar una toalla en clase sin que nadie se diera cuenta (meter la mano en la mochila con pretextos inocuos, colocar la toalla en la manga extremadamente espaciosa de mi suéter, levantar la mano para ir al baño sin que nadie supiera lo que había debajo de mi manga).

Pero es extraño que el doctor Guinn me diga lo vergonzosos que son los periodos. El hombre nunca ha tenido uno en su vida, ¿por qué tiene una opinión al respecto?

—¿Podría ser —digo, en un tono tan conciliador como puedo— que tal vez *no* sea un ambiente en el que todos se sienten cómodos... si no se nos permite hablar públicamente sobre algo que es una parte normal y saludable de la vida para todas las estudiantes y maestras que menstrúan en Willoughby?

El viejo intercomunicador en el escritorio del doctor Guinn suena: es la señora Wilder con un ominoso anuncio.

—El señor DiMartile está aquí para verlo —dice, y luego la estática se apaga.

El doctor Guinn mantiene presionado el botón y responde:

—Gracias, Claire, estaremos listos para él en breve —no me dice nada durante un rato, el tiempo suficiente para que empiece a preguntarme qué quería decir con "*estaremos* listos", en plural.

Finalmente, sonríe.

—Muy bien, Elisa. Parece que todos necesitamos, de vez en cuando, reexaminar nuestras cosmovisiones. Entiendo tu punto —hace un gesto de nuevo al pin *SOY FEMINISTA*—. Pero espero que tú también entiendas el mío.

Se quita los lentes y abre otro cajón, de donde saca un paño de microfibra.

—Descubrirás, a medida que te muevas por el mundo, que puedes sentir mucha ira por la forma en que son las cosas —dice, limpiando sus lentes—. Parte de convertirse en adulto es aprender a responder de maneras productivas.

Se toma su tiempo con los lentes. Cada segundo es cada vez más angustioso porque tengo la sensación de que no me va a gustar lo que viene a continuación.

—Hablemos, por ejemplo, de tu relación con Len.

—Yo...

—Escúchame, Elisa. Ustedes dos son colegas. Son compañeros. En este momento, parece que estás sintiendo mucho resentimiento hacia él, y es comprensible. Sientes que te están quitando algo. Y quizá, de alguna manera, la situación ha sido injusta. Pero la vida, querida, a menudo lo es. La solución, sin embargo, nunca está en hundirte todavía más. La solución es estirar la mano por encima de las trincheras y, como diría nuestro querido amigo Forster, conectar. Sólo conectar.

Se pone de pie y se acerca a la puerta cerrada.

—Con ese fin, le he pedido a Len que se una a nuestra conversación. Espero que no te moleste...

—Ah... —digo mientras abre la puerta.

Len levanta la vista de donde está sentado, en una de esas sillas de plástico que se encuentran frente a la oficina del doctor Guinn. Está encorvado, con los codos apoyados en las piernas como si lo hubieran enviado a la banca. Como un abanico abierto entre sus manos, hay un grueso libro de bolsillo.

—Hola, Len —dice el doctor Guinn, como si estuviéramos a punto de sentarnos para compartir un agradable almuerzo—. Ven acá, entra.

Len cierra el libro con un ruido sordo, se pone de pie y recoge su mochila en un solo movimiento en picada. Se deja caer en la silla junto a mí y de inmediato se inclina hacia atrás, de modo que las dos patas delanteras se levantan del suelo. Sus rodillas casi llegan a la parte superior del escritorio del doctor Guinn.

De repente, siento que la oficina es demasiado pequeña para los tres. Mi mochila comienza a sentirse incómoda, pero quitármela ahora se siente como una declaración de rendición.

—Como le estaba diciendo a Elisa —comienza el doctor Guinn—, dado todo lo que ha sucedido, sería una buena idea que ambos dejaran de lado las hostilidades y establecieran, si no una amistad, al menos una relación de trabajo entre pares. Sobre todo, considerando que el señor Powell me dice que Elisa tal vez será otra vez la jefa de redacción el próximo año —el doctor Guinn le hace señas a Len—. A menos que, Len, hayas decidido aceptar la… ehhh… ¿llamada a la acción de Elisa?

Len desenvuelve un dulce de mantequilla.

—Todavía no —dice, y tengo que detenerme físicamente para no poner los ojos en blanco.

—Fantástico —el doctor Guinn parece complacido, como si Len hubiera hablado por él y por mí—. Le propuse al señor Powell que ustedes dos escriban todas sus historias del *Bugle* juntos hasta fin de año.

Tanto Len como yo empezamos a hablar a la vez.

—Soy la jefa de redacción, eso significa que *edito*...

—No necesitamos...

—Se supone que ya no debo escribir tantas historias...

—Nos llevamos bien...

El doctor Guinn levanta una mano y nos quedamos en silencio.

—Uno a la vez, por favor —dice—. ¿Elisa?

—En estos días, paso la mayor parte de mi tiempo editando —explico—. No sé si tendré tiempo para escribir tantas historias.

—En realidad, estás trabajando en una historia ahora, ¿no es así? El señor Powell lo mencionó, creo. ¿Sobre la nueva tienda de té de perlas de tapioca al otro lado de la calle? Eso parece divertido. Ustedes podrían comenzar con eso.

El señor Powell, el traidor involuntario. Me hundo un poco contra mi mochila.

—Pero tienes razón, Elisa. Len, ya que Elisa te ayudará con tus deberes de redacción y presentación de informes, tú podrías ayudar con sus labores de edición. Compartir responsabilidades les ayudará a aprender a trabajar mejor juntos.

Empiezo a objetar lo que es claramente una degradación de facto (sin mencionar lo prematuro que resulta), pero Len se me adelanta.

—Doctor Guinn, estoy de acuerdo con todo lo que dice, cien por ciento —lleva el caramelo contra el interior de su mejilla—. Pero creo que estoy confundido acerca de por qué todo esto es necesario, dado que Elisa y yo ya somos amigos.

Tanto el doctor Guinn como yo lo miramos boquiabiertos.

—¿No es así, Elisa? —añade Len, sonriéndome como si pasáramos todo el tiempo juntos. Busco en su rostro algún tipo de explicación, pero no capto nada salvo que la franela verde hace que sus ojos se vean más avellana que marrones.

Una respuesta razonable en este momento, creo, sería explicarle al doctor Guinn que no tengo idea de qué diablos está hablando Len, porque indudablemente está mintiendo, así que tal vez cualquier castigo que reciba debería ser el doble de malo que el mío, y encima de eso no debería involucrarme.

Pero Len me está mirando, como esperando a ver si digo justo eso, mientras su curiosidad me cubre como una red suspendida. Así que no lo digo.

—Nosotros somos... amigos —digo.

—De acuerdo —dice el doctor Guinn.

—Ella me prestó esto, en realidad —dice Len, sosteniendo el libro que estaba leyendo. Se llama *Vida: instrucciones de uso*.

Nunca antes había visto este libro.

—Qué intrigante —el doctor Guinn examina la portada junto a mí. Es imposible saber si ya lo leyó o no—. ¿Qué te hizo sugerirlo, Elisa?

Len comienza a decir algo, pero el doctor Guinn niega con la cabeza.

—¿Elisa? —repite.

Me enderezo en mi silla y echo otro vistazo al libro. En realidad, no hay mucho más que pueda decir, además del hecho de que fue escrito por un tipo llamado Georges Perec y que al parecer fue traducido del francés.

Me quedo con eso.

—Len es un fanático de la literatura francesa.

—Así es —Len asiente rápidamente.

—Traducida, claro.

—Definitivamente, sólo traducida.

—Y sobre todo, autores masculinos, ahora que lo pienso.

—Quizá deberías recomendar a una escritora la próxima vez.

—¿Sabe? Quizá lo haga.

El doctor Guinn lleva su mirada de mí a Len. La pausa se siente interminable.

—Bueno —dice por fin, extrañamente divertido—. Parece que ustedes dos harán un buen equipo.

Exhalando, me sorprendo a mí misma sonriéndole con alivio a Len, que se pasa dos dedos por el cabello de nuevo, en ese movimiento que no es tan casual como parece, algo así como el equivalente masculino, ahora que lo pienso más, de acomodarse el cabello detrás de las orejas. Pero cuando se da cuenta de que lo estoy observando, me devuelve una pequeña sonrisa, y por un segundo casi lamento que su estratagema para frustrar el plan del doctor Guinn en verdad haya funcionado.

Luego continúa el doctor Guinn.

—Y ésa es la razón por la que ustedes no tendrán ningún problema en cumplir con nuestro plan —se inclina tanto hacia atrás que su brillante cabeza casi toca la pared del fondo, y su silla cruje como si fuera un presagio—. Espero ver sus artículos en coautoría.

10

¿Qué demonios fue eso?

Len atraviesa el asfalto a grandes zancadas y yo me apresuro para mantener su ritmo. Los dos nos dirigimos a Inglés, nuestra quinta clase, con los justificantes rosas de retardo en la mano.

—Ése era yo tratando de sacarnos de esta situación de Woodward y Bernstein —dice.

—Sí, eso lo entendí —digo—, pero ¿qué te hizo pensar que era una buena idea inventar esas cosas sobre mí y tu libro?

—Necesitaba un detalle que vendiera la historia —se encoge de hombros y se mete un segundo caramelo en la boca—. Fue lo primero que se me ocurrió.

—Bueno, tal vez deberías haberlo pensado un poco más. Ese libro es como una novela francesa al azar. No hay forma de que yo supiera nada al respecto.

—Ahora estoy consciente.

Tropiezo un poco con mi irritación.

—Entonces, ¿cuál es la verdadera historia?

—¿Mmm?

—¿Cómo diste con ese libro?

—Oh. Lo encontré en uno de los libreros de papá.

—¿De qué se trata?

Hace una pausa para que yo pueda alcanzarlo.

—Se trata de un edificio de apartamentos ficticio en París y de todos los que viven en él.

Espero que haya más en la sinopsis, pero me equivoco. No obtengo nada. Caminamos unos pasos en silencio, y estoy a punto de declarar muerta esta conversación cuando él decide continuar después de todo.

—Uno de los residentes, un tipo rico llamado Bartlebooth, está en una búsqueda de por vida.

Tengo un poco de curiosidad ahora.

—¿Qué tipo de búsqueda?

—Una muy exigente, muy específica —Len me mira, como para descubrir si en verdad quiero saber—. Involucra pinturas y rompecabezas y mucha miseria.

—Eso suena... azaroso.

Len ríe.

—Es sólo una forma elaborada de consumir toda su vida sin tener nada que mostrar. Y lo triste es que ni siquiera lo logra. Termina fallando en su propio compromiso con una existencia sin sentido.

Subimos las escaleras que conducen al único pasillo interior del campus, que ha sido inmortalizado en varias películas de Winona Wilson. Len sube los escalones de dos en dos, como si fuera más fácil para él de esa manera.

Dejo de intentar igualar su ritmo.

—¿Me acabas de estropear el libro?

Me espera en lo alto de la escalera mientras corro detrás de él.

—¿Pensabas leerlo?

—Si se supone que yo te lo recomendé... —resoplo, un poco sin aliento—, ¿no debería hacerlo?

Su rostro se divide en una sonrisa, como si estuviera recordando uno de sus propios buenos chistes.

—Fue una actuación bastante terrible la que diste allá.

—¡No recibí ningún aviso previo! No tenía idea de qué decir.

—Estabas en una situación difícil, estoy de acuerdo. Nos dirigimos hacia el salón de clases de la señora Boskovic, que se encuentra al otro extremo del pasillo. Len pasa la mano por la fila superior de casilleros, golpeando cada candado mientras pasa.

—Honestamente, ni siquiera entiendo por qué tenías que mentir.

—Fue al servicio de una verdad mayor. Mira, el ángulo de Guinn es que sólo quiere que nos llevemos bien. Pero no *necesitamos* escribir juntos cada historia para aprender a trabajar juntos. Quiero decir, míranos ahora, ya somos algo así como amigos.

La afirmación parece, en el mejor de los casos, una gran exageración.

—Aun así, hubiera preferido que me dejaras al margen. Len me abre la puerta.

—Sólo porque no funcionó.

Nuestra entrada es, lamentablemente, una interrupción.

—Hola —dice la señora Boskovic desde el frente, agitando su mano expectante. Como de costumbre, tiene varios anillos gruesos de piedras preciosas ("El único real es el turquesa", ha admitido).

Toda la clase observa mientras hacemos el camino de la vergüenza para entregarle los justificantes de retardo y luego nos hundimos en nuestros asientos, en lados opuestos del salón.

—Como estaba diciendo —la señora Boskovic apenas roza los papeles rosas antes de lanzarlos a la papelera de reciclaje—, hoy comenzamos una obra de teatro que explora temas pantagruélicos. Ambición. Moralidad. Violencia. Una de las mejores obras de Shakespeare —de su escritorio, toma un libro que destella por las notas adhesivas de varios colores neón. Lo sostiene con ambas manos, como si fuera un premio, contra el cachemir negro que envuelve su generosa cintura—. Esa obra maestra, por supuesto, es *Macbeth*.

La señora Boskovic continúa explicando que no sólo estaremos leyendo la obra, sino también interpretándola.

—Nunca olviden que Shakespeare escribió para el escenario —se entusiasma—. Quería que sus palabras fueran pronunciadas, vividas.

La mayor parte de la clase permanece inerte, pero Serena Hwangbo, sentada a un escritorio de mí.

—Idealmente, pondríamos en escena la obra en su gloriosa totalidad —dice la señora Boskovic—, pero, lamentablemente, no tenemos tiempo para darnos ese lujo. Tendremos que conformarnos con algunas partes clave —cambia su libro por una lata de palitos de paleta anchos, cada uno etiquetado con el nombre de un estudiante—. Los dividiré en equipos y asignaré a cada equipo una escena o dos, que presentarán durante las próximas semanas.

Winona levanta la mano.

—No, Winona, por mucho que disfruto de tu experiencia como autora, no puedes hacer un video para este proyecto.

Winona se deja caer de nuevo en su silla, como si no viera cómo eso podría hacer una diferencia.

—¡Quiero que experimenten la emoción del teatro en vivo! —la señora Boskovic agita la lata como si fuera una maraca—. Ésta es su oportunidad de sentir en verdad los altibajos del drama de Shakespeare. Cuando nadie responde con suficiente entusiasmo para igualar el de ella, suspira.

—Si se disfrazan, obtendrán puntos extra —con sus dos últimas palabras, una parte significativa del salón se muestra visiblemente más interesada.

La señora Boskovic elige los equipos sacando palitos de paleta al azar. Termino con una mezcla en verdad desafortunada que incluye a Ryan Kim —un compatriota coreano y un tonto por donde lo veas—, Serena y, debido a que el doctor Guinn parece haberles pagado a los dioses del azar, Len.

—De acuerdo, todos, hagan una reunión rápida con su equipo —dice la señora Boskovic—. Traten de tener una idea de a quién les gustaría interpretar en cada parte. Tienen quince minutos.

—Hombre… —Ryan se acerca con su edición de No le Temas a Shakespeare, de *Macbeth*, ya enrollada en forma de U. Nos mira a Len y a mí—, ¿esto va a ser incómodo?

—¿Por qué? —Serena ya está sentada, con la espalda recta y una larga cola de caballo agitándose. No estoy segura de si se está haciendo tonta de manera intencional o no.

—Elisa odia a Len —Ryan nos señala con el pulgar—. Todos lo saben.

—No *odio* a Len —digo.

—Sí, no creo que ella me odie —dice Len, y decido que, en realidad, lo odio un poco.

—Está bien, si digo que Len debería interpretar a Macbeth —responde Ryan—, ¿Elisa va a decir que estoy siendo sexista?

No estoy segura de si estoy más molesta o confundida.

—¿Cómo eso podría ser sexista? —arrugo la frente.

—Bueno, es el papel principal.

—¿Y?

—Eres feminista, ¿cierto? —señala el pin que todavía está prendido a mi camisa.

—¿Y...?

—Tal vez pienses que ese papel debería ser *tuyo*.

Pongo los ojos tan en blanco que casi me duele.

—Dije que era feminista, Ryan, no narcisista.

—Creo que yo seré Fleance —dice Len detrás de su copia de *Macbeth*.

—Vamos, Ryan —Serena nos sorprende a todos—. Déjala en paz.

Ryan retrocede, y en el silencio, algo hace clic en mi mente.

—Hey —digo—, ¿y si Serena interpreta a Macbeth?

—¡Oh! —la señora Boskovic se involucra en la discusión mientras va pasando por ahí—. Un reparto con intercambio de género. ¡Qué elección tan inspirada! —juega con su collar de cuentas alrededor de su dedo—. Hay una tradición sobre eso en el teatro de Shakespeare, como ya saben. A las mujeres no se les permitía actuar en el escenario, así que todos los roles femeninos eran interpretados por hombres. Me encanta que estén invirtiendo eso. Muy *au courant*.

Cuando ella se aleja, digo:

—¿Ven? La señora Boskovic es una fan.

Serena hojea su perfecto libro de bolsillo, una de esas nuevas y elegantes reediciones de Shakespeare con una ilustración minimalista en la portada.

—¿Supongo que podría hacerlo?

—Seguro que puedes —le aseguro—. Creo que vas a estar genial. Además, Ryan tiene razón.

Es el turno de Ryan de estar confundido.

—¿Yo?

—Sí, ¿por qué no hacer de ésta una actuación feminista? ¿Por qué no poner a una chica a la cabeza? —yo misma ya me estoy preparando para el prospecto.

—Es cierto —dice Serena, y se nota que a ella también le gusta la idea. Len levanta una mano—. ¿Quién interpretará a Lady Macbeth?

—Yo lo haré —decido—. A menos que Ryan quiera...

—Uh, no —dice Ryan—. No, está bien. Yo seré, eh... —pasa una página—. Banquo. Ése es un tipo, ¿verdad?

—Sí, hombre, serías mi padre —dice Len.

—Oh, ¿en serio? —Ryan parece emocionado. Habla con voz profunda—. Len, soy tu padre.

Len se echa a reír, lo que me hace pensar que tiene mal sentido del humor.

—Bien, entonces —cierro mi propia copia de Macbeth, una heredada de Kim que todavía está en muy buenas condiciones porque ella es quisquillosa con los libros (no estoy segura de por qué, considerando lo poco que lee)—. ¿Alguna objeción a nuestro plan de reparto?

Serena niega con la cabeza mientras Ryan se encoge de hombros. Len se inclina hacia atrás y cruza las manos por detrás de su cuello.

—Es difícil discutir con Lady Macbeth.

11

O h, Elisa —dice mamá sin levantar la mirada—. RECIBÍ un mensaje de voz hoy, pero no lo entiendo. ¿Puedes ayudarme a revisarlo?

Ella y Kim están sentadas a la mesa del comedor y, frente a ellas, la computadora portátil de Kim está rodeada de un montón de papeles. La fluorescencia de la lámpara de techo y su irradiación gravemente intensa recuerda a un quirófano. Son casi las diez y todavía están profundamente absortas en el ritual anual conocido como TurboTax.

—Número de identificación federal del empleador —pregunta Kim en la pantalla, y mamá, armada con su W-2, lo lee en voz alta.

La cocina, que se encuentra en la parte trasera del apartamento, está separada de la sala sólo por una barra que funciona como división de ambientes. Por un lado, está la estufa, que sobresale de los gabinetes, y la campana extractora incorporada, y por el otro, una línea de taburetes de plástico. Aunque estoy tumbada en el sofá, tratando de leer *Macbeth*, puedo ver a mamá y Kim inclinadas sobre la computadora.

—¿Ahora? —digo, doblando la esquina de una página.

—En el bolsillo delantero —mamá indica su lonchera, que está sobre la barra.

Suspirando, me arrastro para sacar su teléfono. Supongo que será un vendedor telefónico particularmente comprometido, porque mamá siempre se pone nerviosa por cosas como ésa: mensajes de voz de vendedores, cartas de aspecto oficial, tarjetas de notificación de demandas colectivas.

Pero luego veo la transcripción:

Hola, este mensaje es para los padres de Elisa Wand. Soy el doctor Guinn...

¡El doctor Guinn! ¿Podría ser ese hombre más diabólico? ¿No se da cuenta de lo mucho que una llamada telefónica como ésta puede complicar la vida de una chica asiática?

A regañadientes, acerco el teléfono a mi oído. Una versión distorsionada de la voz del doctor Guinn resuena tan fuerte que parece que lo tengo en el altavoz:

"Hola, este mensaje es para los padres de Elisa Quan. Soy el doctor Guinn, el director de Willoughby. Es miércoles, alrededor de las diez y media de la mañana, y me gustaría charlar con ustedes sobre cómo está Elisa y algunas inquietudes que tengo sobre su reciente comportamiento. Por favor, devuélvanme la llamada al...".

Tal vez pueda borrar el correo de voz y decirle a mamá que no era nada importante. Un recordatorio sobre una próxima recaudación de fondos, quizás. O una encuesta para padres. Mamá odia tanto las recaudaciones de fondos como las encuestas.

—Mmmm, es sólo una llamada de mi escuela —vuelvo a meter el teléfono en la bolsa de la lonchera.

Mamá estira el cuello para examinarme por encima de sus anteojos de lectura.

—¿Tu escuela?

—Sí... mi *haauh jéung* quiere que le devuelvas la llamada —digo, esperando que el cantonés haga que todo sea más fácil.

—*Há?* —mamá mira a Kim, que se encoge de hombros—. ¿Por qué?

A través de la puerta principal, escucho el sonido titubeante de llaves, lo que significa que papá está en casa. Corro para abrirle la puerta, pero él ya lo hizo y aparece con una gran caja de cartón.

—Mira lo que encontré —dice mientras se quita los zapatos del trabajo junto a la puerta.

Papá es cocinero en un restaurante chino llamado Seafood Island, donde pasa la mayor parte de sus horas de trabajo bajo el brillo impregnado de aceite de una cocina. Como efecto secundario de su labor, su ropa se cubre con una capa persistente de grasa que sale sólo cuando mamá la lava con detergente para platos. Sin embargo, sus zapatos se vuelven insalvables cada seis meses, por eso sólo compra las cosas baratas en Walmart. Papá odia tirar algo tan resistente como un par de zapatos, pero una vez que se deforman por la suciedad, ¿qué opción te queda?

—*Aiyah*, ¿por qué siempre traes basura a la casa? —se queja mamá, mientras papá hace desfilar su caja por la sala. Teniendo en cuenta que es casi seguro que recogió lo que sea que está cargando en un costado de la carretera, ésta es técnicamente una pregunta justa.

—¿Qué basura? —papá deja la caja sobre la mesa de centro—. Esto es algo valioso.

—¿Qué es? —me acerco sigilosamente para ver más de cerca.

—Espera un segundo —dice mamá—. No hemos terminado de hablar —le informa a papá—: el *haauh jéung* de Elisa me llamó. No sé qué habrá hecho ella.

—¿Eso es cierto? —pregunta papá, pero abre las solapas de la caja para que yo pueda mirar dentro. Me sorprende ver que contiene lo que parece ser un tocadiscos, de esos que también tienen un reproductor de casetes incorporado y radio AM/FM.

—¡Genial! —digo—. ¿De cuándo crees que sea esto?

Papá considera las perillas.

—Los ochenta.

—¿Funciona?

—No, pero puedo arreglarlo —papá juega con el brazo giratorio—. Es muy fácil.

—Elisa, vuelve aquí —ordena mamá.

Sigo a papá a la cocina, pero nos detiene a los dos.

—Zapatos —nos recuerda mamá, señalando las pantuflas que usamos exclusivamente en la cocina. Papá se pone un par y comienza a calentar el arroz frito que trajo del restaurante. Como no quedan pantuflas, me quedo junto a la barra, siguiendo el borde donde la alfombra de pelo corto se encuentra con el laminado de estampado floral.

—Casilla uno —dice Kim, como si fuera la única en la habitación. Se estira para alcanzar el formulario W-2.

—¿Entonces? —espera mamá.

Dejo escapar un profundo suspiro y luego explico lo que pasó. La diatriba publicada accidentalmente. La violenta reacción. El anuncio de la mañana. La conversación con el doctor Guinn.

Papá se sienta a la mesa con su plato de arroz, sin hacer ningún comentario, mientras que Kim casi parece sentir lástima por mí. Mamá, profundamente escandalizada, tiene muchas preguntas. La primera:

—¿Por qué no trajiste a casa las *waih sāng gān*? Si todavía estaban envueltas, podríamos haberlas usado.

Dado que no conozco la palabra cantonesa para "tampón", me referí a ellos como *waih sāng gān*, lo que significa "toallas sanitarias".

—No, son del otro tipo. Los flacos. Del tipo...

—Oh, ésos no son buenos. No los uses a menos que quieras morir —con eso se elimina la propaganda de la madre asiática y pasa al meollo del asunto—. ¿Esto afectará tu boleta de calificaciones?

—¿Qué? No, no tiene nada que ver con las calificaciones.

—¿Escribirá él una mala reseña cuando solicites tu ingreso a la universidad?

—Está bien, tan sólo evitaré pedirle que me escriba una.

Mamá niega con la cabeza.

—De veras, Elisa. Qué desprestigio. ¿Ahora tengo que llamar a tu escuela? Si esto me hubiera sucedido cuando tenía tu edad...

—A Pòh te habría golpeado —interrumpo.

—Exactamente —dice mamá.

—Pero el doctor Guinn no es chino, así que tal vez no haya desprestigio alguno. Ni necesidad de golpear a nadie.

—*Néih góng māt gwái ā?* —mamá ondea la mano como si las tonterías que acabo de decir fueran simples moscas a las que quiere espantar. Volviéndose hacia papá, dice—: Los maestros siempre regañan a esta hija.

—¿Qué? ¿Cuándo había sucedido algo así? —nunca he tenido un castigo en mi vida. ¡Ni siquiera recibí uno por todo esto!

—En la escuela primaria nunca recibiste un premio por "ciudadana destacada" como todos los demás niños. Sólo conseguiste uno por "buena ortografía".

Miro a Kim, que tose sobre el formulario W-2.

—¡No es mi culpa que fuera buena en algo que requería habilidad!

Mamá me ignora.

—Todo este asunto de la elección del *Bugle*. Pensé que ya habíamos hablado de esto —una idea repentina la golpea—: ¿Sabes cuál es el verdadero problema? *Néih dōu meih yihng cho*. Sigues pensando que tienes razón. Si perdiste, entonces necesitas aceptarlo y aprender que debes hacerlo mejor la próxima vez. Niña o niño, ambos tienen que hacer eso. No culpes a las otras personas por tus propios errores.

Me inclino sobre uno de los taburetes y apoyo los codos en la barra.

—¿Pero no crees que algunas veces es más difícil ser mujer?

—Por supuesto que es más difícil —dice mamá—. Ojalá yo fuera un hombre todo el tiempo.

Es cierto. Ella siempre está deseándolo. Quizá ya lo deseaba incluso antes de nacer. Mamá, según cuenta la historia, era la cuarta hija de una familia sin hijos varones, por lo que A Gūng quería cambiarla por un hijo. Incluso encontró una familia china local de Hanói que estaba abierta al intercambio, porque ya tenían demasiados niños. Pero A Pòh cambió de opinión en el último minuto, por lo que se quedaron atrapados con mamá.

—Sí, pero ¿y si no tuviera que ser así? —alego—. ¿Y si las cosas pudieran mejorar?

—Ya son mejor para ti —responde mamá—. Aunque *tu* papá sólo tiene dos hijas, no está triste —se vuelve hacia papá—. ¿Estás triste porque no tienes hijos varones?

Papá, que acaba de terminar de devorar su arroz frito, se pone de pie para enjuagar el cuenco y los palillos. Su respuesta es sucinta.

—No.

—¿Ves? —dice mamá, como si eso solucionara todo.

—Pero quiero mejorar las cosas *en general*. Empezando por lo que pasa en la escuela.

—¿Cómo has mejorado algo? Sólo te metiste en problemas —mamá suspira—. Ya sabes que lo que más asusta a tu mamá es tener que hablar con estos *gwái lóu*. Y aun así, ¿insistes en crear problemas para que tu *haauh jéung* me llame?

Papá coloca su tazón limpio en el escurridor, encima de los platos que mamá lavó antes. Intenta escapar de la cocina sin ser visto, pero ella lo atrapa.

—¿No tienes nada que decirle a tu hija?

Papá se frota la nariz.

—*Aiyah*, esto es algo pequeño —dice, dando un paso hacia la sala—. Sólo habla con el *haauh jéung* y todo estará bien.

—*Haih lā!* Todo son cosas pequeñas. Todo es fácil. Pero no veo que tú lo hagas —mamá se ajusta los lentes y vuelve a enfocarse en la pantalla de la computadora—. Tu papá —le dice a Kim—, *jihng haih dāk bá háu*. Pura habladuría.

Cuando papá se dirige al baño para ducharse, se ríe imitando a mamá.

—Pura habladuría.

—¡Exacto! —le grita mamá. Para nosotras, agrega—: Está demasiado asustado para hacer algo.

—Número de identificación federal del empleador —dice Kim. Toma otro formulario W-2 y lo coloca frente a mamá—. Para papá esta vez.

12

—¡Feliz jueves, centinelas! Estoy encorvada sobre mi tarea de cálculo en la primera clase de Química, tratando de resolver el vértice de una parábola, cuando la voz de Serena Hwangbo brota de la televisión.

—Hey —James, con los ojos nublados y con un particular aspecto de animal nocturno en esta mañana, está tomando la clase avanzada de Química como asignatura optativa de último año para apaciguar a su madre, quien todavía cree que algún día podrá convertirse en médico. Está sentado a un lado de mí, y aunque por lo general a estas horas su energía decae después de un entusiasta inicio del día en el *Bugle*, hoy está tratando de llamar mi atención con un sentido de urgencia poco característico.

Lo ignoro porque no quiero perder el hilo en la resolución del problema, pero empuja mi brazo de nuevo, lo que hace que mi lápiz se desvíe.

—Es posible que quieras prestar atención a los anuncios de la mañana —dice en voz baja.

Estoy a punto de decirle que deje de molestar cuando veo de reojo a Serena usando uno de mis pines gigantes *SOY FEMINISTA*. Al aire.

¿Qué dem...? ¿Estoy recibiendo el apoyo de Serena Hwangbo? Los otros chicos de mi clase también lo han notado y comienzan a mirar el pin que todavía estoy usando en mi suéter. Mientras saludamos a la bandera, todos pensamos lo mismo sobre la elección del vestuario de Serena: ¿qué podría significar?

Lo averiguamos cerca del final de los anuncios, cuando Philip, quien en su papel de presentador como el de *Good Morning America* para el que nació, saca el tema:

—Serena, tengo que preguntarte algo —comienza—. ¿Qué es eso que llevas en tu blusa?

Serena mira a la cámara.

—Philip, no sé si lo sabes, pero yo también soy feminista. Y lo llevo puesto para mostrar mi apoyo a mi amiga Elisa Quan.

James parece en verdad desconcertado, como si prefiriera ingresar a la facultad de medicina antes que creer que Serena Hwangbo acaba de llamarme su amiga.

—El sexismo sí existe en Willoughby, aunque no nos guste admitirlo. Y admiro a Elisa por tomar una posición. Es difícil ser líder cuando eres una chica. La gente te está juzgando todo el tiempo —Serena recupera la compostura, pero sus ojos de venado casi se desbordan de emoción—. Tal vez la gente me esté juzgando ahora, por estar de acuerdo con Elisa. Pero ella tiene razón. Creo que debería ser la editora en jefe del *Bugle* el próximo año. Y todos deberíamos darle otra mirada a esta cuestión de la desigualdad.

Esta declaración me sorprende tanto a mí como al resto del salón, y todos estamos observando la pantalla para descubrir qué más pasará.

—Bueno, Elisa también quiere que una chica sea la presidenta de la escuela el próximo año —dice Philip, de quien se rumora que será un contendiente—. ¿Significa esto que planeas participar en la contienda?

Serena muestra una sonrisa recatada.

—Nunca digas nunca.

Al despedirse, James bromea:

—¿Qué diablos, Quan? Se supone que debes escribir las noticias, no estar en ellas.

—Hey, Elisa —Mariposa Abarca, quien hasta este momento me ha conocido sobre todo como la chica que suele decepcionar a nuestro equipo de voleibol en la clase de Educación Física, grita desde el otro lado del salón—, ¿te queda alguno de esos pines?

* * *

Cuando suena la campana del almuerzo, Winona y yo nos dirigimos a nuestro lugar habitual junto a la biblioteca, donde hay una bonita losa de concreto justo afuera de la puerta, un lugar tranquilo bajo la sombra de los aleros. Mientras hacemos la caminata hacia ese rincón lejano, veo a Serena y a sus amigas en el centro del patio, debajo del único roble. Aunque a Winona y a mí nos gusta sentarnos allí *después* de las clases, es muy difícil luchar por él lugar durante el horario de máxima audiencia que es el almuerzo.

—Honestamente —dice Winona—, me sorprende que Serena haya tenido un pensamiento coherente sobre todo esto —cuando le lanzo una dura mirada de reojo, se encoge de hombros—. ¿Qué? No actúes como si no estuvieras pensando lo mismo.

Aun así, es difícil negar que Serena representa una fuerza a tener en cuenta. Treinta segundos de su buena voluntad y los comentarios en línea sobre mí, como por arte de magia, ya hicieron la rueda girar:

@iluvtoast: Estoy muy contento de que @princessserenabo defendiera a @elisquan. La gente estaba siendo muuuuuy desagradable y ya era hora de que les dijeran algo. ♥

@lavender1890: ¡Amo la sororidad! Las niñas gobiernan el mundo. @princessserenabo @elisquan.

@dottieingo: Lo he estado diciendo durante todo este tiempo. @elisquan está diciendo la verdad.

—La cosa es: ¿qué agregó Serena a la conversación? —dice Winona desconcertada—. Tan sólo repitió lo que ya habías dicho tú.

Justo en ese segundo, Serena nos ve y saluda desde la mesa, donde está sentada con los pies arriba, como si estuviera modelando sus zapatos deportivos blancos para un anuncio. Se apoya juguetonamente contra Jason, que se mete en la boca media caja de papas fritas de color naranja.

No podemos fingir que no la hemos visto, así que le devuelvo un pequeño saludo.

—Vengan a sentarse con nosotros —grita.

—¿Qué hiciste? —dice Winona con los dientes apretados.

Mientras nos acercamos a la mesa, soy consciente del hecho de que mi lonchera es más voluminosa que la bolsa de lona que Serena usa como mochila, que está plana a su lado y parece estar llena de nada. Algunas chicas se las arreglan para vivir sin mochila, sin esfuerzo, libres de la carga de ser nerd. Serena es una de ésas.

—¿Conoces a todos, cierto? —Serena agita su mano—. Jason, ella es…

—Oh, sí, he oído hablar de ti —Jason se ha vuelto hacia nosotras—. Elisa, la feminista.

No estoy segura de qué es más desconcertante, el hecho de que Jason Lee sepa quién soy o que me conozca como "Elisa, la feminista".

—Y Winona, la cineasta —le digo, señalándola. Winona ondea con desgana la mano a modo de saludo. Es claro que preferiría estar en cualquier lugar menos aquí.

Jason me mira fijamente y me pregunto si es por estupidez o por juicio, pero luego dice:

—Bien hecho.

Los ojos de Serena se iluminan.

—Winona, estás haciendo el video promocional de la graduación, ¿verdad?

Winona evalúa a Serena por un minuto. Luego dice:

—Claro —y me doy cuenta de que ha decidido hacerlo sólo para no volver a tener esta conversación nunca más.

Ajena, Serena sonríe y se recorre, una clara señal de que espera que nos sentemos. Una Winona resignada se deja caer en la mesa y abre con valentía la cremallera de su lonchera como si estuviera en casa. En lo que a mí respecta, tengo que balancear las piernas torpemente sobre el asiento, porque entre Serena y Winona no hay otra forma de entrar.

—Hey, mmm, gracias por la mención de hoy —digo, desenvolviendo el sándwich que mamá me preparó. Contiene dos centímetros completos de embutidos de pavo porque está convencida de que menos sería "no suficiente comida". Ésta es una suposición incorrecta, pero también tengo miedo de tirar cualquier parte de mi almuerzo. Se daría cuenta.

—Por supuesto, niña —dice Serena—. Nosotras tenemos que estar juntas, ¿cierto?

Winona mastica un tallo de apio.

—Entonces, Serena... —dice—, no sabía que te interesaba el feminismo.

Los ojos de Serena se agrandan.

—¡Yo tampoco!

—Se ha estado volviendo loca desde que Elisa pronunció su gran discurso —dice Jason, navegando a través de su teléfono—. ¿Qué vas a hacer a continuación, nena? ¿Quemar brasieres? —ahora parece interesado—. Espera, ¿eso significa que no usarías brasier?

—¿No te parece bien? —se queja y lo empuja. Jason obedece y se levanta de la mesa, con una risita.

—¿Parece que estás planeando postularte para presidenta de la escuela? —le pregunto a Serena.

—Sí —responde ella, su voz se vuelve resuelta—. No lo he anunciado todavía, pero creo que lo haré.

—Eso es realmente genial —digo—. Si alguna chica puede ganar, ésa eres tú.

Serena me dirige una mirada curiosa.

—¿Y qué hay de ti y del *Bugle*? ¿Len va a dimitir?

Pienso en él sentado en la oficina del doctor Guinn, metiéndose los caramelos de mantequilla en la boca, y una tristeza se apodera de mí.

—No que yo sepa.

—¿Por qué no? —Serena está indignada.

—¿Quién lo va a obligar? —le doy un mordisco a mi sándwich con disgusto—. No el doctor Guinn. Él piensa que sólo estoy siendo antagónica.

Mamá volvió a llamar al doctor Guinn durante un receso de hoy, pero para mi buena suerte, encontró la conversación casi incomprensible. Sin embargo, se las arregló para confirmar que yo no estaba "en un gran problema" y que esto no se incluiría en mi boleta de calificaciones, que era lo único que en realidad quería saber.

Serena frunce el ceño.

—Entonces, ¿qué vas a hacer?

La pregunta y su tono me toman desprevenida. Es como si estuviera diciendo: *Yo estoy tratando de convertirme en la sexta presidenta de la escuela en la historia de Willoughby... ¿tú qué estás haciendo por la causa?* Miro a Winona, que al parecer tampoco se esperaba esto. ¿Cuándo se convirtió Serena Hwangbo, la novia de Willoughby, en una capataz del feminismo?

Lucho por darle forma a una respuesta. ¿Qué *puedo* hacer? He publicado una carta abierta de facto. He tirado tampones en una transmisión en vivo. ¿Hasta dónde puede llegar realmente una chica para protestar por algo?

—Una huelga —digo, de repente—. Voy a planear una huelga.

—¿Una huelga? —tanto Serena como Winona lo repiten. Serena suena intrigada. Winona suena, como de costumbre, escéptica.

—Sí —digo—. Una huelga para protestar por la elección de Len como editor del *Bugle*. Si conseguimos que dimita, será una gran victoria simbólica contra el sexismo en Willoughby.

—Eso suena un poco "antagónico" —observa Winona, arqueando una ceja—. Sólo por citar al doctor Guinn, por supuesto.

—Bueno, tanto chicos como chicas pueden participar —considero—. Cualquiera que piense que la igualdad de género es importante puede formar parte de la huelga.

Serena inclina la cabeza con seriedad, como si yo estuviera diciendo algo muy profundo.

—Me encanta —dice—. Cuenta conmigo.

Winona, sin embargo, tiene una actitud más inquisitiva.

—Obviamente, estoy a favor de luchar contra la desigualdad, pero no sé si deberíamos perder el tiempo en actos performáticos —aquí, señala de forma encubierta a Serena con los ojos. Y es cierto, tal vez Serena, con su historial de feminidad convencional, sólo se esté involucrando porque cree que de alguna forma, será bueno para su marca. ¿O tal vez no? De cualquier manera, estoy lo suficientemente irritada como para tomar el riesgo.

—Creo que no deberíamos desperdiciar todo este impulso —digo—. Porque si lo dejamos pasar, Len no va a renunciar, y todo lo que hemos dicho hasta ahora habrá sido mero ruido. Y pasará un año más en el que un chico ocupe un puesto importante en Willoughby cuando en realidad debería haber sido una chica —imagino el Muro de los Editores, con sus filas y filas de chicos, y se forma un nudo en mi garganta de una manera rara—. Ya escuchaste lo que me dijo James, que todos decían que no soy una líder tan buena como Len. Tú *sabes* que eso es una idiotez.

La crítica en el rostro de Winona se desvanece en algo más incierto, y mete un tallo de apio medio mordido en una bolsa con cierre hermético.

—Sin embargo, ¿hemos sopesado todas las consecuencias? Quiero decir, papá… —ella se detiene, con aspecto molesto. Sé que está pensando en lo que él diría y odia que se meta en su cabeza.

—Oh, mis padres también me dicen que mantenga la cabeza baja —dice Serena—. En especial, les disgusta la idea de que las chicas hagan una escena. Es totalmente molesto, pero todo se trata de esa cosa de "el buen asiático".

Ladeo mi cabeza hacia ella.

—¿Te refieres al... mito de la minoría modelo?

—¡Exacto! —Serena chasquea los dedos en reconocimiento—. Pero queremos romper con los estereotipos, ¿cierto? ¿No sería ésta una excelente manera de hacerlo?

Winona hace un balance de la multitud en nuestras inmediaciones, que es completamente coreana fuera de mí, y completamente asiática, salvo por ella.

—Es un poco diferente cuando el estereotipo con el que estás lidiando es "mujer negra enojada" —dice con tono seco.

De inmediato, me doy cuenta de que debería haber pensado en esto antes: parte de la razón de la vacilación de Winona podría estar relacionada con algo más grande que ella o su padre. Por fortuna, Serena, con sorprendente agilidad, parece entenderlo también.

—Tienes tanta razón, Winona —dice—. Y definitivamente, no debes hacer nada que te incomode.

—Sí —intervengo—, tal vez sea una idea precipitada de cualquier forma.

Winona alisa cada borde de su bolsa con apio, considerando la idea por todos los ángulos posibles.

—Bueno, no he dicho que no lo haré —sacude los tallos restantes, pensando en voz alta—. Sabes que no tengo miedo de hablar cuando es importante —su voz se vuelve desafiante—. No importa lo que diga papá. No importa lo que digan los demás.

Asiento, reflexionando sobre *Los caminos de entrada* y la filmografía pasada de Winona.

—Cierto, como en tus películas.

—Sí. Pero supongo que siempre he preferido estar detrás de escena. De ese modo, al menos tienes más control sobre cómo se cuenta la historia.

Ante eso llega una idea a mi cabeza.

—¿Y si tú diriges la huelga? —digo—. Entonces podrías decidir exactamente qué papel quieres asumir.

Winona se anima con esta sugerencia y puedo ver su mente de cineasta entrando en acción.

—¡Oh, me encanta! —Serena exclama—. Serías tan increíble, Winona.

Me preocupa un poco que este exceso de euforia pueda ser contraproducente, pero Winona, ya energizada por el potencial desafío creativo, no lo rechaza.

—Está bien —dice finalmente—. Veré lo que se me ocurre.

Esther Chung se desliza hacia nosotras, y noto que ella también lleva un pin SOY FEMINISTA en su camiseta. De hecho, cada una de las amigas de Serena lo lleva. Todos los pines que puse en el vestidor de chicas han desaparecido y ahora sé adónde fueron.

—Entonces, Elisa —dice Esther, como si estuviera a punto de servir algo jugoso. Su cabello, teñido de un impresionante y sedoso tono platino, cae sobre sus ojos—. ¿Qué...?

—Hey, Esther, ¿quieres escuchar un chiste? —Dylan Park, que lleva una camiseta con su nombre en la espalda, se apresura en una exagerada carrera. Jason lo sigue lánguidamente.

—¿Qué? —Esther está molesta por la interrupción, pero también entusiasmada.

—Si quieres hacer reír a una rubia el miércoles —dice él lentamente—, cuéntale un chiste... el lunes.

Jason pierde el control por completo y se dobla en una carcajada, mientras Winona y yo intercambiamos una mirada. Esther parece reflexionar sobre esto durante diez segundos completos antes de estallar en furia.

—¡Oh, Diooooos! —chilla—. ¿Estás diciendo que soy tonta? —empuja a Dylan, que ríe fascinado—. ¡Tú eres el idiota! ¡Éste ni siquiera es mi color natural!

Serena se cruza de brazos.

—Dylan, eso no está bien.

Dylan no parece preocupado.

—Has perdido el sentido del humor desde que te convertiste en feminista —comenta, antes de que tanto él como Jason, satisfechos con su detestable actuación, se alejan.

—Como sea —dice Esther, con su dignidad sólo ligeramente alterada—, ustedes están hablando de Len, ¿verdad? ¿Qué les pasa a ustedes dos? —frunce los labios—. Estaban, algo así como juntos, ¿verdad?

Winona ríe a carcajadas tan fuerte que se dobla sobre sí misma.

—Elisa incendiaría la sala de redacción del *Bugle* antes de salir con un deportista —proclama, lo que me parece un poco hiperbólico. No es que lo vaya a admitir frente a nadie, pero no sé si llegaría *tan* lejos.

Serena, por su parte, está mortificada.

—Dios, Esther, Elisa estaba hablando de una *huelga* para protestar por el hecho de que Len sea el editor —se echa la cola de caballo por encima del hombro—. Claramente no hay nada entre ellos. Nunca lo ha habido. Eso fue sólo una mierda que la gente inventó en las redes.

—Sí, pero ayer Heppy los vio subir las escaleras juntos —dice Esther desafiante—. ¿Verdad, Heppy?

—Sí —Hepsibah Yi asiente desde donde está sentada, cerca del roble.

Todos los ojos se posan en mí, esperando una defensa.

—Nos dejaron salir de la oficina del doctor Guinn al mismo tiempo —explico, un poco sonrojada.

—Están juntos en la quinta clase —dice Serena, recordando—. Todos tenemos Inglés juntos —les dice a sus amigas—. Ya oyeron a Winona, Elisa nunca estaría interesada en Len. Él representa todo aquello contra lo que luchamos. ¿Cómo lo llamaste, Elisa, el rostro del patriarcado?

—Básicamente —dice Winona.

—Esto se trata de algo importante —Serena presiona el pin *SOY FEMINISTA* de Esther—. Si ustedes quieren ser parte del movimiento, entonces será mejor que cambien de actitud.

—Sin embargo, es lindo— suspira Heppy, y todas nos volvemos para seguir su mirada a través del patio. Len, con los pulgares enganchados en las correas de su mochila, pasa a grandes zancadas con sus amigos del beisbol. Se está riendo, como si se la estuviera pasando en grande con sus privilegios. Parece diferente de cómo se ve en los salones. Más guapo y, también, de alguna manera, peor.

—El patriarcado a menudo lo es —digo mientras lo observo alejarse.

13

—Entonces, ¿dónde puedo conseguir uno de ésos? —Len apunta al pin *SOY FEMINISTA* que llevo sobre el pecho todos los días.

—No estás de suerte —le digo—. Ya no queda ninguno.

Estamos parados en la esquina, esperando la señal del paso de peatones, porque nos dirigimos a Boba Bros. Hace un clima fantástico para la gran inauguración de un establecimiento que planea vender bebidas heladas. Es decir, hace un calor de los demonios.

Me abanico con mi cuaderno. No llevamos tanto tiempo afuera, pero la parte superior de mi cabeza ya ha absorbido una alarmante cantidad de sol, que sigue golpeando a nuestro alrededor, suntuoso y brutal al mismo tiempo. Me he atado el cabello, pero ahora siento una quemadura en la nuca. Debería quitarme el suéter, pero es demasiado tarde para volver corriendo a mi casillero y odio cargarlo. Así que sólo me subo las mangas.

Len se limpia la frente con el brazo y mira hacia el centro comercial del Boba Bros.

—Esto del feminismo se ha convertido en algo grande, ¿eh?

La luz cambia y bajamos de la acera al mismo tiempo.

—Sí —le digo—. Supongo —no menciono la huelga, obviamente, pero el efecto halo de Hwangbo ha continuado con toda su fuerza: de repente, el feminismo es *genial* en Willoughby. Un grupo selecto de chicas, incluidas Serena y sus amigas, siguen usando mis pines *SOY FEMINISTA*, que lucen de manera llamativa en sus blusas, y me siento un poco como si me hubiera unido a un selecto grupo de élite que posee el mismo bolso de edición limitada. Pero no se puede negar que el cambio atmosférico es real. De la noche a la mañana, el equipo femenino de hockey sobre césped presentó una petición para reemplazar sus uniformes que ya tienen una década, de preferencia con el dinero que el programa de futbol derrocha en maniquíes de tacleo nuevos cada año. Todo el club de teatro, incluidos los chicos, votó por unanimidad para sustituir la producción del próximo otoño de *La muerte de un viajante*, de Arthur Miller, por *Ángeles de papel*, de Genny Lim. Y el recién formado Club de Libros Interseccional Feminista de Willoughby, dirigido por un trío de estudiantes de primer año de las que nunca había oído, me invitó a elegir su título inaugural (decidí que podíamos comenzar con *El feminismo es para todo el mundo*, de bell hooks). La gente está hablando de sexismo más allá de lo que yo he dicho, a veces incluso desafiando sus ideas preconcebidas sobre el feminismo, y tengo que decirlo... en general, es bastante agradable.

Las cosas para Len, sin embargo, no han sido tan buenas: esta mañana, antes de que él tuviera la oportunidad de quitarlo, vi que alguien había cubierto su casillero con papel de regalo rosa, como si fuera su cumpleaños, pero en lugar de *Feliz cumpleaños* la persona había escrito *EL PATRIARCA*. Serena jura que no sabe quién lo hizo.

Boba Bros está al final del pasillo, una solitaria señal de vida en una fila de escaparates que de otro modo estaría desierta. Un alboroto de globos dorados y blancos rodea la entrada, enmarcando un letrero que dice: *Gran inauguración especial: ¡Compra uno y llévate otro gratis!* Música de los viejos tiempos flota sobre el estruendo de la multitud y está más animado de lo que esperaba.

—Éste es el plan —digo, abriendo mi cuaderno—. Hablé con uno de los propietarios, Kevin Cheng, por teléfono, pero no nos hemos conocido en persona. Comencemos por encontrarlo a él o a su hermano.

Len, que ha traído una de las cámaras del *Bugle*, fotografía a alguien que pasa frente a nosotros con cuatro tés con perlas de tapioca.

—Seguro, jefa.

En el interior, todo resplandece por el blanco, tan severo y reconfortante como un baño nórdico. Una pared muestra el nombre BOBA BROS en arco sobre un dibujo, hecho al estilo de una caricatura de *The New York Times*, de un mamífero no identificado, que parece un hámster, bebiendo té. ("Creo que es un wombat", sugiere Len, aunque no pregunté.) Junto a la ventana, hay una barra de madera, donde te puedes tomar tu bebida mientras disfrutas de una hermosa vista del estacionamiento.

—Hay muchas opciones —dice Len, mientras revisamos el menú, un panel negro que también incluye instrucciones paso a paso: elige un té, elige una cobertura, elige una leche, elige un nivel de dulzura.

El área de preparación detrás del mostrador está atestada de empleados, y uno de ellos, en el proceso de verter un líquido cremoso sobre hielo, nos ve. Lleva lentes de armazón rectangular y un delantal negro que dice: *Soy uno de los her-*

manos. Sin embargo, si me lo preguntas, parece más un nerd que un hermano.

—¡Bienvenido a Boba Bros! —grita, haciéndonos señas para que avancemos—. ¿Qué les puedo preparar, chicos?

Empiezo a explicarle que no estamos aquí para pedir bebidas, pero Len responde:

—Tomaré un té con leche normal con tapioca, y el dulce normal.

Le dirijo una mirada irritada, pero sólo se encoge de hombros.

—Hace calor afuera.

Me vuelvo hacia el hermano nerd y le digo:

—En realidad, somos de Willoughby, ¿al otro lado de la calle? Escribimos para el periódico escolar, el *Bugle*, y estamos trabajando en una historia sobre la gran inauguración. Vinimos aquí para hablar con Ian y Kevin Cheng.

—¡Oh! Yo soy Ian —extiende una mano—. Un placer conocerte. Elisa, ¿cierto?

—Sí —le doy mi mejor apretón de manos—. Y éste es Len.

—Entendido, un té con leche clásico para Len. ¿Y tú, Elisa? ¡Las dos bebidas corren por cuenta de la casa!

—Oh, no —insisto—. Gracias, pero no podemos aceptar regalos de cualquier tipo porque va contra el código de ética periodística del *Bugle*.

—Lo que ella quiere decir —dice Len, sacando su billetera— es que yo pagaré por las bebidas.

—Oh, no —repito, agitando mis brazos—. Él no pagará nada por mí.

—Está bien, bueno, yo pagaré por el mío, y ella puede tener el que viene gratis —cuando protesto de nuevo, dice—: Puedes darme la mitad del que no es gratis.

125

Ian asiente con la cabeza viendo mi pin y sonríe de manera amistosa.

—¿Es porque eres feminista? —pregunta con conocimiento de causa.

—No, es porque... —me detengo—. ¿Sabes qué? Sólo tomaré un té de lavanda, pero con leche de soya. Ah, y con gelatina de almendras en lugar de tapioca. Y sólo la mitad del endulzante, por favor —luego señalo a Len—. Él paga.

—Enseguida se los sirvo —Ian presiona algunos botones de su tableta.

Len y yo nos dirigimos a uno de los reservados, que tiene bancos hechos con tiras de madera. Las bombillas Edison expuestas cuelgan del techo, y Len golpea una de ellas juguetonamente antes de sentarse.

—Ésa fue una orden de bebida muy específica para alguien que no planeaba pedir nada —ocupa todo el banco de su lado.

—Es fácil —me deslizo frente a él—. En mi cabeza, sé exactamente cuál es mi bebida perfecta de té con leche, así que siempre trato de conseguir lo más parecido a eso.

—¿Siempre pides lo mismo, todo el tiempo?

—Por supuesto.

—Igual que usas lo mismo todos los días.

De repente se siente un poco caliente el reservado, sobre todo alrededor de mi cuello. Me quito el suéter, que, con esta luz, parece pesado y quizás demasiado grande después de todo. Nunca pensé que fuera algo que alguien pudiera notar.

Busco en mi mochila mi propia billetera y arrojó dos dólares.

—Pensé que habías dicho que yo pagaba.

—Cambié de opinión.

—¿Haces eso?

Está tratando de no permitir que su sonrisa arruine su broma. Me enderezo.

—No a menudo —digo—. Has presenciado posiblemente un evento único en la vida.

Antes de que me dé cuenta, me ha tomado una foto.

—¿Qué demonios?

—Si no hay foto, no sucedió.

Cuando Ian dice nuestros nombres, le digo a Len que iré a buscar las bebidas. Lo que no le digo es que ya estoy un poco harta de él.

—Aquí están —dejo los tés sobre la mesa y los inspecciono. Cada taza tiene una etiqueta con los detalles del pedido impresos—. Éste es tuyo —lo giro para mirarlo—. El *básico*.

—Creo que el término que usó Ian fue "clásico".

En respuesta, saco el popote de su envoltorio y lo clavo en mi bebida, una maniobra tan natural como respirar. Len, sin embargo, lucha con la suya, así que me acerco y lo hago por él.

—¿Qué tipo de asiático eres?

Niego con la cabeza mientras le devuelvo la bebida.

—La mitad —dice, inclinándose hacia delante para tomar un sorbo.

—Elisa, Len, éste es mi hermano Kevin —dice Ian, y me doy la vuelta. Kevin, cuyo cabello alcanza una altura impresionante, lleva el mismo delantal que Ian. Es un poco más bajo, mayor y tal vez sólo un poco más *hermano*. Su apretón de manos, a diferencia del alegre apretón de Ian, es realmente sólido.

—Encantado de conocerte por fin, Elisa —dice Kevin. Se instala en el lado del reservado opuesto a Len, e Ian lo sigue. Lo que me deja sólo un lugar.

Len se desliza hacia la pared, ya sea para hacerme más espacio o para distanciarse... no está muy claro. Apoyando el codo en la mesa, se toca el cabello con ese rápido y ligero movimiento que ya me resulta extrañamente familiar. Quiero decirle que su mata de cabello, incluso con su rizado habitual, se ve bien. Siempre se ve muy bien. Si alguien debería preocuparse por su cabello, ésa soy yo. Los mechones sueltos de mi rodete que se habían pegado a mi cuello y, ahora que se están despegando, se sienten fríos y asquerosos en medio de la evaporación del sudor.

—Están cubriendo la gran inauguración para el periódico de Willoughby, ¿cierto? —dice Kevin—. ¿Saben? Yo solía ser parte del equipo del periódico cuando estaba en preparatoria. Pero en el lado comercial. Vendía los anuncios. ¿Todavía hacen eso?

—Claro —le digo—. Pero no es una fuente importante de ingresos.

Kevin ríe.

—Sí, tampoco lo era cuando lo hacía. Por supuesto, eso podría haber sido porque yo lo estaba haciendo.

—¿Dónde estudiaron la preparatoria? —pregunta Len. De la nada, ha sacado su propio cuaderno y lo ha abierto en una página en blanco.

—Hargis —responde Ian—. Ambos estuvimos allí.

—Nuestra escuela rival —Len me sonríe como si eso debiera significar algo.

—¡Tomen esto, Centinelas! —masculla Kevin como si estuviera tosiendo en su mano.

Curiosamente, Len conoce la respuesta adecuada:

—¡Me la soplan, osos!

—Sólo para asegurarnos de que todas estas citas sean correctas —interrumpo—, ¿les importa si grabamos la entrevista?

—No hay problema —dice Kevin—. Pero asegúrate de que aparezca lo de los Centinelas.

Sonrío amablemente.

—Bueno, en verdad aprecio que se hayan tomado el tiempo para conversar con nosotros, y felicidades por la inauguración de la tienda…

—Gracias —interrumpe Kevin, inclinándose hacia atrás para que su brazo se extienda a lo largo de la parte superior del reservado—. Estamos muy emocionados —señala nuestras bebidas—. ¿Qué opinan?

Len deja de masticar el extremo de su popote y mira su taza, que está vacía salvo por el hielo y unas cuantas bolitas de tapioca sobrantes.

—Muy bueno —dice.

—¿Saben lo que nos distingue? —Kevin toma mi taza y la levanta como si fuera una piedra preciosa—. Los ingredientes de primera.

—Sólo usamos té elaborado con verdaderas hojas de té —explica Ian—. No usamos polvo como nuestros competidores.

—¿Alguno probó nuestro *oolong* de edición limitada? —pregunta Kevin. Cuando descubre que no lo hemos hecho, se queda pasmado—. Uff, hombre, tienen que hacerlo. Ian, ¿puedes traer la lata?

Ian toma un bote de metal brillante de la cocina y lo abre para nosotros. Tanto Len como yo nos inclinamos para olerlo, y me distrae momentáneamente lo cerca que estoy del rostro del patriarcado.

Mientras Kevin continúa deleitándose con la calidad del jarabe patentado de Boba Bros, me alejo de Len, recordándome que debo mantenerme atenta a la historia.

—Pregunta para ti, Kevin —digo—: la última vez que hablamos por teléfono, mencionaste que la gran inauguración estaba programada para octubre pasado. ¿Qué pasó?

Este tema parece molestar a Kevin tanto como el hecho de que no hayamos probado el té *oolong*.

—Te diré *exactamente* lo que pasó, Elisa —golpea la mesa con el puño—. Trámites. Burocracia. La cantidad de obstáculos que hemos tenido que atravesar para llegar aquí ha sido en verdad ridícula.

—¿Qué tipo de obstáculos? —pregunto.

—Tuvimos que hacer un montón de trabajo para que el espacio cumpliera todas las normas —gruñe Kevin—. Y no me hagas hablar de las regulaciones de *jardinería*.

Continúa un rato sobre lo innecesarias que son todas esas reglas, y voy tomando notas lo más rápido que puedo. Len, por su cuenta, apenas escribe nada.

—Pero ¿qué le dirías a alguien que argumenta que las regulaciones existen por una razón... como la seguridad pública, por ejemplo? —pregunto—. ¿Cómo determinarías qué revertir?

Kevin considera esto por menos de un segundo.

—Mira, soy dueño de un negocio —dice—. Pero también soy miembro de esta comunidad. No voy a tomar decisiones irresponsables sólo porque no hay ninguna ley que me diga qué hacer.

Entonces me doy cuenta de que Len me está mirando, así que le doy una oportunidad. Toma la señal de entrada y se inclina hacia delante.

—¿Qué hacías antes de esto?

Ésa tiene que ser la pregunta más tonta de todos los tiempos, pero me quedo callada porque la primera regla de la coautoría es no socavar a tu pareja.

—Trabajaba en tecnología —responde Kevin—. En algunas nuevas empresas en el área de ciencia ficción. Lo más reciente fue como gerente administrativo.

—Kevin tiene una maestría en administración de empresas de Stanford —dice Ian—. Nuestra madre querría que incluyeran eso, para que la gente sepa que tiene habilidades administrativas, a pesar de que ahora tiene una tienda de té con perlas de tapioca.

—No, Ian es el que tiene habilidades —objeta Kevin—. Él trabajaba como ingeniero de software.

Len asiente hacia ellos.

—Entonces, ¿por qué té?

Los tres hacemos una pausa, y me pregunto si Ian y Kevin también están desconcertados sobre por qué Len no leyó simplemente su página "Sobre nosotros".

Kevin, de hecho, comienza a recitar la historia que está en el sitio web de Boba Bros. Los hermanos son taiwaneses y heredaron su amor por el té de su padre, un conocedor del té y amante del té con tapioca. Él siempre quiso tener su propio negocio, pero pasó toda su vida laboral como contador corporativo. Boba Bros es un homenaje al sueño americano de su padre. La historia perfecta de los hermanos tecnológicos convertidos en emprendedores, con la dosis suficiente de *pathos* de hijos de inmigrantes.

—Su padre debe de estar muy orgulloso —dice Len.

—Sí, nos ha apoyado mucho —coincide Ian—. Las perlas de tapioca de Boba Bros se basan en una receta que él mismo creó.

—¿Qué hay de su mamá? —pregunta Len. Pienso en su página "Sobre nosotros", y me doy cuenta de que no sé la respuesta porque, curiosamente, ella no es mencionada.

Hay algo de titubeo antes de que Kevin responda.

—No estaba muy emocionada cuando le dijimos que ambos dejaríamos trabajos bien pagados para hacer esto. Ella también era contadora y siempre creyó en el trabajo duro, en una buena educación, en hacer algo lucrativo y respetable. Dirigir una pequeña empresa como ésta, que vende té...

—ríe— no es exactamente lo que ella quería para nosotros. Es arriesgado. Inestable.

—¡Su rostro cuando le dijimos cuánto de nuestros ahorros habíamos invertido! —Ian se presiona las sienes con las yemas de los dedos.

—¿No entendió su motivación? —Len, que tiene la tapa del bolígrafo entre los dientes, se la quita el tiempo suficiente para hacer la pregunta.

—No, en realidad —Ian enrolla uno de los envoltorios de popotes vacíos en un cilindro hermético—. Para la generación de nuestros padres, abrir un restaurante era algo que hacían sólo si no tenían educación, si no contaban con otra opción. Para ellos, el trabajo se trataba de sobrevivir. Pero para nosotros, se trata de otra cosa.

—Es como ese dicho —agrega Kevin—. Tus padres quieren lo que es bueno para ti, pero no siempre saben lo que es mejor para ti —hace gestos hacia la tienda—. Para nosotros, esto es lo mejor para nosotros. Una especie de regreso a casa.

Mis ojos se posan en Len, que ahora llena con mucha atención la página de un cuaderno con sus garabatos. Cuando escribe las últimas palabras, me mira.

—¿Alguna pregunta más?

* * *

132

Después de que terminamos de entrevistar a los hermanos Cheng y a un montón de sus clientes, Len y yo caminamos hacia el extremo opuesto del centro comercial y buscamos un poco de sombra para sentarnos. Hoy, el letrero frente a la iglesia contigua dice: *Hay algunas preguntas que Google no puede responder.*

Len suelta la cámara de su cuello y la deja a un lado, luego se recuesta en el césped, con las manos detrás de la cabeza. Su camiseta se levanta ligeramente, revelando un poco de tela escocesa que se asoma desde la cintura de sus jeans.

Vuelvo a centrar mi atención en mi cuaderno.

—Hablemos de nuestro ángulo.

—Claro —dice, sin sentarse.

—Creo que podría ser todo el asunto de la regulación —digo—. La apertura se retrasó seis meses. No es poco tiempo. Quizá podría hablar con Alan...

—¿Quién es Alan?

—El presidente de la Cámara de Comercio de la ciudad.

—Claro, por supuesto. Sigue.

—Alan podría saber si éste es un patrón para los nuevos negocios en Jacaranda. Si todos enfrentan estos mismos retrasos debido a las regulaciones, tal vez Kevin tenga razón. Quizá las normativas de la ciudad sean demasiado engorrosas. O tal vez algo está sucediendo con el departamento a cargo de esas cosas.

—Pero ¿de qué se trata *en realidad* la historia?

Reflexiono sobre esto antes de responder.

—Se trata de lo difícil que es identificar el equilibrio entre la necesidad de regulación y el deseo de fomentar el desarrollo empresarial.

—¿Y eso es interesante?

—Sí —digo, como si no pudiera imaginarme por qué tendría que preguntar. Len me lanza una mirada dudosa. Suspiro—. Está bien, no es el tema más sexy, pero es *importante*. Es el tipo de historia que verías en un verdadero periódico. Y si quieres que te tomen en serio, tienes que escribir sobre cosas serias.

—A los chicos de las escuelas no les importan esas cosas. Arranco una hoja del césped y se la lanzo.

—Es nuestro trabajo escribir lo que es significativo, no sólo complacer a las masas.

—Pero también es nuestro trabajo servir a nuestra comunidad. Así que deberíamos considerar qué podría interesarles.

Cruzo los brazos sobre mi pecho.

—Muy bien, ¿de qué crees que se trata la historia?

Len levanta la cabeza y la apoya en una mano.

—Es interesante cómo hay cierta tensión entre los hermanos Cheng y su mamá. Los chicos asiáticos de Willoughby *entenderían* algo así.

Miro hacia el estacionamiento de la iglesia y repaso la conversación en mi cabeza.

—Quiero decir, sí, hubo algo de drama allí. El subtexto parecía ser que ellos piensan que ella es la razón por la que su padre nunca alcanzó la meta de su vida.

—Sí, quiero hablar con ella y averiguar qué tiene que decir —sonríe—. Tú eres la feminista, ¿no deberías estar interesada en este conflicto?

—Claro —digo—. Pero no todos los conflictos son necesariamente de interés periodístico. Mi mamá tampoco quería que mi papá abriera un restaurante. No vi a nadie escribiendo una historia sobre eso.

—Quizá deberían haberlo hecho.

Mantengo el ceño fruncido hasta que me doy cuenta de que no está bromeando del todo.

—¿Qué terminó haciendo tu papá? —pregunta.

—Abrió un restaurante, por un corto tiempo. Y luego se perdieron los ahorros de una década más rápido de lo que se podría decir "Restaurante La Gran Muralla" tres veces seguidas.

—Así de malo, ¿eh?

—Sí. Pero lo que nos pasó no es algo especial. Los restaurantes fallan. Los inmigrantes pierden dinero. No siempre hay redención. Ahora mi papá sigue trabajando en un restaurante, sólo que de otra persona.

Len se queda callado por un minuto.

—¿No crees que es una historia que valga la pena contar?

—Sólo digo que no es noticia —intento escapar de la inesperada reflexión de Len, que se ha desplegado como una manta demasiado caliente sobre mi regazo—. Retomemos el asunto de la mamá de los hermanos Cheng, ¿cuál sería el punto de esa historia?

Len se recuesta en la hierba y reflexiona sobre la pregunta. Por un momento, el único sonido es una canción de Motown que se cuela débilmente desde la tienda de Boba Bros, y algún automóvil ocasional.

—Tal vez se trate de las diferentes formas en que los inmigrantes se acercan al sueño americano —dice finalmente—. Tal vez se trate de género y cómo eso afecta su voluntad de asumir riesgos empresariales.

Me inclino para ver mejor su rostro.

—Estás literalmente inventándolo todo en este momento, ¿no es así?

Ríe.

—Sí.

Una ligera brisa se levanta y lleva algunos mechones de cabello a mi rostro, así que levanto la mano para volver a hacerme el moño. Cuando bajo la mirada, Len desvía la cabeza hacia otro lado.

De pronto, no se me ocurre nada que decir.

—Está bien —concede, sentándose—. Podemos escribir sobre las regulaciones —se sacude la hierba del cabello, en un movimiento más amplio y relajado que el habitual.

—Bueno —digo, levantando la cámara, sólo para tener algo que hacer—. También podemos escribir sobre el sueño americano —empiezo a revisar las fotos que tomó. Hay fotos de los clientes, de Ian y Kevin, del reservado dentro de la tienda—. Son bastante buenas —sueno más sorprendida de lo que pretendía.

—Gracias.

—No lo digo para ser agradable.

—Lo sé —ríe de nuevo, levantando un hombro—. A papá siempre le ha gustado la fotografía, así que me enseñó a usar su cámara. A veces me deja jugar con ella.

—Ya veo —detesto que también sea bueno en esto, que un talento más parezca ser su derecho de nacimiento.

Luego llego a la foto que me tomó mientras estábamos sentados en el reservado. Mi cabello es un desastre, pero estoy sonriendo un poco, como si estuviera a punto de decir algo inteligente. Es muy extraño, pero me veo... linda.

Retrocedo un poco más y encuentro más fotos mías, que había supuesto que serían desechables. Pero aquí están, llenas de luz y con una composición hermosa. Me veo frunciendo el ceño mientras leo mi cuaderno, de pie contra el telón de fondo de una multitud borrosa. Ahí estoy dándome la vuelta para mirar algo más allá de la lente, envuelta por los globos dorados y blancos.

Dejo la cámara, fingiendo que no he visto nada.

—Creo que me tengo que ir —digo, poniéndome de pie.

14

A la mañana siguiente, me doy cuenta de algo terrible.

—¿Dónde está mi suéter? —le pregunto a Kim, revolviendo un montón de ropa que dejé en una silla.

—¿Cómo puedo saberlo? —peina su cabello—. Si tan sólo...

—No lo digas —levanto una mano para detenerla.

Busco por todo el apartamento, pero no encuentro el suéter por ninguna parte. Entonces recuerdo. Boba Bros. El reservado. ¿Lo dejé ahí? Tomo el teléfono para enviarle un mensaje a Len, pero eso me hace pensar en las fotos de nuevo y mi estómago da un pequeño salto.

Me sacudo la sensación y escribo:

¿Recuerdas si llevaba mi suéter cuando salimos de Boba Bros?

No recibo una respuesta inmediata, así que arrojo el teléfono a mi mochila. Me pongo otro suéter que no me gusta tanto; es de color avena y más pequeño: las mangas no cubren mis manos por más que intente estirarlas. Mamá está encantada.

—¿Ves? —dice—. ¡Te ves mucho mejor!

* * *

Len no me envía un mensaje de texto hasta que ya estoy caminando hacia la puerta de la sala de redacción, y es sólo una línea:

¿No?

La brevedad me irrita y me avergüenza al mismo tiempo. Y también siento una especie de alivio de que su mensaje fuera tan inútil, porque eso significa... bueno, no sé lo que significa, entonces, ¿por qué me *siento* aliviada?

Ninguno de los dos dice mucho mientras James lee nuestro artículo de Boba Bros en una de las computadoras del *Bugle*. Lo escribimos anoche en colaboración, aunque no juntos: Len me envió un correo electrónico con un borrador inicial y yo lo terminé. Por fortuna, todo el proceso ha sido casi profesional. Ahora estoy sentada junto a James, mientras Len está del otro lado con los brazos cruzados.

—Esto es muy bueno, muchachos —nos dice James, después de terminar de editarlo—. El asunto político es de primera clase, como de costumbre —en respuesta, le dirijo a Len una mirada de orgullo, pero luego James agrega—: Y creo que también han hecho un trabajo decente al esbozar quiénes son estos tipos también. Es interesante.

Espero que Len responda a mi autocomplacencia con la suya, pero no lo hace.

—Gracias —dice, mientras James se levanta de la computadora.

Empiezo a escabullirme para encargarme de las ediciones, pero James hace una pausa.

—Espera, Elisa —dice, analizándome—. Te ves un poco diferente.

139

—Es su suéter —interrumpe Len. Se encoge de hombros mientras ambos lo miramos con curiosidad—. No suele usar ese suéter.

Estas mangas cortas son más incómodas de lo que pensé.

—Parece que dejé el que siempre uso en Boba Bros —le explico a James, retorciendo mis muñecas desnudas—. Voy a llamarlos cuando abran para ver si alguien lo encontró.

Cuando me vuelvo hacia la computadora, veo que Cassie Jacinto pasa caminando. Lleva lo que parece ser uno de mis pines *SOY FEMINISTA*, pero la letra es de color rosa intenso.

No hice ningún pin con letra rosa intenso.

—Cassie —la detengo—. ¿Qué es eso?

—Oh —dice Cassie—. Bueno, pensé mucho en lo que escribiste y estoy de acuerdo con tu punto general. A pesar de que fue muy injusto que hayas menospreciado a todos los miembros del personal, considerando que voté por ti —ante esto, me estremezco—. Pero estás más calificada y el discurso de Len no tuvo mucha sustancia. No te ofendas, Len —levanta ambas manos en gesto de rendición—. Entonces, quería mostrar apoyo —me sonríe—. Como Serena.

—Pero ¿de dónde sacaste eso? —todavía estoy confundida.

—¿El pin? —Cassie señala—. Se lo compré a Natalie.

—Tú... ¿lo compraste? —enfurecida, me concentro en Natalie, que está charlando con Aarav al otro lado de la habitación—. ¿A *Natalie*?

Salto de la silla y tropiezo con ella. Len, sin ser invitado, me sigue.

—¿Están vendiendo los pines *SOY FEMINISTA*? —pregunto.

Aarav y Natalie interrumpen su conversación.

—Sí —Natalie mira mi pecho vacío—. ¿Quieres uno? Son dos dólares por cada uno.

—¿Qué...? —lucho por mantener un discurso coherente—. ¿Por qué estás haciendo esto?

—¿Por qué no? Existe una gran demanda de estos pines en este momento —se vuelve hacia Aarav, quien asiente como un secuaz—. Sólo estoy satisfaciendo una necesidad.

—Pero dijiste que estaba exagerando cuando mencioné el tema del sexismo —encajo mi dedo en ella—. ¿Y ahora estás sacando provecho de algo en lo que ni siquiera crees?

Natalie no se inmuta.

—Nunca dije que no creía en el feminismo —dice—. Es sólo que no estaba necesariamente de acuerdo *contigo* —recoge su cabello rizado y lo retuerce en la forma más maliciosa que he visto en mi vida para hacerse un moño.

De pronto me doy cuenta, tan claramente que no puedo creer que no lo hubiera visto antes.

—Fuiste tú, ¿cierto? Para empezar, fuiste tú quien publicó el manifiesto en el *Bugle*. ¡*Tú* eres la que inició todo este drama!

Natalie se burla, dejando que su cabello caiga en cascada hacia atrás.

—No te preocupes tanto por esto, Elisa. Son sólo *pines*.

—¡No son sólo pines! —intento no gritar, pero es difícil—. Y no se trata sólo de los pines.

Natalie mira a Len, como si se preguntara por qué está allí. Yo también me lo pregunto.

—¿Qué piensas, Len? —pregunta Natalie.

Por un momento, considera el pin falso que lleva Natalie. No me mira.

—Me llevaré uno —dice.

—Todo es una gran broma para ti, ¿no? —digo, alejándome.

141

* * *

Después de la escuela, Winona y yo nos sentamos a la mesa de su comedor, donde hemos creado nuestra propia sala de guerra de la huelga. Serena no pudo venir porque tenía una reunión del consejo estudiantil pero, como señala Winona, para lo que realmente la necesitamos, movilizar las filas, está en el campo de todos modos.

—Suponiendo, por supuesto, que ella en verdad esté planeando seguir adelante con todo esto.

Serena me ha mencionado la huelga cada vez que la he visto, así que me pregunto si el escepticismo de Winona, por una vez, está fuera de lugar.

—Parece bastante entusiasmada —le digo—. Quiero decir, no estoy pensando en unirme pronto al club de fans de Serena Hwangbo, pero a veces tienes que dar crédito cuando es debido.

—Sí, pero ¿de verdad entiende las cosas que le entusiasman?

Esto parece una pregunta retórica, así que concedo el punto en silencio y le entrego a Winona un marcador, que usa para dibujar un mapa del campus de Willoughby en una hoja gigante. La señora Wilson, que es arquitecta, guarda un gran rollo de papel para dibujo en su oficina y siempre nos deja usar tanto como queramos.

—Bien, la huelga es en poco más de una semana. Necesitamos delinear nuestra visión —Winona arroja un frasco de los pequeños soldados del ejército color verde de Doug sobre el mapa.

—¿No dijiste que todavía tenemos cosas que filmar? —el mismo Doug aparece en la puerta de la cocina.

—Estamos tomando un descanso —Winona permanece concentrada en su mapa—. Esfúmate.

—Ella sólo está procrastinando —me dice Doug.

142

Frunzo el ceño. De pronto, me siento mal porque estamos trabajando en esta huelga en lugar de filmar *Los caminos de entrada*.

—Oye, la fecha límite del festival está cerca, ¿verdad?

—Nos quedan dos semanas todavía. Ava DuVernay filmó su primer largometraje en ese tiempo.

—Sí, pero...

Winona me interrumpe con un suspiro fatigado.

—Sólo siento que la historia ya no es del todo apropiada, pero necesito algo de tiempo para resolverlo —se golpea la barbilla con el marcador—. Todo este asunto del feminismo me hace reevaluar lo que quiero hacer con eso. En este momento, se trata sólo de chicos, ¿no es así?

Tiene razón: la trama de *Los caminos de entrada*, tal como está, implica que el personaje de Doug sea acusado de robar un paquete de chicles y luego entable una discusión con Sai.

—Sigo pensando que es una buena historia, pero me pregunto: ¿cuánto de eso se debe a que creo que los jueces del festival lo encontrarán interesante? —Winona se percata de una arruga en el papel y se acerca para alisarlo—. Quizá debería haber considerado esto antes, pero tal vez no apreciaron mi corto del año pasado, el de la muñeca, porque son un montón de tipos blancos. Eso me hizo preguntarme por qué siento que tengo que hablar sobre la raza de una manera que *ellos* entiendan, o por qué tengo que hablar de eso incluso, sólo para que me tomen en serio.

—¿Eso significa que estás desechando tu película? —Doug suena esperanzado.

—No, significa que todavía lo estoy pensando —Winona comienza a mover a los soldados a lo largo del mapa—. Mientras tanto, ya te dije, estamos ocupadas.

143

Doug se acerca más a la mesa.

—¿Con qué?

—¿No dije "esfúmate"?

—Le diré a papá que estás planeando montar un espectáculo.

—¿Quieres despedirte de tu Xbox? —Winona lanza su amenaza con una mirada que he visto en su madre, y Doug se retira, pero no antes de decirme sólo con los labios: "¡Procrastinando!".

—¿Deberíamos hablar más sobre *Los caminos de entrada?* —sugiero—. Quizá podríamos...

—Está bien. Algo se me ocurrirá —Winona golpea el boceto—. Concentrémonos en esto ahora.

Una voz molesta, como la de mamá cuando me fastidia por secarme el cabello antes de irme a la cama, me dice que Doug podría tener razón. No está exactamente fuera de lugar para Winona lidiar con un bloqueo creativo de esta manera; no es ajena a la presentación de ensayos en el último minuto y, de hecho, a menudo afirma que sus mejores ideas surgen, con una claridad como la de Atenea, sólo bajo presión.

Pero lo dejo pasar, porque no puedo discutir el hecho de que ella está involucrada en ayudarme, y lo único que no le encantaría en este momento es escuchar que estoy de acuerdo con su hermano.

—Está bien —digo—. ¿Cuál es el plan?

Winona coloca una minifigura de Lego de niña en el salón de clases del señor Schlesinger. Tiene el cabello negro y una cara enfadada.

—Ésa eres tú.

—¡Se parece a mí!

—Sí. Así que creo que deberíamos hacerlo en algún momento durante la sexta clase. Por muchas razones —Winona comienza a contar con los dedos—. Primero, queremos maximizar la participación, y muchos estudiantes de tercer y cuarto año no tienen la séptima clase. En segundo lugar, está lo suficientemente cerca del final del día como para que no puedan ser demasiado duros con nosotras por ser disruptivas. Y tercero, tenemos la sexta hora juntas.

—¿Por qué importa?

—Porque vas a hacer la huelga con los ojos vendados, por lo que es posible que necesites ayuda.

—¿Con los ojos vendados?

Winona levanta un libro de gran tamaño desde el borde de la mesa y lo abre a la mitad, en el lugar marcado con un sobre repleto de palabras escritas por su madre.

—Estarás vestida como la Dama de la Justicia —declara.

La doble página que tenemos frente a nosotros presenta imágenes a todo color de pinturas, tallas y esculturas, todas representando el mismo tema: una figura femenina, generalmente sosteniendo una espada y una balanza. En algunas, aunque no en todas, sus ojos están cubiertos.

Señalo una de las fotos, que muestra una estatua de una mujer que se pone una venda en los ojos sola.

—¿Porque "la justicia es ciega"?

—Sí. Salvo que no lo es, obviamente. Al menos, no para todos —Winona apoya los codos en la mesa y pasa a otra página llena de personificaciones de la Justicia—. El bufete de mi madre está renovando el juzgado de la avenida La Salle, y ayer la escuché por teléfono debatiendo si deberían conservar este viejo mural de la Dama de la Justicia. Eso es lo que hizo que se me ocurriera —pasa el dedo por el pliegue entre las páginas—. Según mamá, es engañoso tener una Justicia con los ojos vendados cuando el sistema legal (y la sociedad, en realidad) sigue discriminando por motivos de género, raza y clase. Lo que significa, por supuesto, que el grupo que suele ser más jodido es el de las mujeres negras.

Examino de nuevo las fotos del libro. La mayoría de las Damas de la Justicia tienen otra cosa en común: son blancas.

—Sí, a veces parece que la Justicia es ciega a las cosas injustas.

—Correcto, el simbolismo es complicado y ha sido manipulado por todo tipo de grupos, sobre todo aquellos que apoyan el patriarcado. Pero ésa es la razón por la que creo que deberíamos recuperarlo. Traerla de regreso.

—Convertirme en la Dama de la Justicia.

—Exacto. Sobre todo porque el feminismo estadounidense tiene una historia de mujeres blancas de clase media que borran las voces de los grupos minoritarios. Las negras en particular, pero también las asiáticas.

Y es verdad. Aunque las chicas asiático-americanas no han tenido que lidiar con el mismo nivel de tonterías que las negras, a menudo he sentido una especie de invisibilidad cuando se trata de estas discusiones... sobre todo en el mundo "real", más allá de la comunidad mayoritaria asiática de Willoughby. Entonces, tal vez Winona tenga razón. Quizá *signifique* algo para mí ser el rostro de este movimiento.

—De acuerdo —digo—. ¿Pero nos quedamos con los ojos vendados?

—Para empezar, sí —Winona traza una línea desde el salón del señor Schlesinger hasta el área del patio, que encierra en dos círculos—. Una vez que lleguemos aquí, sin embargo, darás un gran discurso y luego harás un gran espectáculo para quitarte la venda. Porque aunque me gusta la idea de que la Dama de la Justicia sea ciega, debemos ser realistas en este punto. En nuestro mundo, ella necesita ver las cosas como son —Winona vuelve a tapar su marcador y golpea el mapa con énfasis—. Y eso es lo que estamos haciendo con esta huelga: hacer que sean vistas las desigualdades.

Me inclino ante Winona.

—Eres una genio.

Winona sonríe.

—¿Qué más hay de nuevo?

15

A la tarde siguiente, nuestro equipo de *Macbeth* debe reunirse en la casa de Len, a pesar de mis mejores intentos por desviar el plan.

—¿Tú no vives cerca de la escuela? —le pregunto a Serena.

—Sí, y definitivamente los invitaría a la casa —dice—, pero mamá está remodelando la cocina y no quiere que estemos en medio del desastre.

—¿Qué hay de Ryan?

—Él sólo usa la dirección de su abuela para poder estar en Willoughby, pero su verdadera casa está un poco lejos. ¿Qué hay de tu casa?

Intento imaginarme a los tres en mi sala: Serena inspeccionando la alfombra descolorida, Ryan girando en la silla de oficina que papá trajo de alguna acera, Len estudiando la estantería cubierta de papel rojo que mamá ha instalado como un santuario para Buda, nuestros antepasados de la familia y Deih Jyú Gūng, el Dios Chino protector del hogar.

—Vivo al otro lado de la ciudad, por lo que probablemente no sea lo ideal.

Serena toma un llavero con borlas de su bolso.

—Sí, ¿así que supongo que debemos ir a casa de Len? Hago un último esfuerzo para pensar en otra posibilidad.

—¿Por qué no podemos simplemente encontrarnos en el patio?

Serena hace una mueca.

—Hace mucho calor.

Es cierto. Es otro día abrasador en Jacaranda, tal vez incluso peor que cuando Len y yo fuimos a Boba Bros. Donde, según ha confirmado Kevin, no está mi suéter perdido. "Te avisaré si aparece", dijo cuando llamé.

—Uf, gracias a Dios por el aire acondicionado —dice Serena, poniéndolo tan alto que el rugido es como una tercera presencia en su auto.

Estamos de camino a la casa de Len, y Serena se ofreció a llevarme, un gesto que agradezco hasta que me abrocho apropiadamente el cinturón de seguridad en el asiento delantero y soy testigo del fenómeno que es Serena al volante.

—¿Dónde exactamente vive Len? —Serena pregunta de nuevo, mientras vamos disparadas por la avenida Lemon, por lo menos a treinta kilómetros por encima del límite de velocidad.

Levanto el texto con manos temblorosas.

—En Holyoke Lane —respondo con voz un poco estridente. Estoy acostumbrada a ir en el auto con mamá, que conduce como si llevara a ciudadanos mayores a sus citas médicas, así que esto requiere una especie de... adaptación.

—Oh, sí, sé dónde está eso. Es muy cerca de mi casa.

Mientras rezo a una deidad incierta para que llegue viva al hogar de Len, me encuentro considerando cómo será su casa. Me pregunto, sobre todo, si será más japonesa o blanca.

—Por cierto, ¿te enteraste? —Serena charla sin parar, alegremente inconsciente de mi terror—. La mitad del equipo de

149

discursos y debates amenazó con renunciar cuando su presidente trató de argumentar que tú estabas equivocada con respecto al sexismo en Willoughby.

Me agarro a los lados del asiento de piel mientras ella se detiene en seco en un concurrido crucero.

—¿En serio? —me las arreglo para seguir adelante.

—Sí. Y, a partir de esta mañana, se perdieron todas las camisetas nuevas de *Estoy con Él* del club de improvisación —Serena hace un gesto travieso—. *Misteriosamente.*

El auto se pone en marcha de nuevo y estoy demasiado mareada para responder, más allá de un pulgar hacia arriba.

—En cuanto a nuestra protesta —dice Serena—, tenemos a cincuenta y siete personas comprometidas, y creo que puedo conseguir... —cuenta mentalmente, desviando más la atención del camino para hacer el cálculo de lo que parece necesario— a ocho más a finales de esta semana.

Algún día, quiero que Serena sea una verdadera política, tal vez incluso presidenta, porque una vez que la chica hace una promesa, se mueve rápido.

—Eso es genial —añado, mientras Serena acelera con entusiasmo frente a una luz verde.

—¡Estoy tan feliz de que todo esto esté sucediendo! —me sonríe—. Sobre todo la huelga. Eso va a ser *tan* grande, Elisa. Estás destinada a ser la editora en jefe, puedo sentirlo. Len ni siquiera sabrá qué lo golpeó.

Hago cuanto puedo para no sujetar demasiado la manija de la puerta del auto mientras seguimos avanzando.

—Bueno, no seamos demasiado hostiles. Necesitamos que sea nuestro Fleance.

—¿Quién está siendo hostil? —dice Serena, mientras acribilla a un auto con su claxon por no reaccionar lo suficientemente rápido al cambio del semáforo. En cuanto tiene oportunidad, se adelanta y deja atrás al conductor infractor.

—No te lo tomes a mal —le digo después de que ella ha regresado a su nivel normal de exceso de velocidad—, pero ¿cómo es que te preocupas tanto por todo esto?

Serena conduce en silencio durante los siguientes segundos, el tiempo suficiente para que yo asuma que tal vez ha decidido no responder a la pregunta, y ésta es sólo la forma Hwangbo de decepcionarte fácilmente: fingiendo que no preguntaste nada.

Por fin, dice:

—Me esfuerzo mucho para hacer que todo parezca sencillo —me mira a través del ámbar de sus enormes lentes de sol, como para comprobar si esta declaración me sorprende. Sí, me sorprende—. No me había dado cuenta hasta que leí lo que escribiste en el manifiesto, pero me esfuerzo mucho, todo el tiempo —golpetea el volante con los dedos; sus uñas están pintadas con impecables puntas francesas—. Nunca pensé que el sexismo fuera la razón.

—Mmm —digo—, sí.

—Todo tu asunto de "no estoy aquí para agradar" es tan valiente —dice—. Pero ni en un millón de años podría estar tan tranquila como tú sobre el hecho de no agradarle a nadie.

Decido no protestar por la afirmación de que no le agrado a nadie, porque supongo que está lo suficientemente cerca de la verdad.

—Sin embargo, la vida parece funcionar mejor para las chicas que se preocupan por cosas como ésas.

—Casi siempre —concuerda—. Pero también es muy agotador preocuparte por lo que todos piensan todo el tiempo —en el espejo retrovisor, se ajusta un solo cabello que se ha salido de su cola de caballo, por lo demás impecable—. Y si yo me siento así, ¿cómo será para los demás?

No tengo una respuesta para esta pregunta.

Delante de nosotros, hay otro auto que se mueve más lento que el tráfico y, naturalmente, Serena no tiene paciencia para eso. Ella se abre paso (con fabulosa delicadeza, tengo que decirlo) dentro y fuera de nuestro carril para sortearlo.

—Espera, creo que es Ryan —digo, mirando hacia el asiento del conductor.

—¿Es él? —Serena parece encantada—. Quizás esté mensajeando, ese idiota. Espera —baja mi ventana y reduce la velocidad para quedar a un lado de Ryan. Luego toca el claxon, lo que lo hace saltar.

—¡No envíes mensajes mientras conduces! —grito, antes de que nos precipitemos por la calle con un satisfactorio rechinido de llantas. Serena está en medio de un ataque de risa, y yo también. Resulta estimulante ver el dedo medio de Ryan desvaneciéndose en la distancia.

—Como sea —dice Serena, después de que nos calmamos un poco y da vuelta a la izquierda en Holyoke Lane—, Len me cae bien. Pero se nota que no tiene que esforzarse por eso —se detiene frente a su casa y apaga el motor, restableciendo la calma a nuestro alrededor—. Quizás es hora de que le importe.

Entonces, pienso en lo singular que es este momento: aquí estoy, inexplicablemente en solidaridad con Serena Hwangbo, la chica cuya permanencia en el consejo estudiantil se ha basado en nada más que un comportamiento marginalmente considerado y novios atractivos. El feminismo es algo curioso.

16

La zona donde vive Len está un poco más lejos de Willoughby que la de la casa de Winona, pero no mucho. Es tan agradable como Palermo, aunque mucho más viejo, con residencias de dos pisos sacadas de una foto antigua. Su casa tiene un techo asimétrico inclinado, con puertas dobles de madera ubicadas en una fachada de piedra y vidrio, y el jardín, que no está sujeto a las limitaciones de los pequeños lotes de las zonas residenciales más nuevas, es amplio, tal vez del tamaño de mi sala y cocina juntas. Serena y yo caminamos por el camino curvo de la entrada, y Len abre la puerta antes de que pueda tocar.

—Adelante —dice. Siguiendo su ejemplo, Serena y yo dejamos nuestros zapatos junto a la puerta.

En el interior hay un techo estilo catedral sobre una sala de estar hundida, con pisos de madera y una chimenea de ladrillo. Los sillones son refinados pero gastados, su tapizado azul pavorreal se hunde ligeramente en los asientos. En la esquina hay un piano de cola con la tapa levantada y libros superpuestos en el atril. El de hasta arriba está abierto en una pieza llamada "Polonesa". Debajo del título, en letra más pequeña, dice Opus 53.

—Oh, ésa la conozco —Serena prueba las primeras notas con la mano derecha—. ¿Tú tocas?

Len ya camina hacia la cocina.

—Sí.

—¿Eres bueno?

—No.

Serena y yo intercambiamos una mirada y me pregunto si él está mintiendo.

—¿Alguna de ustedes quiere algo? —dice.

—No —Serena se deja caer en el sofá angular, que parece rígido y poco atractivo. Pero cuando me siento a su lado, me doy cuenta de que los cojines son más suaves de lo que esperaba.

—¿Elisa? —Len todavía está esperando.

—No, gracias —digo, y desaparece.

De inmediato, Serena comienza a revisar su teléfono, pero mi atención vaga por la habitación. Alguien de buen gusto lo ha decorado, con objetos que se sienten recolectados de lugares lejanos. Una variedad de ilustraciones antiguas, entintadas con caracteres japoneses. Un jarrón esmaltado con un patrón de ondas azules. Una alfombra turca, floral y desteñida. Y libros... montones y montones de libros. Grandes y brillantes compendios de arte en la mesa del centro, series completas de volúmenes grabados en latín en los libreros empotrados y libros apilados en las mesas auxiliares, como si no hubiera suficiente espacio para ellos en ningún otro lugar.

También hay algunas fotografías colgadas en la pared junto al comedor, así que me levanto para mirarlas más de cerca.

En una, hay un niño asiático con cabello castaño claro, mucho más claro que el de Len, y me toma un segundo darme cuenta de que *es* Len. Está sonriendo a la cámara, más eufórico de lo que jamás lo he visto, sosteniendo una pelota de beisbol con las dos manos, como si fuera la cosa más valiosa del mundo.

En otra, hay una joven japonesa, vestida con un suéter acanalado de cuello alto y una falda de gamuza hasta las rodillas. A su lado, hay un joven blanco muy alto con ojos color oliva que hacen juego con su camisa a cuadros, y detrás de ellos están los tonos grises y verdes de la arquitectura gótica en primavera. Ella está mirando algo fuera de cámara por el rabillo del ojo, sonriendo ampliamente. Él la mira a ella.

Len, al parecer, se ha convertido en una adaptación excepcionalmente fiel de su padre, salvo por sus ojos, que se arrugan como los de su madre cuando sonríe. Son principalmente lo que le hace parecer japonés ahora.

Escucho un fuerte crujido y me vuelvo para ver a Len echado sobre una de las sillas del comedor, mordiendo una manzana mientras me mira.

—Entonces, ¿vamos a practicar algo de *Macbeth*? —pregunta, y me alejo de la pared, como si no hubiera estado estudiando ninguna fotografía.

Se abre la puerta principal: Ryan.

—Lo lograste —dice Len, entre bocados de manzana.

—Sí, no gracias a estas dos —nos señala a Serena y a mí—. Intentaron involucrarme en un accidente.

Las bien formadas cejas de Serena se arquean detrás de su teléfono.

—Lo dice el tipo que estaba enviando mensajes de texto mientras conducía.

—Estaba comprobando la dirección de Len —se queja Ryan.

—¿Qué tal si tan sólo comenzamos? —digo, sacando *Macbeth* de mi mochila.

Las escenas que nos asignó la señora Boskovic son del segundo acto. Básicamente, esto es lo que sucede: Banquo, quien, como Macbeth, recibió una profecía de las brujas al comienzo de la obra, todavía se siente bastante inquieto por eso. Él y su hijo, Fleance, caminan por los pasillos del castillo de Macbeth después de la medianoche cuando se encuentran con Macbeth, quien, sin saberlo, ha conspirado con Lady Macbeth para matar al rey Duncan. Finalmente, Macbeth lleva a cabo la hazaña, pero se olvida de dejar las armas homicidas en la habitación para tender una trampa a los ayudantes de cámara dormidos. Está demasiado asustado para volver y ponerlas allí, así que Lady Macbeth tiene que hacerlo, y tiene mucho que decir al respecto.

Cuando hemos avanzado alrededor de veinte líneas de la primera escena, algunas cosas me quedan claras.

La primera es que Len, que sostiene una linterna como si fuera una antorcha, ha elegido ser Fleance porque sólo involucra dos líneas.

La segunda es que Ryan, que se supone que interpretará a Banquo, debería haber recibido un papel con sólo dos líneas.

—Ryan —digo, imaginándome a Winona gritando "¡Corte!" ante esta pésima actuación—, ¿no memorizaste tus líneas?

—Lo hice, ya pero las olvidé —Ryan sostiene su espada, también conocida como atizador de chimenea de Len—. ¡Son tantas!

Lo intentamos de nuevo, esta vez permitiendo que Ryan lea sus líneas; aun así, es difícil y pronuncia sus diálogos con toda la vivacidad de un horno tostador.

—Veamos, lo siento, Ryan, pero no estás interpretando a Banquo —digo—. Len, quizá deberías cambiar los papeles con él.

Len lanza la linterna al aire y la atrapa enseguida.

—¿Quién te nombró directora?

En busca de un objetivo más dócil, me vuelvo hacia Ryan.

—¿Quieres cambiar los papeles con Len, o vas a poder hacerlo bien?

Ryan baja el atizador de la chimenea.

—Cambiaré papeles.

Len intenta objetar con seriedad, pero falla.

—De acuerdo, está bien.

Nuestras escenas mejoran significativamente después de eso. Len es útil como Banquo, pero la verdadera estrella es Serena como Macbeth.

—"Para conocer mi acto, mejor no conocerme a mí mismo" —recita con expresión de desamparo. Len, apoyado contra la chimenea, golpea la repisa, según las instrucciones del libreto—. "¡Despierta a Duncan con tus golpes! ¡Ah, si tú pudieras!" —las últimas líneas de Serena están llenas de agonía, y hace una pausa. Luego realiza una profunda reverencia mientras todos aplaudimos.

—¡Creo que somos bastante buenos! —dice Serena, cayendo dramáticamente sobre el sofá.

—Bueno, casi todos —miro a Ryan, que se enfurruña en respuesta.

—¿Podemos terminar por hoy? —dice Len. Está preguntando y burlándose de mí al mismo tiempo, pero es Serena quien responde:

—Sí, seguro —se pone de pie de un salto.

Verifico la hora en mi teléfono. Son sólo las tres y media, lo que significa que mamá no podrá recogerme hasta dentro de media hora al menos. Me pregunto si hay alguna manera de extender esta reunión para que Serena y Ryan no me dejen sola aquí con Len. —Pero Serena ya está recogiendo su bolso de mano y escribiendo respuestas a los mensajes de texto que le llegaron mientras ensayábamos, y Ryan está agachado atando las cintas de sus zapatos.

Me siento mal por pedirle a Serena que se desvíe de su camino para llevarme, pero estoy tan desesperada por no quedarme aquí que considero brevemente la idea de preguntarle a Ryan. Decido que debo estar perdiendo el control si estoy pensando en pasar tiempo voluntariamente con él.

—No tengo manera de irme hasta alrededor de las cuatro —le digo a Len—. ¿Te importa si espero aquí?

A Len no podría importarle menos.

—No.

—¡De acuerdo, adiós, chicos! —dice Serena, agitando sus llaves hacia nosotros. Ryan también levanta una mano y luego la sigue por la puerta, dejando que se cierre detrás de él.

Así que ahora sólo estamos Len y yo, parados en su sala.

—Tengo algo de tarea que hacer —digo.

—Puedes sentarte en el comedor si quieres —hace un gesto poco entusiasta para señalarlo.

—Está bien —me acerco, me siento y saco mi libro de matemáticas de la mochila como si resolviera ecuaciones diferenciales en la mesa de su comedor todos los días.

Len toma su propia mochila y se acerca con ella colgada del hombro. Apoya las manos en el respaldo de una silla y no está claro si está tratando de iniciar una conversación o terminarla.

—Supongo que ahora tengo algunas líneas más para memorizar.

No levanto la vista de mi conjunto de problemas.

—¿Eso será un problema para ti?

Len comienza a responder con sarcasmo, pero no lo escucho porque el sonido de la puerta de un garaje abriéndose genera algo muy interesante en su rostro.

—¿Eso es...?

—Mamá —de hecho, hace una mueca—. Supongo que hoy está en casa temprano.

Escucho mientras la puerta trasera se abre y se cierra, y el chasquido de los tacones altos da paso al suave golpeteo de los pies enfundados en medias contra las baldosas.

—¿Len? —una mujer menuda vestida con una blusa de seda y pantalones oscuros aparece en la puerta de la cocina—. Oh, hola —dice cuando se percata de mi presencia. Nos miramos con curiosidad.

—Hola —respondo.

—Ésta es Elisa —dice Len.

—Hola, soy Naomi —sonríe y reconozco a la chica de la foto, ahora mayor.

—Vamos a estar trabajando arriba —Len se aleja de la mesa y se detiene, para dejar claro que debo seguirlo.

Su madre, notando que estoy instalada, y expandida, en mis tareas de matemáticas, lo ignora.

—¿Estudias en Willoughby, Elisa?

—Sí —digo—. Len y yo estamos en la misma clase de Inglés.

Su madre asiente en un gesto cálido, y no voy a mentir: estoy demasiado ocupada disfrutando del hecho de que Len parece genuinamente inquieto como para que yo misma también lo esté. Aunque debo admitir que es totalmente extraño que esté charlando con su madre.

—También nos conocemos del *Bugle*.

—Oh, eso es lindo. Len, te acabas de unir al *Bugle*, ¿no es así? —me sonríe y se inclina, como si fuéramos conspiradoras—. Es bueno que por fin se esté involucrando en algo de nuevo.

Entiendo entonces que la madre de Len no sabe que él fue elegido como editor para el año próximo y, también, que cree que Len me ha invitado porque le agrado. Len y yo nos damos cuenta de lo segundo al mismo tiempo.

—Elisa está esperando a su mamá —explica rápidamente—. Estuvimos trabajando en equipo con otros compañeros, practicando nuestras escenas de *Macbeth*.

—Tu papá estaría emocionado por eso. Ama *Macbeth* —la mamá de Len lo dice de una manera que es difícil de leer, sumergida en una especie de sutileza sarcástica que bien podría ser desdén o afecto. Esto parece ser una cosa más que Len aprendió de ella.

Len se acerca, cierra mi libro de texto y lo acomoda bajo su brazo en un movimiento decidido.

—Vamos a hacer un poco de tarea de cálculo ahora.

La mamá de Len se gira hacia la cocina, pero no antes de decir:

—De acuerdo. Bueno, una vez que hayas terminado de llevar los libros de Elisa a tu cuarto, ven a ayudarme a traer las compras del auto.

Corro detrás de él por las escaleras, porque avanza como si no pudiera subir lo suficientemente rápido: hoy, tres escalones a la vez. En el rellano, una vez que estamos fuera del alcance del oído de su mamá, y yo estoy completamente sin aliento, digo:

—¿Por qué no le dijiste a tu mamá que eres el nuevo editor del *Bugle*?

Estampa el libro de cálculo en mi pecho, como si acabara de recordar que lo estaba cargando y definitivamente no quisiera seguir haciéndolo.

—Nunca salió el tema.

—Estás mintiendo —agarro el libro de texto mientras lo sigo a su habitación.

—No es así —dice Len, dejando caer su mochila sobre una alfombra de lana gris que cubre el piso de madera.

Cruzo los brazos sobre mi libro.

—¿Te mataría decir la verdad por una vez?

Esto suena justo tan beligerante como pretendía, pero la forma en que vacila, casi como si lo hubiera golpeado, me hace dudar de mí.

Aunque no por mucho tiempo.

—Pensé que ya no me hablabas —responde afablemente, y estoy molesto de nuevo.

—¿Cuando dije eso?

—Ésa es la cosa: nunca. Porque dejaste de hablarme.

—¡No intentes cambiar de tema!

Agita la mano como si se sacudiera una mosca, con gesto inocente.

—Vuelvo enseguida —dice, y baja las escaleras.

Me doy cuenta de que nunca antes había estado en la habitación de un chico, y se siente un poco surrealista encontrarme justo en la de Len. Está más limpia de lo que esperaba. Su cama está pulcramente tendida, cubierta con un edredón a cuadros, donde se siente raro sentarse. En cambio, me acomodo frente a su escritorio. Su silla es un verdadero clásico: una de esas anticuadas sillas Windsor con coderas, terminada con laca negra y un descolorido sello de Princeton. Me pregunto de dónde la sacó.

Pongo los codos en los reposabrazos e intento imaginarlo sentado aquí todas las noches, haciendo cosas supermundanas, como sus tareas o los artículos del *Bugle*. Me recuesto en la silla para que sólo las patas traseras estén en el suelo, como siempre hace él. En muchos sentidos, esto sí se siente como una habitación de Len. Huele al jabón que usa. Hay placas brillantes y pelotas de beisbol firmadas en el estante, bates apoyados en la esquina y una chamarra, con una gran W en el frente, colgando sobre la puerta de su clóset. Incluso hay un gracioso muñequito de un jugador de los Dodgers en su escritorio, un lanzador japonés llamado Hideo Nomo, cuyo cuerpo está retorcido, enigmáticamente, en una posición bastante extrema.

También en su escritorio: un Totoro de peluche (no esperado) y *La vida: instrucciones de uso* (más esperado).

Miro por encima del hombro, pero todavía no hay señales de Len. Así que tomo el Totoro, su peluche lleno de pelusas y suave por lo que parecen ser muchas lavadas, y miro sus ojos bordados. *¿Qué puedes decirme de Len?*, le pregunto por telepatía. Pero Totoro guarda silencio, tan cauteloso como su dueño.

Lo dejo y abro la novela, que tiene un *J. DiMartile* garabateado detrás de la portada. Cuando paso a la primera página, veo que el texto ha sido ampliamente marcado con un lápiz ahora descolorido.

—¿Qué tienes ahí?

Salto, dejo caer el libro en mi regazo como si me hubieran pillado husmeando en un diario. Len está de regreso y su tono es más inquisitivo que acusador. Pero también un poco acusador.

—Es el libro que te presté —digo, dejándolo de nuevo en el escritorio.

Len ríe.

—Ah, sí —se acerca, se sienta en el borde de la cama y apoya su pie en la silla. Siento que el peso inclina un poco el asiento—. ¿Qué opinas?

Miro la enorme pila de páginas.

—Demasiado pronto para decirlo.

Aparece una pizca de su sonrisa, leve pero segura de sí.

—Perec te gustaría —me dice—. Con él, todo se trata de reglas.

La arrogancia de Len me molesta, pero es verdad: estoy intrigada. No recuerdo la última vez que hablé con un chico que hubiera leído algo que yo no, y es a la vez perturbador y, perversamente, emocionante.

Toma el libro y lo hojea.

—¿Has oído hablar del Oulipo? —niego con la cabeza—. Papá me habló de ellos. Es este movimiento del que formaba parte Perec, un grupo de escritores y matemáticos franceses que creían en la creación de obras artísticas con limitaciones específicas.

—¿Cómo qué?

—En este caso, la novela trata sobre un edificio de apartamentos, ¿verdad? Así que Perec lo imagina como una cuadrícula de habitaciones de diez por diez y se mueve a través de ellas, una por capítulo —me muestra el índice—. Pero el problema es que tiene que hacerlo siguiendo las reglas del desafío del caballo.

El problema es un famoso desafío de lógica que requiere que muevas uno de los caballos por el tablero de ajedrez, tocando cada casilla una única vez. Lo sé tan sólo porque hubo un breve periodo en mi vida, poco después de leer *El club de la buena estrella*, que me obsesioné con el ajedrez, esperando (sin éxito) convertirme en un prodigio como Waverly Jong.

—¿Por qué estás tan interesado en este libro? —pregunto—. No parece que te gusten las reglas tanto como a mí, pero parece que son el punto central de Perec.

—Lo son y no lo son —Len toma una diminuta pelota de basquetbol de debajo de la cama y se deja caer contra las almohadas. Hay un aro en la pared del fondo y, después de un momento de evaluación, apunta la pelota hacia él. Encesta—. El punto de Perec es que estaba escribiendo acerca de la "vida", que en cierto modo es más grande que cualquier restricción que puedas imponerle —vuelve a lanzar la pelota, y esta vez falla, pero no parece importarle. En cambio, me sonríe—. Y para un seguidor de reglas, Perec lo entendía bastante bien.

Tomo una nota mental para consultar *Vida: instrucciones de uso* en la biblioteca y decidir cuál sería el asunto central de Perec para mí.

—Pensé que se suponía que tu codo estaba lesionado —levanta la pelota de basquetbol del suelo y la tira al aro, logrando un impresionante *airball*.

—Lo está —Len recupera la pelota y la lanza perezosamente con una mano. Pasa limpiamente a través de la red. Luego levanta el otro brazo—. Pero soy zurdo —extiende los dedos, uno por uno—. Como tú.

¿Cuándo diablos se dio cuenta de eso?

Me aclaro la garganta.

—Hey, nunca respondiste a mi pregunta.

Len se sienta y hace girar la pelota de basquetbol en su dedo índice (derecho).

—¿Cuál?

—¿Por qué no le has contado a tu mamá sobre tu participación en el *Bugle*?

—¿Cuál es tu problema, Elisa? —Len me pasa la pelota y, para mi sorpresa, la atrapo—. ¿En serio te importa tanto el *Bugle*?

—¿A qué te refieres? Por supuesto que me importa.

—Pensé que sólo estabas tratando de ingresar a Harvard o algo así.

—Bueno, sí, estoy tratando de ingresar a Harvard. Pero también me importa el *Bugle*.

—¿En verdad quieres ser periodista cuando seas grande?

—*Soy* periodista.

—Está bien, Lois Lane —Len se mesa el cabello con ambas manos, un movimiento más brusco y más molesto que su tic habitual. Luego se recupera con una sonrisa fácil—. Olvida lo que te dije —empieza a levantarse de la cama y entonces, cambio de opinión.

—La verdad —suelto—, me gusta la idea de que la verdad lo conquista todo.

Len vuelve a sentarse.

—¿Eso crees?

—Sí, por supuesto.

—Sin embargo, la gente cree en las mentiras. Sobre todo, si eso quieren.

—Eso hace que el periodismo basado en hechos sea aún más importante.

—Entonces, tu compromiso con el *Bugle* está basado puramente en ideales altruistas.

Me siento erguida.

—Sí.

Len inclina la cabeza hacia atrás contra la pared, pero su mirada todavía está en mí, medio encubierta por sus pestañas. Hoy lleva una camisa con botones de cuadros azul marino, salpicada de puntos dorados.

—Ya veo.

—Bueno… de acuerdo, tal vez no del todo —ahora me encorvo un poco—. También es porque me gusta la idea de hacer algo importante. Supongo que esa parte se trata de mí —saco el mentón—. Pero no creo que haya nada malo en eso.

—Nunca dije que lo hubiera.

La forma en que me suelta esto, como si estuviera sobre una cerca, desde algún lugar que no puedo alcanzar, es enloquecedora. Y más todavía mi desconcertante compulsión de derribar lo que sea que esté entre nosotros, de estropear esa distancia que tanto le gusta.

—¿Recuerdas nuestra primera elección de consejo estudiantil? —digo antes de que pueda detenerme—. ¿La del comienzo del primer año?

—Seguro.

—Por eso me convertí en buglera.

—¿Qué, escribiste una historia al respecto y James te hizo un cumplido?

—No, para tu información, no pude escribir esa historia porque yo era parte de ella. Era una de las candidatas.

Veo un raro destello de sorpresa en su rostro.

—¿Sí?

—Pensaba que ser presidenta de primer año se trataba de resolver problemas reales.

Reflexiona al respecto.

—Pensaste que sería algo importante.

—Correcto. Hice toda una investigación y armé una plataforma basada en problemas concretos y viables, como reestructurar el plan de estudios de matemáticas de primer año y arreglar el portal de estudiantes en línea…

—Vaya, no puedo creer que no haya votado por ti —su inoportuna sonrisa está de regreso.

—Mira, no necesitas decirme nada sobre esto, ¿de acuerdo? Pensaste que era aburrida. Todos los demás también.

166

Supe que había cometido un error en cuanto subí al escenario del anfiteatro.

Recuerdo haber escuchado mi voz a través del micrófono, por primera vez amplificada de esa manera, sobre las filas de rostros vacíos en asientos de madera. No estaba preparada para lo agudas que sonaban mis palabras. Lo débiles, y no como mías en absoluto. Entonces comprendí que mis ideas, a escala terrestre y en miniatura, no podían llenar todo ese aire vacío. No estaban a la altura de la pompa y grandilocuencia de todos los demás sobre el espíritu escolar y todas esas tonterías. Lo cual es algo extremadamente difícil de comprender cuando estás parada frente a casi trescientas personas y a la espera de su aprobación. He intentado explicarle esto a Kim, pero nunca lo ha entendido. Pensé que todos eran unos tontos y, aun así, me sentí pequeña.

Len estudia el techo, como si no estuviera escuchando, pero estaba haciéndolo.

—¿Qué tiene que ver todo eso con el *Bugle*?

—Bueno, James estaba cubriendo las elecciones y, cuando terminó la terrible experiencia, se acercó a mí y me dijo que se había dado cuenta de que yo era una persona pensante, que el consejo estudiantil era una pérdida de tiempo y que debería unirme al *Bugle*.

—Así que *sí* tenía que ver con James —es implacable.

—No, no tenía que ver con James. Tenía que ver con encontrar un lugar donde no tuviera que cambiar nada de mí para hacer un buen trabajo. Donde pudiera *pertenecer* —le dirijo una mirada filosa.

—Supongo que algún idiota arruinó eso al poner tu manifiesto en la portada.

La voz de Len se sumerge en ese registro inescrutable, el que acabo de descubrir que es especialidad de la familia

DiMartile, y no puedo saber si el aguijón es para mí o si hay un aguijón siquiera. Le arrojo la pelota de basquetbol.

—¿Qué hay de *ti*?

No responde de inmediato, tan sólo presiona la pelota entre sus manos, con los codos hacia fuera, como si intentara aplastarla.

—¿Bien?

Empieza a lanzar la pelota al aro, una y otra vez. La mayor parte del tiempo, encesta.

—No me importa el *Bugle* tanto como a ti —dice finalmente.

—¡Lo sabía! —casi salto de la silla—. Sabía que esa historia tonta que contaste en tu discurso ni siquiera era cierta.

Len evita mis ojos y lanza otro tiro a la canasta.

—No era *falso* —dice, exactamente de la forma en que podrías explicar cómo el queso amarillo Kraft no es queso.

Ya tuve suficiente de su afán escurridizo.

—Si en realidad no te importa, ¿por qué tomarte la molestia de postularte como editor?

Una vez más, un largo silencio, como si estuviera haciendo el truco del viejo reportero de hacer una pausa más allá de lo que es cómodo para que el entrevistado diga más. Excepto que soy yo quien está haciendo las preguntas, no él.

Finalmente, se sienta.

—Escuché a mamá decirle a papá que estaba preocupada por mí —dice, estudiando sus calcetines—. A ella le preocupaba que, sin el beisbol, pudiera llegar a ser como él. Poco ambicioso.

—¿Qué hace tu papá?

—Trabaja en investigación de mercado en una gran empresa farmacéutica. Pero se suponía que era un académico.

O eso es lo que él quería, como sea. Obtuvo su doctorado en literatura comparada —mantiene la pelota quieta por un momento—. En realidad, no parece importarle lo que hace ahora, pero mamá siempre dice que fue un magnífico acto de adaptación.

Ahora lanza la pelota de basquetbol contra la pared y, cada vez, golpea con fuerza.

—Así que esa noche, con todo eso del *Bugle*, pensé: *Qué demonios*. ¿Qué es más ambicioso que tratar de ser editor en jefe de un periódico para el que apenas ha escrito? ¿Así fue como lo decidió? ¿Con menos consciencia de la que Kim dedica en elegir un brillo de labios? De pronto, no me siento tan mal por el hecho de que esté planeando una huelga en su contra. Ni un poco.

—Después, sin embargo, no me gustó la razón por la que lo había hecho. Por distintos motivos —me mira por el rabillo del ojo—. Pero sobre todo porque era como si estuviera de acuerdo con mi madre... cuando en realidad no lo estoy.

—¿Que eres poco ambicioso? ¿O que eres como tu papá?

—Que hay algo de malo en no tener ambición.

Lo observo rebotar esa estúpida pelota de basquetbol en una pared que no comparte con nadie más, en una habitación que contiene nada menos que un probable legado de Princeton en forma de silla, mientras contempla un dilema filosófico sobre la necesidad de la ambición.

—Quizá no —digo, y deja caer la pelota, sorprendido—. Para ti. Pero si yo no tuviera ambiciones, terminaría como mi hermana, estudiando lo que me dijeran mis padres, esperando el momento hasta que un buen chico chino viniera a casarse conmigo.

Len me mira por un minuto.

—Así son las cosas, ¿eh?

Entonces, suena mi teléfono y respondo.

—Hola, mamá.

—Estoy afuera. ¿De quién es esta casa?

Empiezo a decir que es de un amigo, pero me detengo cuando veo a Len levantarse para encestar la pelota sin tener que ponerse de puntillas. Intenta actuar como si no estuviera escuchando a escondidas, aunque no entiende el cantonés, de todos modos.

—Un compañero de clase. Teníamos un proyecto en equipo.

—Bueno. Tengo malas noticias.

Mi pecho se contrae al escucharla, a pesar de que, si soy realista, podría tratarse de cualquier cosa: desde una multa por el atraso de un libro en la biblioteca hasta que alguien se está muriendo. Las expresiones negativas de mamá no tienen gradación.

—Voy para allá ahora.

Guardo el libro de cálculo en mi mochila y la llevo a mis hombros.

—¿Todo bien? —pregunta Len, apoyado en su tocador.

—No lo sé. Supongo que será mejor que lo averigüe —muevo los codos distraídamente—. Gracias por, eh... —no estoy muy segura de qué decir—. Gracias por dejarme pasar el rato aquí.

—Cuando quieras —se aparta del camino cuando paso junto a él—. Dile a tu mamá que le mando saludos.

Estoy en el pasillo antes de registrar su comentario y, cuando miro hacia atrás por encima del hombro, me regala una pequeña sonrisa que me hace olvidar, sólo por un momento, que tengo algo de qué preocuparme.

17

Por desgracia, la mala noticia es que el restaurante donde trabaja papá va a cerrar. Tratándose de malas noticias, ésta es bastante legítima.

Mamá se mantiene preocupada durante todo el camino a casa, durante la cena y mientras lava los platos, en tanto Kim y yo escuchamos solemnemente, sin hablarnos.

—Su papá tiene siempre tan mala suerte —dice mamá, lavando una cacerola con una esponja gastada—. Siempre enfrentando tantas dificultades.

Cuando papá llega a casa esa noche parece estoico, no como un hombre cuyo trabajo está a punto de disolverse en los caprichos de la economía de los restaurantes de Little Saigon.

—¿Cuánto tiempo te queda? —pregunta mamá.

—Una semana —dice papá.

—¿Eso es todo?

—Así es el destino.

Mamá intenta convencer a papá de que debería aprovechar esta oportunidad para salir del negocio de los restaurantes. Durante años, ella ha estado tratando de que él lo deje, y sus razones han sido bastante lógicas: cambiar a un trabajo en una *gūng sī*, o una empresa, significaría días de vacaciones pagados, fines de semana libres, seguro médico. Pero siempre ha sido más fácil para papá seguir trabajando en un restaurante. Es en lo que tiene experiencia. Es el tipo de trabajo que sus amigos pueden conseguirle. Extraordinariamente, es lo que paga mejor. Pero también es la razón por la que tiene callos por manejar un wok de calidad industrial todo el día, y por la que algunas noches pasa de oler a arroz frito a aceite Hong Hua, un penetrante analgésico que se frota en las muñecas para aliviar el dolor.

Discuten en su habitación por un rato; la voz de mamá atraviesa las paredes. Entonces, se abre la puerta y ambos salen. Papá se dirige a la mesa de centro, donde dejó a medias la reparación del tocadiscos. Pero mamá se acerca a mí.

—Elisa —dice ella—. Tu papá ya no va a trabajar en un restaurante. ¿Puedes redactarle un currículum?

Estoy sentada a la mesa del comedor, tratando de terminar la tarea de cálculo que no pude hacer en casa de Len. Kim, tumbada en su escritorio en la sala, me lanza una mirada que dice: *Te toca.*

A pesar de que Kim, al ser la mayor, por lo general es la responsable de más tareas de hijos-de-inmigrantes, en algún momento se decidió que cualquier labor relacionada con la escritura me correspondería a mí. "Siempre estás leyendo tantos libros y trabajando en ese periódico", le gusta decir a mamá. "Debes ser buena escribiendo."

Me hace buscar listas de empleos en Google que papá podría solicitar, las cuales, debido a que su mente se inclina hacia lo práctico en lugar de lo imaginativo, se relacionan con su propia línea de trabajo.

—Busca en *ensamblaje* —dice, como si el algoritmo de Google no fuera a reírse de esa sola palabra. Intento: *trabajos de ensamblaje en el condado de Orange*. Esto me muestra que el término de búsqueda correcto es *ensamblador* y, por primera vez, sé cuál es el puesto de trabajo de mi madre. Porque, como puedes imaginar, ser un "ensamblador" no es tan simple como ser un "abogado", un "contador" o incluso una "empleada doméstica". El jefe de mamá es un fabricante de microelectrónica en Long Beach, que es básicamente lo único que sé al respecto. La única vez que leí el sitio web de su empresa encontré que era un galimatías, mucho más confuso porque las palabras eran tan reconocibles como incomprensibles. Como: ¿qué es un *disipador* en este contexto? ¿Qué es el *procesamiento de obleas*? ¿Quién podría saberlo?

Lo irónico es que la mayoría de las personas empleadas en esta área tienden a hablar tanto inglés como mamá y cuentan con el mismo nivel de educación. Es decir, no mucho en ambos aspectos. El hecho de que eso sea suficiente para realizar el trabajo lo hace popular entre la comunidad de inmigrantes chino-vietnamitas, que se transmiten las pistas a través de amigos de amigos; de hecho, así es como mamá consiguió entrar.

Después de terminar mi tarea, me acerco al sofá con mi computadora portátil y abro una plantilla de currículum en blanco. Escribo el nombre de papá y la información de contacto en la parte superior, lo cual es bastante fácil. Luego, viene la sección "Experiencia".

Mientras veo a papá inclinarse sobre el tocadiscos, estoy bastante segura de que puede realizar lo que se espera que hagan los ensambladores. La parte complicada es averiguar cómo hacer que sus habilidades en el restaurante parezcan de alguna manera aplicables. Ni siquiera estoy segura de qué poner como título de su trabajo. En cantonés, se le llama *sī fú*, o maestro, que es tan apropiado como inapropiado. No es fácil preparar buena comida china, pero tampoco es un trabajo glamoroso. Sin embargo, *cocinero* hace que suene como si volteara hamburguesas en un restaurante, y *chef* lo hace parecer como si llevara un sombrero blanco y se obsesionara con cosas que sólo tienen nombres franceses.

Al final, decido quedarme con *chef* porque suena más dotado y porque el adorno parece necesario para equilibrar la cantidad de espacio en blanco que queda en la página. El vacío me entristece.

—Mira, ahora funciona —dice, mostrándome cómo ha conseguido que el plato giratorio dé vueltas. Papá se levanta para enchufar el tocadiscos a un par de bocinas, otro hallazgo del contenedor de basura de hace unos años. Por lo general, las usamos con nuestra televisión, aunque tiene bocinas incorporadas—. Sonido envolvente —bromea papá.

Reviso la pequeña colección de discos chinos que papá ha dejado en el suelo.

—¿De dónde sacaste esto? —pregunto, entregándole uno.

—Cuando me mudé a Estados Unidos, mi primo los trajo desde Hong Kong —papá saca el disco de vinilo de su funda—. Este cantante, Sam Hui, es muy divertido. De los años setenta y ochenta. Cantaba sátira política para gente de la clase obrera.

Kim, cuya curiosidad se ha apoderado de ella, se toma un descanso de su propio problema para arrodillarse en el suelo junto a mí.

Papá coloca el disco en el tocadiscos y presiona el botón de encendido. Luego, con cuidado, levanta el brazo y coloca la aguja en el vinilo. Al principio, sólo hay un silencio crujiente que está lleno de escepticismo y suspenso por igual.

Unos segundos más tarde, la voz de Sam Hui resuena, sin perder tiempo mientras se concentra en el corazón palpitante del hombre común: *Chín Chín Chín Chín, Chín Chín Chín Chín*, lo cual se traduce aproximadamente como "dinero dinero dinero dinero, dinero dinero dinero dinero".

Kim y yo intercambiamos miradas. Ninguna de las dos había visto antes un tocadiscos en acción, y parece casi mágico que la música sea tan mecánica. ¿El canturreo de Sam Hui emergiendo de ese trozo de vinilo ranurado? Y yo que creía que ya lo había visto todo.

Mamá sale del dormitorio para ver de qué se trata todo el ruido. Al fondo, Sam Hui ha tejido un *riff* en inglés entre todos los *Chíns*: "No money no talk... no money no talk", sin dinero, no se habla.

—¿No es genial, mamá? —digo—. Papá arregló el tocadiscos.

El interés de mamá en el tocadiscos no ha aumentado con su grave presencia en el apartamento, pero hace todo lo posible por unirse al entusiasmo.

—Sí, es genial —dice, con una sonrisa cansada—. Pero es tarde y los vecinos podrían quejarse. Será mejor que bajen el volumen.

Y así nada más, se acaba. Papá apaga el tocadiscos, Kim se retira a su escritorio y yo me arrastro hasta el sofá. Abro mi computadora portátil una vez más, para terminar el currículum de papá.

En la sección "Educación", donde enumero los cursos de taller mecánico que mi padre tomó en el colegio comunitario mucho antes de que yo naciera, agrego una sección de

175

"Habilidades y pasatiempos". Después de aclarar que papá es trilingüe (inglés, vietnamita y chino), escribo: *He reparado una gran variedad de electrodomésticos y aparatos electrónicos, incluido un viejo tocadiscos.* Elimino la oración y la reescribo una y otra vez, pero termino dejándola como estaba originalmente, porque parece que no puedo encontrar las palabras correctas.

18

Al día siguiente, justo antes de que comience la quinta clase, descubro que hay un libro en mi silla cuando me acerco a mi escritorio. Miro alrededor por instinto, como si estuviera revisando quién pudiera haberlo dejado ahí. Aunque sé quién fue.

Me deslizo en mi asiento y abro el ejemplar de *La vida: instrucciones de uso*. En el interior, hay una nota pegada con un mensaje escrito a mano con letra clara e inclinada: *Gracias por la recomendación.*

Al otro lado del salón, Len parece estar ignorándome, ocupado en leer *Macbeth*, pero en el último segundo, levanta los ojos. Cuando se encuentra con mi mirada, me dirige una media sonrisa y luego regresa a *Macbeth*, como si nuestras miradas se hubieran encontrado sólo de pasada.

De pronto, me siento atónita.

—Hey, Elisa —aparece Serena y toma asiento frente a mí, aunque no es su escritorio. Observa mi suéter a rayas, que no había usado desde que estaba en séptimo grado—. ¿Eso es nuevo?

La pérdida de mi confiable suéter gris ha significado mi salida del juego de mi uniforme, ya que me he visto obligada a pasar por una serie de prendas alternativas para llenar el hueco en forma de suéter que hay en mi corazón. Sin éxito, debería agregar.

—No —digo, jalando distraídamente mis mangas.

Serena sostiene una copia de *Los hombres me explican cosas*, de Rebecca Solnit, que ha aparecido de manera insistente en sus últimas publicaciones de Insta. Empieza a hablar de algo que leyó en uno de los ensayos, algo sobre el silencio o la violencia. No tengo idea porque no la estoy escuchando.

En cambio, estoy pensando en Len y en las cosas que me dijo ayer mientras estábamos solos en su recámara, en cómo todo eso parecía mucho, pero no suficiente al mismo tiempo. Desde entonces, una especie de curiosidad culpable se ha apoderado de mí y, me doy cuenta, mientras toco la portada de *La vida: instrucciones de uso*, de que me siento obligada a leer el libro de inmediato, no sólo para evitar que me supere intelectualmente, sino también porque siento que tal vez contenga respuestas a esas preguntas que creo que no podría hacerle. Respuestas que, de pronto, me muero por conocer.

Y entonces me percato de que Serena sigue hablando. No se ha dado cuenta de que no he escuchado una palabra de lo que ha dicho, pero en ese momento siento, a pesar de mi breve permanencia como feminista pública, el peso de ser una pésima feminista.

* * *

La vida: instrucciones de uso es un libro grueso, y soy consciente de su peso en mi mochila a lo largo del día. Después de la escuela, dado que a Winona se le hizo tarde para reunirse conmigo junto a su casillero, considero la posibilidad de sacar el tomo y comenzar a leerlo. Después de todo, es un libro, ¿no es ésa su finalidad? Pero me doy cuenta de que tengo una aversión irracional a que me vean con él. Como si alguien que me observara pudiera decir, con sólo mirarlo, que me lo dio Len.

Antes de que pueda tomar una decisión, Serena da vuelta en la esquina.

—Heyyyyy —Serena rara vez dice un corto "hey", lo que hace que Winona se vuelva loca—. No estás haciendo nada, ¿cierto?

Reorganizo mi expresión en algo que no indique que he estado pensando tan intensamente en Len.

—Estoy... mmm... esperando a Winona.

—Oh, Dios. Estoy tan contenta de haberme encontrado contigo. La reunión del comité de la clase junior se canceló, así que pensé que podríamos hacer algunos reclutamientos para la huelga.

No puedo decir si la cara de Serena brilla como lo hace debido a su implacable entusiasmo o a su piel impecable. Como sea, hace que decepcionarla sea extrañamente difícil. Pero la situación es un poco complicada. Anoche, después de una extensa lluvia de ideas (y un fuerte ejercicio de persuasión) a través de mensajes de texto, por fin logré que Winona se pusiera a trabajar en los cambios para *Los caminos de entrada*, que se supone que debemos filmar hoy. Su nueva idea es meterse en la película de alguna manera, tal vez como un tercer personaje, para hacer la historia más personal, o algo así. No está acostumbrada a hacerlo en realidad, sobre todo porque el último proyecto se sintió como un fracaso, pero quiere intentarlo... y yo quiero ayudar, por supuesto.

Por otro lado, sin duda Serena está poniendo mucha energía en hacer que esta huelga sea un éxito. ¿Puedo decirle que no tengo tiempo para reclutar gente para mi propia protesta?

Winona llega entonces y luce sorprendida de vernos a Serena y a mí allí paradas.

—¿Qué pasa?

--—¡Estamos reclutando gente para la huelga! —anuncia Serena—. ¿Quieres unirte?

He decidido que deberíamos seguir adelante con la filmación, dado que Winona y yo hicimos esos planes primero, así que niego con la cabeza.

—De hecho...

Pero Winona me interrumpe con una declaración que nunca pensé que oiría salir de su boca.

—De hecho, Serena, eso me parece una gran idea.

—¿Qué? —la miro con los ojos entrecerrados—. Espera, pensé que filmaríamos hoy. ¿No terminaste de escribir una nueva escena?

—Sí —Winona se muestra casi despreocupada mientras descarta mi preocupación—. Pero no era buena, así que decidí reescribirla. Hablaremos de eso más tarde.

—¡Genial! —Serena entrelaza sus brazos con los nuestros y Winona tiene que hacer un esfuerzo para no retroceder. Pero sigue adelante, porque con Serena entre nosotras, no puedo continuar con mi interrogatorio. Me recuerdo preguntarle, más tarde, qué tenía de malo esa escena tan perfecta que leí anoche.

Reclutar chicas, como era de esperar, es la parte fácil. Cuando abordamos el tema con un grupo de estudiantes de primer año que estaban arremolinadas frente a sus casilleros, se suman sin dudarlo.

—Ay, Dios mío —una chica que luce un gran flequillo y unos jeans que se ciñen a las caderas, se abanica—. Ustedes son tan inspiradoras.

—He decidido unirme al consejo estudiantil el próximo año —dice otra con un corte de *pixie* y símbolos de la paz con los colores del arcoíris colgando de sus orejas. También lleva un pin *SOY FEMINISTA*—. Tal vez pueda ser presidente cuando esté en el último año.

—Estoy tan orgullosa de ti —dice Serena con efusividad, a pesar de que se acaban de conocer. La niña casi se desmaya por el elogio y Serena le da un apretón en el hombro para tranquilizarla—. Recuerden, señoritas, que no deben publicar nada en línea sobre esto, ¿de acuerdo? No queremos que acaben con la huelga antes de que empiece —luego nos guiña un ojo y, con dos besos de despedida para cada chica, nos hace señas para que la sigamos. Winona, que al parecer ya olvidó que se apuntó para ser parte de esta brigada tan sólo hace diez minutos, inclina la cabeza hacia mí, parpadeando con incredulidad.

Serena tiene una estrategia diferente cuando se trata de chicos, de lo cual somos testigos cuando nos encontramos con algunos estudiantes de último año sentados alrededor de la mesa del almuerzo.

—Hey, Hunter —dice Serena.

—Qué tal, Serena —responde él con amabilidad.

Hunter Pak es el presidente del Club Key. No es lo suficientemente *cool* para ser parte del consejo estudiantil, pero es demasiado guapo para ser un verdadero nerd. Su padre es pastor y, en ocasiones, Hunter, con sus ojos suaves detrás de unos lentes con montura de plástico, parece que seguirá el mismo camino.

—Conoces a Elisa, ¿verdad? —Serena se desliza en el asiento junto a él—. ¿Y a Winona?

—No oficialmente —ondea la mano a manera de saludo.

—Tenemos una pregunta para ustedes, chicos —ahora Serena se dirige también a los demás—. ¿Qué opinan de toda la situación del *Bugle*?

Calvin Vo sube los pies al asiento.

—No me importa.

Hunter dirige su amabilidad a mí.

—Lo siento, ha sido tan duro para ti.

—A Elisa le *robaron* —dice Serena—. Todos saben que es verdad.

—Sigue sin importarme —dice Calvin.

Serena se vuelve hacia Hunter y su voz se vuelve seria.

—¿No crees que la situación es muy injusta? Elisa está mucho más calificada que Len para ser la editora. Él es un simple deportista.

—Como tu novio —interviene Gabriel Evangelista, riendo.

—Sí —dice Serena—. Y tampoco me gustaría que él fuera el editor.

Esto hace reír incluso a Calvin.

—Len *es* más inteligente que Jason —señala Hunter.

—Tal vez —concede Serena—. Pero no fue elegido porque fuera inteligente. Quiero decir, dímelo tú —se centra en Gabriel—. ¿Por quién habrías votado, por Len o por Elisa?

Vacila por sólo un segundo demasiado largo.

—Por Elisa, si dices que está más calificada.

Serena le dirige una mirada de confianza a Hunter, una que dice: *¿Qué te dije?* Él, por supuesto, lo interpreta como si dijera: *Eres especial*. Es evidente que ya perdió la jugada.

—Bueno, ¿qué podemos hacer al respecto? —pregunta Hunter.

—Estamos planeando algo —Serena empuja su teléfono hacia Hunter—, para hacer que Len renuncie. Te enviaré un mensaje con los detalles, en caso de que quieras unirte.

Sólo Serena puede hacer que inscribirse en una huelga feminista parezca coqueto y, al mismo tiempo, que no signifique nada en absoluto. Porque Hunter debe saber que no hay forma de que a Serena le guste, pero ahí está, marcando su número en su teléfono como si acabara de ceder la congregación completa de su padre a nombre de la causa.

—¿No vas a pedir mi número? —dice Calvin.

—¿Me lo estás ofreciendo? —Serena sonríe con picardía.

Al final, consigue que los tres no sólo se inscriban en la huelga, sino que también juren que no se lo dirán a nadie.

—Eso fue impresionante —digo, mientras nos alejamos.

Winona, aturdida por completo ahora, ya no cruza su brazo con el de Serena.

—¡Ésa es una forma de decirlo!

Nuestra siguiente parada es el estudio de arte, que se encuentra en uno de esos salones modulares en un extremo del campus. Está construido sobre una base ligeramente elevada, por lo que una rampa conduce a la puerta. Mientras subimos, Serena agarra a Winona del brazo y la coloca al frente.

—¿Qué estás haciendo? —pregunta Winona.

Serena hace un gesto hacia el edificio como si fuera obvio.

—Aquí es donde pasan el rato los chicos "alternativos".

Winona se rasca la cabeza.

—¿Qué se supone que significa eso?

—Significa —responde Serena, empujándonos a través de la puerta— que a ti te respetarán más que a mí.

183

El estudio está en silencio cuando entramos. Hay algunos chicos en los caballetes, cada uno concentrado en mirar unas frutas de plástico esparcidas sobre cortinas rojas. Todos se fijan en nosotras, pero enseguida regresan a la pintura, salvo uno.

—Hey, Winona —dice Ethan Fiore, que está en tercero, como nosotras. Tiene una nariz aguileña y ojos serios, además de una mata de cabello rizado que cae sobre sus ojos.

Para nosotras, Serena telegrafía un autosatisfecho *¿Ven?* y le da un codazo a Winona, quien está respondiendo al saludo con un movimiento torpe de la mano.

—Ésta es tu oportunidad —le susurra Serena—. Definitivamente, siento algo de potencial aquí.

Winona, después de dirigir a Serena una mirada incrédula, nos empuja a todas afuera.

—¿Qué pasa? —pregunta Serena, con bastante amabilidad, pero con una fina capa de exasperación.

—Pensé que se suponía que todo esto se trataba de feminismo —dice Winona.

—Así es —dice Serena.

Winona se cruza de brazos.

—Entonces, ¿qué pasa con tu mierda heteronormativa retrógrada?

Intento intervenir.

—Creo que lo que Winona está tratando de decir es que... no está segura de que coquetear con Ethan Fiore sea la mejor táctica para ella.

—O para nadie —agrega Winona.

—No se trata de coquetear —dice Serena—, sino de ser estratégicamente persuasivas. El objetivo de una huelga es que mucha gente se una. ¿Qué hay de malo en atraer a las personas de cualquier manera que los conecte?

Winona mira a Serena como si fuera una forma de vida extraterrestre, luego me pide ayuda.

—No tienes que hablar con Ethan —ofrezco.

Winona está disgustada.

—¿Por qué molestarse con Ethan, o incluso con esta huelga? —agita las manos con desprecio—. ¿Por qué no ir directamente a la fuente? Elisa, ve a mostrarle una pierna a Len y luego pregúntale si renunciará.

No estoy segura de qué me horroriza más, la sugerencia en sí misma o la forma en que todo da vueltas en mi interior cuando me sorprendo imaginándolo.

También Serena se desarma por un momento y, para mi sorpresa, parece contemplar la idea, aunque sólo sea por un segundo.

—Oh, Winona —dice con una sonrisa benévola—. Eso es totalmente diferente.

—No, no lo es. Es exactamente lo mismo. Sólo *parece* diferente.

Ante esto, Serena mira a Winona con una repentina seriedad.

—Pero eso *siempre* importa.

Hay una pausa, lo que significa que Winona está pensando al respecto. Su única respuesta, sin embargo, es un murmullo.

—Necesito un descanso.

—No hay problema —Serena se inclina para inspeccionar su reflejo en la ventana—. Ethan tendrá que arreglárselas conmigo —se alisa el cabello hacia atrás, se ajusta los pendientes y vuelve a sonreír, en parte para practicar y en parte para nosotras, y de alguna manera dudo de que tenga algún problema con Ethan o con cualquier otra persona.

En cuanto Serena desaparece en el salón de clases, Winona desata su furia.

—Dios, ¿cuál es su problema? —sube y baja la rampa sin parar—. Tenía toda la razón sobre ella. ¡Ella no es feminista, para nada!

En mi mente, la conversación de ayer con Serena, sobre cuánto trabajo significa el efecto Hwangbo, lucha por ocupar un espacio junto al reclamo de Winona.

—¿Quizá —planteo— ella viene de un lugar diferente? Observamos a través de la ventana mientras Serena ríe de algo y sus dedos rozan ligeramente el codo de Ethan. No necesitamos una actualización para saber si se inscribió en la huelga.

—Te estás ablandando —dice Winona con indignación.

Esto me afecta de una manera desconocida, y no puedo evitar preocuparme por que Winona, a pesar de conocerme tan bien (o tal vez por eso), sería mi crítica más dura si eso fuera realmente cierto… si en verdad me hubiera ablandado. Ojalá pudiera explicarle lo difícil que comienza a resultarme manejar todo este asunto del feminismo.

—Mira —digo—, entiendo que Serena es… diferente. Pero la necesitamos —mientras Serena se dirige de regreso a la puerta, de espaldas a Ethan y al resto de ellos, la sorprendo dejando escapar un pequeño suspiro íntimo. Winona, a pesar de sí misma, también lo nota—. Y, lo que es más importante, creo que ella también nos necesita —agrego, señalando la ventana—. ¿Cuál es el punto del feminismo? ¿Todas juntas?

Suspirando, Winona se sube a la barandilla de la rampa y balancea sus botas en el aire.

—Sí, lo sé —refunfuña finalmente—. Sólo desearía que todas pudiéramos estar de acuerdo en los detalles.

19

E se viernes, debido a la inesperada ausencia de Tim O'Callahan, James le asigna una tarea de última hora a Len.

—O, supongo que también es para ti, Elisa —agrega, ondeando la mano hacia mí.

Me acerco a regañadientes a la esquina de Len.

—De acuerdo —dice James—. Dado que Tim está enfermo, me pregunto si ustedes dos podrían cubrirlo.

—¿Cuál es la historia? —pregunto.

—Bueno, no te va a gustar esto, Elisa, pero... se trata de un juego de beisbol.

Hago una mueca.

—¿Cómo son las noticias de un juego de beisbol? —estoy bromeando, pero sólo un poco.

—Van en la sección de Deportes —dice James—. Sabes que tenemos una, ¿verdad?

—Sí, sí.

—Además, no es un juego de beisbol cualquiera —explica Len. Está sentado con las piernas cruzadas, como de costumbre, sobre un escritorio—. Tal vez sea un juego de beisbol *histórico*.

Supongo que esto es sólo el sesgo a favor del deporte de Len que está saliendo a la superficie, pero ahora James también asiente con entusiasmo.

—Correcto —dice—. Willoughby jugará contra la preparatoria Hargis, y se espera que Jason Lee rompa el récord de jonrones en una temporada.

Ambos esperan con expectación, como si se supusiera que ahora debo entender por qué este juego es la gran cosa. Le doy a James una mirada *¿Tú también, Bruto?*

—¿Te refieres al Jason Lee que está saliendo con Serena Hwangbo? —pregunto.

—Ése mismo —responde James—. Es el jardinero central.

—Es muy bueno, de hecho —dice Len más en serio que la mayoría de las cosas que ha dicho.

—Entonces, ¿se pueden encargar de esto ustedes dos? —pregunta James.

—Espera —tomo mi teléfono y le envío un mensaje de texto a Winona, deseando que ella responda que absolutamente, sin posibilidad de negociación, necesitamos trabajar en la filmación de *Los caminos de entrada* hoy.

Winona: Nah, no tenemos que filmar hoy.

Yo: ¿Estás reescribiendo de nuevo?

Winona: Sólo necesito que sea bueno. Tú entiendes.

Yo: ¡¿También necesitas terminar?!

No recibo la respuesta inmediata de Winona después de eso, y sospecho que no la habrá. Estoy a punto de provocarla de nuevo cuando me doy cuenta de que Len ha dejado su posición en el escritorio y ahora está parado junto a mí, lo suficientemente cerca para ver mi pantalla. Es decir, *groseramente* cerca. Aturdida, lo aparto con un manotazo.

—¿Bien? —la sonrisa de Len no puede contenerse del todo—. ¿Conseguiste reprogramar tu coctel del viernes con el asesor del condado?

Miro a James, que parece terriblemente divertido con todo esto, y luego vuelvo a ver mi teléfono. Pero todavía no hay señal alguna de Winona.

—Tuve que acomodar algunas cosas —levanto los hombros—. Pero por suerte para ti, lo logré.

—¿Qué puedo decir? Siempre he sido un tipo afortunado —dice Len.

Se necesita mucho esfuerzo para no golpearlo mientras salimos.

* * *

La tarde es inusualmente ventosa, con un calor nada congruente con la fuerza bruta de los vendavales y una sequedad que se desliza por tus manos y mejillas. La incomodidad, acompañada de cierta sensación de percibirte como una extraña, es vaga, algo así como la tristeza premenstrual. El polvo que recubre el interior de tus fosas nasales y confunde tu mente se encuentra ahí y no al mismo tiempo. Parece que todo está en tu cabeza hasta que te das cuenta de que la fuente es un visitante perenne que, por alguna razón, nunca ves venir: los vientos de Santa Ana.

—Parece que hace mal tiempo para un partido de beisbol —grito para que me escuche mientras me abro paso hasta el lado del pasajero del auto de Len.

—No es genial —grita Len en respuesta.

Nos dirigimos a la preparatoria Hargis, y Len se ofreció a conducir, sobre todo porque de otro modo yo no tendría forma de llegar. Cuando intento entrar en su coche, la puerta se abre con desgana. Me tumbo en el asiento y aparto mi cabello, que se ha enredado en mi cara; curiosamente, huele extraño y cobrizo, ni a mi champú ni a mí. Cerrar la puerta del auto contra el violento vendaval y aislarme de sus aullidos ahora amortiguados se siente en sí mismo como un triunfo.

—Los vientos de Santa Ana —Len se frota los ojos con el brazo antes de encender el motor—. No son una broma.

Su cabello se despeinó por el viento, y casi considero estirar la mano para tocarlo... pero no estoy segura de si sería para alisarlo o para empeorarlo.

Me siento sobre mis manos y trato de pensar en algo normal de qué hablar.

—Leí un ensayo sobre los vientos de Santa Ana el otro día. De Joan Didion.

Len enciende el auto.

—¿Sí? ¿Qué tiene que decir sobre ellos?

—Sobre todo hablaba de lo inquietantes que son. Cómo el viento hace que la gente haga cosas extrañas, como suicidarse o tener accidentes —Dios, en verdad estoy haciendo un trabajo de primera llevando la dirección de esta charla. Pero Len parece intrigado, así que sigo.

—También habla sobre cómo las personas que no son del sur de California piensan que no tenemos mal clima aquí, pero en realidad lo tenemos. Hay una frase que recuerdo, algo sobre cómo el mal clima de Los Ángeles es en realidad el apocalipsis. Porque los vientos pueden hacer que la ciudad comience a arder, sin más.

—Mmm, sí —por un segundo, mientras esperamos para salir del estacionamiento, Len me lanza una mirada que me hace sentir como si a mí se me hubiera ocurrido esa frase, no a Joan Didion. Me giro y miro por la ventana los árboles, sus hojas frenéticas.

—Supongo que me gustó la forma en que escribió al respecto. Como si ella tomara esto que he experimentado de una manera tan mundana, y lo convirtiera en algo más. Por primera vez, sentí que alguien estaba escribiendo sobre un lugar que conocía, de una manera literaria —de pronto, ya no estoy segura de por qué he estado hablando de esto durante tanto tiempo—. Como sea.

Len, sin embargo, retoma el pensamiento como si no quisiera dejarlo.

—Sí, sé a qué te refieres. Como si su texto hiciera parecer este lugar... digno, de alguna manera.

—Exacto —me sorprende que lo comprenda—. Como sea, deberías leerlo. Está en nuestro lector AP, de hecho. Ahí lo encontré.

—Tal vez lo revise.

El estacionamiento está en el lado norte del campus, por lo que ahora estamos girando hacia la calle principal.

—Me pregunto cómo le estará yendo a Boba Bros —digo mientras pasamos frente a la tienda—. Un poco de té con tapioca vendría bien en este momento.

Sin previo aviso, Len gira hacia el estacionamiento del centro comercial, raspando la parte inferior de su auto contra la acera.

—¿Qué demonios? —exclamo.

Len se detiene en un lugar vacío, luego muestra su característica sonrisa.

—Presentaste un buen caso.

Pido mi habitual té de lavanda, pero Len prueba algo nuevo: matcha con leche de avena. Una vez más, sin embargo, su manejo de la tapioca es patético. De regreso en el auto, cuando pone su té en el portavasos entre nosotros, me doy cuenta de que ya consumió alrededor de un tercio del líquido.

—Lo estás bebiendo demasiado rápido —le digo, examinando su taza. El popote ya está mordido—. Todavía te quedan todas estas perlas de tapioca.

—Lo sé. Es difícil alcanzar el equilibrio.

—Es un arte —concedo, y tomo un mesurado sorbo de mi propia bebida.

Mientras seguimos nuestro camino hacia Hargis, echo un vistazo a su auto. Está tan limpio como su dormitorio pero, por lo demás, no es lo que esperaba. Había asumido que conduciría alguna monstruosidad cuadrada, tan elevada del suelo que hasta los viajes rutinarios te harían sentir como si estuvieras montando una carroza en tu desfile particular. En cambio, tiene este pequeño Toyota. Incluso con el asiento echado por completo hacia atrás, Len está algo encorvado, con los codos y las rodillas dobladas, un poco como si estuviera conduciendo un diminuto auto de payaso.

—¿Qué es tan gracioso? —pregunta, agachando la cabeza para mirar el semáforo.

—Tu auto es más pequeño de lo que esperaba —respondo.

Ríe.

—¿Qué, no estás impresionada por esta dulzura?

—No estoy diciendo que sea un mal auto. Sólo digo que mi madre podría conducir un auto como éste.

—Era el de *mi* madre.

Por alguna razón, eso me parece gracioso, lo que le divierte, y durante unos minutos, realmente siento como si fuéramos amigos.

—Por cierto —dice después de un momento—. ¿Todo salió bien con tu mamá?

Me toma un segundo recordar que mamá me llamó mientras estaba en la casa de Len.

—Ah —digo—. Es lo que es, supongo —le cuento sobre la situación laboral de papá y cómo estoy tratando de ayudarlo con sus solicitudes de empleo. A veces, cuando la gente descubre que Kim y yo hacemos cosas como éstas parece horrorizarse, como si hubiéramos dicho que tenemos que limpiar los pisos con un cepillo de dientes. "¿Por qué?", preguntan incrédulos, y nunca he sabido qué responder.

Pero Len no pregunta por qué.

—Eso es muy amable de tu parte —dice.

Apoyo mi codo contra la puerta.

—No en realidad. Quiero decir, tengo que hacerlo.

—Aun así. Yo no tengo que hacer nada así por mis padres.

—Tú cargas las compras para tu mamá.

—Así es, tengo trabajo manual. Mi papá también me obliga a cortar el pasto.

—La carga de ser un chico.

—Sabía que lo entenderías.

Cuando nos acercamos a la preparatoria Hargis, bajo la ventana del auto para ver el campus. Y por una fracción de segundo, parece que estoy viendo a Willoughby en un universo paralelo. Todo es igual: el camino de entrada circular, la fachada de estuco y las paredes de hormigón, la ubicación de las ventanas. Las únicas diferencias son el trabajo de pintura (azul marino en lugar de granate) y el letrero: PREPARATORIA HARGIS.

—Esto es tan extraño —digo, después de que Len se ha estacionado—. Siento que vamos a encontrarnos con nuestras propias versiones del universo paralelo aquí.

—¿Ah, sí? —Len tiene la cámara alrededor de su cuello de nuevo, esta vez con un lente de zoom largo. Camina hacia atrás, lo sostiene y toma una foto del patio—. ¿Cómo serían?

—Bueno, el Len del universo paralelo sería... —lo analizo mientras toma una segunda foto—. Platicador. Directo. Muy serio —otro clic—. Y feminista, por supuesto.

Len baja la cámara y me sonríe.

—Ya veo.

—¿Qué hay de la Elisa del universo paralelo?

Len lo piensa por un momento.

—Ella tal vez sería... tolerante, humilde y estaría *totalmente* obsesionada con los chicos.

Resoplo.

—¿Qué piensa ella del Len del universo paralelo?

—Oh, le gusta.

—¿A él le gusta ella?

—Seguro. Se llevan bastante bien.

Está parado tan cerca ahora que la única distancia que nos separa es la cámara, con su lente extendida, al nivel de su pecho. Si, por alguna razón, me inclinara hacia delante con brusquedad, podría romper uno de los equipos fotográficos más costosos que posee el *Bugle*. Esto me hace sentir extrañamente nerviosa.

—Ambos suenan como un fastidio —digo, escabulléndome.

20

En la cancha, Len y yo nos sentamos en las gradas, en un lugar donde tenemos una buena vista del *home* a través de la valla metálica. Estamos en el lado más cercano a la banca del equipo visitante, y alcanzo a distinguir a algunos de los chicos de Willoughby, vestidos de blanco y granate, jugando con la pelota.

—Se llama calentamiento —dice Len.

—Claro —digo.

Uno de los chicos del tercer grado, Luis Higuera, ve a Len y lo saluda.

—¡Len-*chan*! —grita, que es probablemente lo único de japonés que sepa.

Él y un estudiante de último año, Adam Gibson, corren hacia la valla.

—¿Cómo va todo? —grita Len, con una amplia sonrisa.

—¿Vas a lanzar para nosotros hoy? —dice Adam—. Te dejaré arrancar el juego.

—No, hombre, todavía me estoy recuperando —Len señala su codo.

—Sí, sí —dice Luis—. Por eso estamos atascados con este tipo.

—Vete a la mierda, Higuera —dice Adam alegremente.

Len observa el cielo ventoso, sin nubes y con un brillo poco natural.

—¿Estarán bien con este viento?

—Hombre, esto apesta —Adam se baja la gorra mientras Luis niega con la cabeza y hace la señal de la cruz. Entonces Adam asiente a la cámara—. ¿Van a documentar esto?

—Sí, Elisa y yo vinimos a cubrir el juego para el *Bugle* —Len hace un gesto hacia mí.

—Hey, ¿no eres tú esa chica feminazi? —pregunta Adam, reconociéndome. Luis le da un codazo, como si tratara de mantenerlo civilizado, pero Adam lleva la mirada de Len hacia mí, y luego me guiña un ojo—. Supongo que ustedes ya se arreglaron, ¿eh?

Finjo inocencia.

—¿Acerca de qué?

—Bueno —grita el árbitro—, ¡vamos!

Mientras los chicos toman sus lugares —Hargis en el campo, Willoughby en la banca, salvo por Luis, que es el primero en batear—, el viento se levanta y se arremolina en la tierra, lo que ocasiona una gran tormenta de polvo que toma todo un minuto en calmarse. Len y yo tenemos que cubrirnos la cara para evitar respirar.

Por fin, el árbitro da una señal para comenzar. El lanzador de Hargis, un pálido pelirrojo con piernas larguiruchas, dobla el brazo y envía la pelota a toda velocidad sobre el plato de *home*.

—¡Strike! —grita el árbitro.

Apenas tuve tiempo de parpadear.

—Pero Luis ni siquiera movió el bate.

—No importa —dice Len. Estudia al lanzador por un segundo—. Ese chico McIntyre parece bueno.

Luis consigue llegar a la primera base, aunque McIntyre procede a destripar a nuestros siguientes dos bateadores, como si los vientos de Santa Ana fueran apenas una brisa. Pero entonces llega el momento de que Jason Lee se acerca al plato.

La multitud sabe exactamente quién es y la atención colectiva se funde en una descarga que es perceptible incluso a través de la estática de los vientos. A mi alrededor, las espaldas se enderezan, los cuellos se estiran, las respiraciones se detienen; todos están concentrados en este chico de hombros redondos con estilo de boxeador y un bate de beisbol. Incluso yo tengo curiosidad por ver lo que hará.

A diferencia de los otros chicos de Willoughby, Jason parece ser un bateador zurdo. Gira un pie en la tierra, golpea el mismo lugar con su bate y luego repite lo mismo en el otro lado. Se me ocurre, mientras lo veo girar el bate hacia delante y hacia atrás, antes de hundirse en su postura de bateo, que Jason hace que esa barra de aluminio parezca ingrávida.

McIntyre hace su primer lanzamiento, uno rápido que va directo a Jason, quien se ve obligado a saltar fuera del camino.

—Bola —dice el árbitro.

—¡Casi golpea a Jason! —exclamo—. McIntyre lo estaba haciendo tan bien.

Len entrecierra los ojos hacia el montículo del lanzador.

—Podría haberlo hecho a propósito —dice—. Sólo para sacar a Jason de su juego.

—¿Se le permite hacer eso?

—No lo pueden impedir.

—¿*Tú* solías hacer eso?

—Si era necesario —empieza a volverse hacia mí, pero luego sus ojos se detienen en el campo hasta que se da cuenta de mi muda desaprobación—. ¿Qué? —dice, riendo—. ¿Creías que yo jugaba limpio?

Siento el inexplicable cosquilleo de una sonrisa y la reprimo a toda prisa.

—Supongo que no.

La hipótesis de Len sobre McIntyre, sin embargo, parece débil cuando el siguiente lanzamiento resulta ser, una vez más, una bola. Los fanáticos de Hargis también se dan cuenta y su disgusto se despierta como una bestia.

—¡Vamos, McIntyre, contrólate! —retumba una voz desde las gradas.

El contingente Willoughby, por su parte, también está descontento. Sus protestas son igual de ruidosas, y está claro lo que están pensando: *Nuestro chico Jason es mejor que esto, ¿cómo va a romper el récord si no tiene nada que batear?*

Pero el siguiente lanzamiento es otra bola más, y ahora McIntyre realmente lo ha estropeado. El viento levanta otra vez la tierra y el subsecuente retraso se convierte en culpa suya.

—¡Apúrate y hazlo ya, Georgie! —grita alguien—. ¡Deja de tirar como una niña!

Miro alrededor, pero nadie más que yo parece molesto por este comentario. Poco a poco empiezo a darme cuenta de que estoy en medio de una turba, incitada por el fanatismo fuera de lugar y los vientos de Santa Ana, y estamos sólo en la primera entrada.

El cuarto lanzamiento de McIntyre es, por fin, aceptable, y Jason se balancea y golpea la pelota con un satisfactorio batazo. Sube disparada hacia los jardines, trazando una elegante parábola que parece destinada a convertirse en un jonrón, pero no, los vientos endemoniados tienen sus propios cálculos y, en el último segundo, ocurre el cambio. Todos lo vemos: en un momento va por encima de la valla y al siguiente sale de su curso y cae en el guante del jardinero de Hargis que, bendito sea, nunca quitó la vista de la pelota.

La multitud está atónita. Los fanáticos de Hargis reaccionan primero y estallan en vítores cuando el árbitro marca la entrada. McIntyre, reivindicado, es ahora un héroe y prácticamente salta jubiloso hacia la banca de Hargis.

—Todo el mundo es tan... emocional —le comento a Len mientras Willoughby sale al campo.

No responde de inmediato, porque también está concentrado en el primer bateador de Hargis, quien, a juzgar por el sonido, ha hecho contacto con el primer lanzamiento de Adam Gibson. Me doy la vuelta justo a tiempo para ver a nuestro jardinero derecho tropezar y dejar caer la pelota.

Len emite un ruido que pareciera como si alguien acabara de romperse el dedo.

—¿Qué fue eso? —pregunta.

Lanza las manos al aire y su vecino, un hombre de mediana edad con un rompevientos de plástico, asiente, totalmente de acuerdo.

Miro a Len, sin creer del todo que sea el mismo chico que lee literatura francesa poco conocida por diversión.

—Creo que no consigo entender el sentido de ver deportes —digo, una vez que él ha vuelto a la normalidad.

—¿No? —Len apoya ambos codos en la grada detrás de él—. ¿Me estás diciendo que cuando Jason Lee golpeó esa pelota, la sospecha de dónde aterrizaría no te emocionó ni siquiera un poquito?

—Si estás tratando de argumentar que no siempre es tan aburrido, entonces tienes razón. Pero nunca he entendido toda esta devoción —hago un gesto a nuestro alrededor—. La gente se emociona mucho cuando su equipo lo hace bien, y se enfada mucho cuando no es así. Incluyéndote.

Len despeina la parte de atrás de su cabello y sonríe.

—¿Eso no te parece razonable?

—No, creo que parece una forma de tribalismo. Es una de esas cosas que todo el mundo acepta como normal, pero es un poco extraño si lo piensas. ¿Qué obtendremos en realidad tú o yo si Willoughby gana este juego?

—Una buena historia.

—No estoy de acuerdo. Podría ser una buena historia incluso si Hargis ganara.

Len no dice nada durante un minuto, pero esta vez se debe a que está pensando. Mientras tanto, Hargis anota una carrera y las gradas explotan de júbilo.

—Hay algo arbitrario en esto —coincide, inclinándose para que sólo yo pueda escucharlo—. Quiero que Willoughby gane porque es mi escuela. Y eso significa que tengo que odiar a Hargis, sólo porque no es mi escuela. Entonces, en ese sentido, sí, entiendo lo que quieres decir —se encoge de hombros—. Pero también puede ser más que eso, creo.

Vemos al siguiente bateador de Hargis caminar hacia el plato.

—¿Sabes? El papá de mi abuelo, mi bisabuelo, jugó beisbol cuando vivió en uno de esos campos de internamiento japoneses de la Segunda Guerra Mundial.

—¿En serio?

Len saca el teléfono de su bolsillo y me muestra una foto. Lo inclino para evitar el sol y consigo ver la imagen de un equipo de beisbol: dos filas de hombres jóvenes con uniformes blancos posan frente a la barrera de seguridad mientras el desierto se ve detrás de ellos. En la parte inferior, algunos de los caracteres japoneses elegantes y pulcros son lo suficientemente similares al chino para saber que la foto fue tomada en 1945.

—¿Quién es?

—¿Puedes adivinar?

Me acerco más. Un chico, arrodillado en la primera fila, tiene una sonrisa de complicidad y ojos familiares.

—Ése.

Len ríe.

—Eres buena.

Le devuelvo el teléfono.

—Es increíble que tu bisabuelo haya pasado por eso —mi familia, con su historial de huida de la guerra en el sureste asiático, obviamente pasó algún tiempo en centros de detención, pero eran refugiados que intentaban llegar a Estados Unidos. La familia de Len ya era estadounidense. Se suponía que esto no les pasaría a los estadounidenses.

—Sí, definitivamente fue un desastre. Pero creo que ésa es parte de la razón por la que el beisbol fue tan importante en los campamentos. Era una forma de ser japonés-estadounidense cuando el resto del país no los veía como estadounidenses. Construyeron estos campos básicamente a partir de la nada y, a veces, incluso equipos de fuera, personas que no estaban encarceladas, entraban a los campos para jugar contra ellos.

En el campo, el bateador de Hargis golpea la pelota con fuerza, y ambos levantamos la mirada para observar cómo se desvía del diamante.

—Mi abuelo contaba que su padre siempre pensó que el beisbol era una forma de unir a la gente, a pesar de sus diferencias.

—¿Crees que eso sigue siendo cierto?

—No lo sé —me mira y luego contempla el campo—. Tal vez algunas veces.

El viento se levanta de nuevo y nos sumerge a todos en una neblina de polvo, pero al estar sentada tan cerca de Len como para que nuestras rodillas casi se toquen, me pregunto si tal vez el beisbol no es tan aburrido después de todo.

* * *

Por desgracia, para cuando llega la novena entrada, la puntuación sigue siendo 1-0, con Hargis a la cabeza. Jason no ha logrado todavía un jonrón, lo que significa que el objetivo de nuestro artículo podría, de hecho, no tener sentido.

—Tenía que hacer una sola cosa —niego con la cabeza con tristeza.

—Hey, no dudes de Jason Lee —dice Len.

Bajamos de las gradas y ahora estamos a un costado del campo. Convencí a Len para que me deje jugar con la cámara. Se pasó toda la octava entrada enseñándome cómo usarla, pero todavía no sé muy bien qué estoy haciendo.

—¿Cuándo crees que volverás a jugar beisbol? —pregunto, tomando una foto de Isaac Furukawa, el actual bateador de Wiloughby.

—¿Qué? —Len también está mirando a Isaac.

—Beisbol. Pichar —miro mi foto de Isaac, pero es tan sólo un borrón, y no uno genial—. ¿Cuándo vas a volver?

—Oh —dice Len—. No lo haré.

Sorprendida, casi golpeo la cámara contra la cerca.

—¿Qué? ¿Qué hay de todas esas cosas sobre tu bisabuelo? ¿Y eso de que el beisbol une a la gente?

—Todavía aprecio el beisbol. Sólo que no sé si quiero volver a jugar.

Giro la cámara hacia él, pero tengo que dar un paso atrás porque el zoom es demasiado largo.

—No entiendo.

Len levanta una mano para bloquear la vista de la cámara.

—¿Puedo recuperar eso ahora?

—Mueve tu mano.

—Creo que prefiero hacer las fotos.

—¡Vamos!

Finalmente accede, y me las arreglo para tomar una foto de él sonriendo, pero de alguna manera avergonzado.

—¿Cómo es que no quieres volver? —pregunto, admirando la foto. Es buena, pero no podría decir cómo lo logré.

—Simplemente no quiero.

Apunto la cámara al campo y tomo una foto del último pícher de Hargis, un chico rubio y fornido llamado Walnes.

—¿Tienes miedo de no ser tan bueno como antes?

Todavía no ha respondido cuando bajo la cámara, así que sospecho que el juego ya ganó su atención. Pero está mirando el césped.

—En realidad, mi médico dijo que podría volver esta temporada —traza una línea con la punta de su zapato—. Dijo que si tengo cuidado y trabajo duro, con el tiempo podría lanzar como lo hacía antes. Probablemente.

—Eso es bueno, ¿no?

—Quizá. No estoy seguro de que valga la pena todo el esfuerzo.

Intenta decir esto como si no importara, como si estuviera arrojando unas llaves sobre la mesa, pero una sílaba de eso me entristece.

—Claro que lo vale —me encuentro diciendo—. Nunca te he visto lanzar, pero si eras la mitad de bueno que McIntyre —su boca se contrae—, entonces diría que quizás eras bastante bueno —finge poner los ojos en blanco—. Y si puedes hacer algo tan bien, quiero decir, creo que es como lo que estabas diciendo sobre los bateos de Jason. Hay algo emocionante en ello.

Ahora una gran sonrisa, que no me gusta ni un poco, se apodera lentamente de su rostro.

—Espera, ¿estás diciendo que te encanta el beisbol?

—*No*. Dios, Len —mi cara se ha puesto muy caliente sin ninguna razón—. Sólo digo que creo que vale la pena intentar ser bueno en algo.

—Soy bueno en muchas cosas sin intentarlo —bromea, y me gustaría tener una pelota de beisbol para arrojársela a la cabeza.

Pero luego su sonrisa se desvanece un poco y sus ojos recorren el campo.

—¿Quieres saber la verdad?

—Seguro.

Se frota el hombro izquierdo y luego la delgada media luna de una cicatriz que se extiende a lo largo de la parte interior de su codo.

—Desde que descubrí que podía lanzar una pelota de beisbol mejor que el niño promedio —dice—, he sido pícher. Era una parte importante de cómo pensaba sobre mí mismo. Y es verdad. Una parte de mí no quiere volver ahora porque tengo miedo de no poder hacerlo de nuevo —se apoya contra la valla—. Sobre todo porque, esta vez, siento que estaría asumiendo un gran compromiso. Es como si estuviera diciendo: *Quiero* esto. Quiero ser el pícher estrella.

No me mira, pero lo comprendo de pronto.

—Y eso es lo que más temes. Fallar en algo que realmente quieres.

—Sí —pasa el dedo por los eslabones metálicos de la valla—. Pero aquí está la otra cosa. Cuando me rompí el codo, que por cierto me dolía muchísimo, lo primero que todos querían saber era cómo salvarlo. Para que siguiera siendo pícher. Era como si todos pensaran que mi vida se acabaría si no podía volver a lanzar. Pero mientras estaba allí acostado, a punto de entrar a cirugía, pensé en eso.

Ahora me devuelve la mirada, como para comprobar si todavía lo estoy escuchando. La cámara cuelga sobre mi estómago y hace rato que dejé de seguir el juego.

—Fue el hecho de ser un pícher en sí mismo lo que me hizo *dejar* de serlo. Pensé que era algo muy extraño. Como si mi identidad se estuviera comiendo a sí misma.

Mete las manos en los bolsillos de su sudadera y se acurruca hacia dentro, como si estuviera haciendo frío, a pesar de que el viento ha seguido soplando igual que siempre.

Pienso en poner una mano en su brazo, pero no lo hago.

—Querías una nueva identidad.

—Quizás.

—Y tienes miedo de que, si vuelves, volverás *en serio*. Tal vez te vuelvas tan bueno como antes, o incluso mejor. Y entonces, estarás atrapado. Len DiMartile, el lanzador estrella. Hasta que todo vuelva a desaparecer.

—Supongo.

—Así que tienes miedo de fracasar y tienes miedo de no fracasar.

—Sí —su risa es tímida.

—Supongo que es más fácil no regresar.

—Bien, es más fácil convertirte en el editor del *Bugle*. Estudia mi rostro, como si estuviera tratando de averiguar si estoy molesta o no.

—Sólo te cuento esto porque piensas que soy un imbécil —dice con tono ligero.

—Yo nunca dije eso.

—Cierto. Las cosas que dijiste fueron peores y más específicas.

—¿Lo eran?

—Estoy bromeando, Elisa.

Sostengo la cámara en mis manos y siento su peso, tan poco familiar para mí.

—Bueno, sólo tengo una cosa más que decir.

—Sólo una, ¿eh?

—No creo que tener miedo sea una buena razón para nada.

Len no tiene una respuesta a esto y, por un rato, ambos miramos el campo en silencio.

Finalmente, cuando le toca a Jason volver a batear, Len me da un codazo.

—Está de regreso —dice—. ¿Lista para disparar?

—Toma —me pongo de puntillas para colocar la cámara de regreso alrededor de su cuello—. No quiero ser la razón por la que el *Bugle* no tenga buenas fotos de Jason Lee haciendo historia —luego pongo las manos en mis caderas y me concentro en este enfrentamiento final, junto con todos los demás.

Jason, como muchos grandes del beisbol (me dicen), es un hombre de muchas supersticiones, y repite su rutina de bateo, movimiento por movimiento. Entonces Walnes lanza la pelota directo hacia la base a una velocidad espectacular.

Pero Jason responde, tal como Len prometió, con un giro experto que envía esa pequeña esfera de cuero, una vez más, a través de los jardines. Esta vez, los vientos, ya sea por misericordia o por indiferencia, la impulsan al frente, lo que le permite completar el arco que le corresponde sobre la cerca. La multitud se pone de pie de un salto, e incluso los sonidos de la decepción se mezclan con los vítores, de modo que lo único que puedo escuchar son grandes y atronadores aplausos. Luis y Jason rodean el diamante hasta llegar a *home*, donde saludan como héroes de guerra.

Len me agarra de los hombros y grita:

—¡Lo logró!

Extrañamente, también estoy saltando, aplaudiendo y riendo, y sólo cuando la lente de la cámara me roza me doy cuenta de lo que está sucediendo: estoy en un juego de beisbol y estoy feliz por ninguna otra razón que el hecho de que alguien conectó un jonrón.

Estoy tan desconcertada por mí misma que apenas presto atención al final del juego, y se termina antes de que me dé cuenta. Hargis no consigue remontar en lo que resta de la novena entrada, y están acabados... ganamos.

Mientras los equipos se encuentran en el medio del campo, formados para un apretón de manos, Len se da cuenta de mi silencio y me da una palmada en la espalda.

—Vamos —dice, caminando hacia la banca de Willoughby—. Es hora de que hagas algo en tu campo de acción.

—¿Qué?

—Hora de hacer preguntas.

Pasamos un rato hablando con los chicos y Len me deja dirigir la mayoría de las entrevistas. Intercambian bromas que no entiendo, historias sobre algo que hizo uno u otro en años pasados, y Len se ríe mucho, sus ojos se arrugan tanto que no estoy segura de que su rostro pueda soportar otra historia sobre las travesuras de "aquel juego contra Santa Ágata de la primavera pasada".

En cuanto a mí, casi todos me miran con una cortesía deferente que me desconcierta. Aparte de Adam, cuyo papel parece ser "el inapropiado", nadie hace alusiones a todo el tema del feminismo. Tengo la sensación de que si un extraño en las gradas me lanzara un insulto en este momento, todo el equipo se abalanzaría sobre el perpetrador en un ataque de rabia caballeresca.

Mentiría si dijera que no he estado encantada con ellos, estos chicos guapos y sus bromas afables, a la vez cariñosas y protectoras. Me pregunto si están siendo tan amables ahora sólo porque todavía se sienten tan optimistas por la estrecha victoria que obtuvieron, o si es una extensión de su devoción por Willoughby. No soy tan presuntuosa como para pensar que se debe a mi profesionalismo como reportera del *Bugle*. Me siento como la hermana menor de alguien o la novia de alguien.

A unos metros de distancia, Len es parte de otra conversación, pero cuando nuestras miradas se encuentran, él sonríe.

Y entonces lo entiendo: la razón es Len. Sólo soy la chica que vino con Len. Podría ser Natalie u Olivia, y no habría ninguna diferencia. No importa qué tipo de alboroto haya causado fuera de esta situación, o qué tipo de cosas haya dicho sobre Len. Lo importante es que estoy aquí con él, y que él parece estar bien con eso, por lo que el respeto que le tienen se traslada a mí. Es inquietante. Me hace sentir cómplice de algo que no entiendo.

Entonces decido que he tenido suficiente del equipo por ahora. Le envío un mensaje de texto a Len para decirle que voy a buscar un baño, y no espero a que responda antes de salir.

El vestidor de chicas es la posibilidad más cercana, pero todas las demás tuvieron la misma idea, así que la fila es muy larga. Sin embargo, se me ocurre que, dado que tengo un mapa mental de Willoughby en la cabeza, debería poder encontrar otro baño con bastante facilidad. Y, en efecto, cuando me acerco al edificio principal, lo encuentro allí, como en Willoughby.

Len me envía un mensaje de texto mientras me estoy lavando las manos:

¿Cuál?

Le respondo:

El corredor.

Antes de salir, me miro en el espejo y la consternación se arrastra bajo la luz fluorescente. Mi cabello está encrespado y cargado de estática, mis mejillas están rosadas por los vientos y el efecto general no es muy bueno. Recuerdo entonces que Kim me regaló un pequeño tubo de crema hidratante elegante hace un par de meses, que descarté como un pésimo regalo de cumpleaños, y lo arrojé en la mochila sin pensarlo dos veces. Pero ahora, con mi piel con la consistencia del papel de lija, me alegro un poco de tenerlo y comienzo a buscarlo.

Sin embargo, mientras aplico la crema, mi reflejo (la forma en que me inclino sobre el lavamanos, inspeccionando mi rostro con una concentración esperanzada y ansiosa) hace que me detenga. No estoy segura de por qué, hasta que me doy cuenta de que es porque me recuerdo a mi hermana.

Y no me gusta.

Pienso en muchos años atrás, poco después de que Kim comenzara la secundaria, cuando escuchamos a mamá hablando con una de nuestras tías.

"Kim era tan bonita", dijo A yī, cuando estaban en la cocina y no sabían que los estábamos escuchando. "Qué lástima que su piel se haya quedado así." "No podemos permitir que las cosas empeoren", convino mamá en voz baja. "La cara de una niña es muy importante."

Kim y yo estábamos viendo la televisión en la sala, pero esto hizo que se levantara sin decir palabra y se acercara al espejo del baño, donde procedió a meditar sobre la constelación de acné que recientemente se había extendido por su frente. "En realidad no es tan malo", intenté decirle, pero ella me cerró la puerta en la cara.

Entonces me pregunté, parada sola en el pasillo oscuro, si tenía algún sentido ser bonita, ya que si la belleza podía perderse tan fácil y arbitrariamente. Incluso cuando la recuperas (como pasó con Kim, gracias a la hija dermatóloga de un compañero de trabajo de A yī y, si le preguntas a mamá, a la excesiva oración a la Buda Guanyin), mantener una cosa tan voluble parecía requerir una obsesión constante. Así es como decidí que nunca me vería atrapada en un trato tan injusto. Todo el mundo siempre decía que yo era más inteligente que Kim, así que eso sería yo.

Ahora, sin embargo, *me encuentro* parada frente a un espejo, con las mejillas manchadas con la crema hidratante con aroma a eucalipto de Kim, preguntándome un poco qué ve alguien más cuando me mira.

Vaya, necesito salir de esto. Sacudo la cabeza y froto la crema en mi piel con movimientos vigorosos, hasta que desaparece hasta el último rastro.

Cuando salgo de nuevo, veo a Len apoyado contra una columna junto a las ventanas de la cafetería, leyendo algo. A medida que me acerco, noto que el libro es nuestra guía AP de lectura en inglés y decido enviarle otro mensaje de texto: **¿Poniéndote al día con Didion?** Saca el teléfono del bolsillo cuando suena y, por un segundo, percibo un destello de una sonrisa privada. Luego levanta la cabeza. Pero antes de que me vea, puedo decir por su rostro (incluso a lo lejos) que ha visto algo más. Primero hay perplejidad y luego disgusto. Curiosa, doy unos pasos más y sigo su mirada.

Allí, debajo de la escalera, está Jason Lee, inconfundible con su camiseta granate y blanca con el número dieciocho en la espalda, parado muy cerca de una chica que definitivamente no es Serena Hwangbo. Ella está contra la pared y él se inclina sobre ella, apoyándose con un brazo extendido.

Estoy lo suficientemente lejos como para que ninguno de ellos pueda verme, así que me apresuro hacia Len, que me hace un gesto para que lo siga. Luego, ambos nos dirigimos al estacionamiento.

Len y yo nos topamos con la sombra de un contenedor, igual a los que tenemos en el estacionamiento de Willoughby, sobre todo para almacenamiento. Por un momento, al abrigo de la tenue luz del crepúsculo, intercambiamos una mirada silenciosa de horror. Luego, estallamos en esa clase de risa contagiosa de las personas que han presenciado algo que preferirían no haber visto.

—¿Qué fue eso? —me dejo caer contra el costado del contenedor—. ¿Los viste?

—Los vi —dice Len.

Un millón de preguntas pasan por mi mente. ¿Quién era esa chica? ¿Por qué no estaba Serena en el juego? ¿No es eso lo que se supone que deben hacer las novias: ir a los partidos de beisbol de sus novios? ¿Sobre todo, si el novio es Jason Lee, rompedor de los récords de jonrones de la liga? Entonces me detengo. ¿Por qué importa si Serena estuvo aquí o no? La verdadera pregunta es: ¿por qué Jason es tan idiota?

—Tenemos que decírselo a Serena —digo.

Len se frota la nuca y hace una mueca en dirección a Jason.

—¿Sí?

Lo miro con incredulidad.

—Mmmm, sí. Es lo correcto.

—Pero ¿lo es? —Len intenta cruzar los brazos, pero recuerda que todavía lleva la cámara. Se la quita y comienza a guardarla en su estuche—. Quizá no nos corresponda.

El viento suelta una ráfaga de ira en respuesta, y los extremos de su camisa de franela de Len saltan como si estuvieran a punto de salir volando por su espalda. Trato de mantener mi propia blusa en su lugar envolviéndome con fuerza con mi suéter, uno marrón y grueso, tejido, pero aun así, un sustituto.

—De acuerdo, bien, ¿qué tal si le sugieres a Jason que se lo diga él mismo a Serena? —me aparto el cabello mientras me azota la cara.

Len me mira como si pensara que yo debería saberlo.

—¿Conoces a Jason Lee?

Una sospecha se ilumina en mi cabeza.

—¿Esto es porque solían estar juntos en el equipo? —pregunto—. ¿Esto es una cosa de "los hermanos antes que las zorras"?

Len parece ofendido.

—Primero, quiero dejar constancia de que fuiste tú quien trajo a las zorras a la plática, y segundo, no —patea una piedra por el asfalto—. Sólo que no sé si es de nuestra incumbencia. —Pero ¿no crees que Serena merece saberlo? —me siento mal por ocultárselo, sobre todo ahora que ella y yo somos... bueno, amigas. Y la chica también está planeando una huelga en mi nombre, así que ahí está.

Len, sin embargo, no tiene reparos similares.

—Pero ¿qué es exactamente lo que ella merece saber? ¿Cuál es la situación, en serio?

—¿Estás bromeando? Sabemos cuál es la situación. Ambos lo vimos.

—No sabemos lo que eso *significa*.

Ahora es mi turno de mirarlo como si él debiera saberlo.

—Ningún hombre se inclina hacia una chica así si no está interesado en ella —digo, con una autoridad que no se basa en la experiencia personal.

—Eso parece una conjetura.

—No, es definitivamente una verdad.

—¿Estás segura? —Len se acerca unos pasos e inesperadamente hace el mismo movimiento, extendiendo una mano para apoyar su peso contra la pared del contenedor—. ¿Todavía?

Está sonriendo, como si estuviera seguro de que esta pequeña maniobra me obligará a admitir que podría estar equivocada acerca de Jason, porque, en su mente, es claro que está refutando mi afirmación en esta situación, en este momento. Piensa que está siendo tan provocador, metiéndose debajo de mi piel de esta manera. Y lo admito, dejo de respirar durante tres segundos completos antes de que el entendimiento co-

213

mience a colarse en mi conciencia. Parece demasiado complacido consigo mismo, demasiado arrogante por esta victoria. Cuando entiendo lo que él no entiende, me inclino y lo beso. Su muy obvia sorpresa no le impide devolverme el beso, y me desconcierta un poco la fuerza con la que lo hace. No pasa mucho tiempo antes de que nos estemos besando *en verdad*, y siento que me estoy disolviendo, como si fuera un adiós a Elisa y todo lo que quedara fuera este otro yo, líquido y diáfano, que se acumula en un estanque dentro de mí. Es en el momento en que esta sensación de desamparo llega a ser demasiado abrumadora cuando recuerdo que debo separarme y lo empujo, como si hubiera dejado claro mi punto.

—¿Por qué no me lo dices tú? —digo, pasando delante de él.

* * *

Más tarde, mucho después de que Len me llevó a casa y nos separamos por la noche —ambos aceptando con una alegría fingida de que no sucedió nada fuera de lo común—, cuando ya estoy en la cama con las luces apagadas, porque es pasada la una de la madrugada, recibo un mensaje que transmite un escalofrío más allá de mi estómago. Sobre todo, cuando imagino a Len en su habitación, escribiéndolo mientras está acostado en la oscuridad:

Tenías razón.

Nunca he dejado de apreciar esas dos palabras de nadie, pero esta vez, viniendo de Len, zumban en mi mente durante horas, como mosquitos dándose un festín en un clima cálido. Doy vueltas y vueltas, y no sé muy bien qué hacer conmigo.

214

21

La prueba Bechdel, que me enseñó Winona, evalúa si al menos dos mujeres en una obra de ficción —digamos, en una película— sostienen una conversación sobre algo que no sea un hombre. La implicación, siempre he razonado, es que hay algo inherentemente poco feminista en las mujeres que se preocupan primordialmente por los hombres. Una feminista debe tener esperanzas, sueños y deseos que sean por completo independientes de las necesidades y deseos masculinos. Una feminista no debería requerir los afectos de un hombre para completarla. En otras palabras, una feminista no debería pasar la mayor parte de su tiempo pensando en un chico.

El problema es que he pasado mucho tiempo pensando en Len.

Hago mi tarea, ayudo a papá a solicitar un trabajo, edito artículos del Bugle y, entre todo eso, repito en mi mente el beso y todas las interacciones y conversaciones que hemos tenido. Ese lunes, justo después del partido, fue en particular malo. Cada vez que entro en una habitación donde podría estar Len, como la sala de redacción del Bugle o la clase de Inglés, mi corazón se enciende como nunca y miro a mi alrededor con indiferencia, como si no estuviera buscando a nadie en particular… pero por supuesto que lo estoy buscando a él.

Y cada vez que lo veo, me golpea la emoción como la primera vez que lo vi: maldita sea, *es* tan guapo.

Pero luego vuelvo a lo que sea que estoy haciendo y actúo como si todo fuera totalmente tranquilo.

Len, por su parte, podría dar una clase magistral de relajación, y más allá de una mirada curiosa la primera vez que me vio (y que ignoré), tampoco deja que nada lo traicione. Es tan estoico que a veces siento que incluso podría haber imaginado lo que sucedió.

Pero luego reviso mi teléfono, y ahí está el último mensaje de texto que envió, todavía esperando una respuesta.

A la mañana siguiente, lo veo a él y Natalie llegar al mismo tiempo, antes de las clases. Es claro que vienen juntos desde el estacionamiento, y Natalie es la que más habla.

—¿Qué tan rápido lanzabas antes de la cirugía? —escucho a Natalie. Se ve linda hoy, con su cabello a un lado, recogido en una cola de caballo. Quizá demasiado bonita.

—Como a ciento cuarenta —responde Len, dejando su mochila en su rincón habitual.

—¿Kilómetros por hora? —los ojos de Natalie se agrandan—. Eso es realmente bueno.

—No estaba mal —dice Len, riendo. Se trepa a los escritorios y abre su computadora portátil, como todos los días. Lo que me mata es que Natalie deja sus cosas y se trepa también, como si la hubieran invitado, y Len no dice nada al respecto.

—Escuché que habías eliminado por strikes más que nadie en el equipo —dice Natalie, quien al parecer se ha convertido ahora en una fuente de estadísticas del beisbol de Willoughby.

—Lo escuchaste, ¿eh? —Len sonríe.

—Bueno, lo leí en el *Bugle* —explica Natalie—. ¿Cómo llegaste a ser tan buen lanzador?

Len se encoge de hombros.

—Quizá practiqué —dice—. ¿Quién sabe?

—Tal vez sea porque eres muy alto —Natalie apoya la barbilla en ambas manos—. ¿Cuánto mides, como sea?

—Uno noventa y uno —dice Len—. ¿Y tú?

—¡Uno sesenta! —Natalie ríe como si esto fuera lo más divertido del mundo.

—Hola, Natalie —digo, porque no quiero vomitar en mi boca. ¿Por qué está actuando de manera tan estúpida? Su única redención ha consistido siempre en que no es tonta.

Tanto Len como Natalie se vuelven hacia mí.

—¿Puedo ver tu borrador, por favor? —digo.

—Claro —contesta Natalie. Pero parece que mi interrupción no es suficiente para acabar con este brillante intercambio, porque luego se vuelve hacia Len—. Es una lástima que ya no sigas lanzando —dice—. Hubiera sido genial verte jugar.

—Tal vez me verás —añade Len—. Tal vez vuelva a hacerlo.

Y Natalie se ve tan complacida que grito:

—A la hora que quieras, Natalie.

* * *

Más tarde, cuando veo a Len en su casillero, no puedo evitarlo. Me acerco e, incapaz de mantener la irritación fuera de mi voz, pregunto:

—¿Por qué sigues diciéndole a todo el mundo que vas a volver al beisbol si no tienes la intención de hacerlo?

Len, hurgando en los libros de su casillero, se toma su tiempo para responder. Cuando por fin me contesta, la respuesta es tan fría que prácticamente viene servida en hielo.

—¿Te refieres a por qué le dije a Natalie?

—Sí, seguro.

—Quizá cambié de opinión desde la última vez que hablamos —cierra la puerta de su casillero con un sonido metálico controlado. Luego me dirige una sonrisa, demasiado educada para querer decir algo, y se aleja a grandes zancadas.

Lo sigo.

—No sé cómo la soportas —digo, odiando lo enojada que sueno—. Es la peor.

—Bueno —dice—, es amable conmigo.

—Obviamente, está coqueteando contigo —discuto—. Siempre está coqueteando.

—¿Qué tiene de malo eso? —se detiene para mirarme, y estoy a punto de pisarlo—. Sabe lo que quiere y se lo hace saber a la gente.

No parece enojado, pero el comentario es un golpe certero. Cuando es evidente que no sé qué responder, comienza a alejarse.

—Pero ¿te gusta? —suelto—. Porque si no te gusta, no deberías darle alas.

Len me mira durante un largo momento.

—A veces, las cosas no siempre son tan en blanco y negro —dice—. Creo que sabes cómo son —y se marcha sin decir una palabra más.

Lo dejo ir. Sé que estoy siendo terrible, pero ¿qué más puedo hacer? Debería decirle que lo siento. *Sólo estaba jugando contigo cuando te besé, no significó nada para mí, no me gustas.*

Pero no me atrevo a decir todo eso porque no estoy segura de que sea verdad.

Darme cuenta de esto me inquieta. Mi primera reacción es la vaga sensación de haberme defraudado. Qué convencional resulta estar enamorada de alguien como Len. Qué poco imaginativo. El chico está a un semestre de caminar con una chamarra universitaria. ¿Por qué no pude enamorarme de alguien como James, que al menos tiene una política progresista y una exnovia que fuma? Mi segunda reacción es el pánico. Se supone que en dos días estaré encabezando una huelga para protestar por el hecho de que Len es el próximo editor del *Bugle*. Se supone que no me debe gustar. Imagino la boca de Winona curvándose como lo hace cuando algo le repugna. O a Serena lanzándome su último libro feminista a la cara, mientras me grita: "¿Te gusta? ¿Te *gusta* el patriarca?".

Si esto sale a la luz, todo lo que he dicho sobre el feminismo será una completa broma. Lo cual estaría bien, salvo que ahora otras personas parecen estar interesadas en si las cosas que digo son una broma o no. Sesenta y cuatro personas más, para ser exacta, según los últimos números de Serena. No parece mucho... hasta que piensas en el hecho de que el seis por ciento del alumnado entrará en una huelga porque *tú* les dijiste que es algo significativo.

¿Quizá debería cancelarla? Pero parece lo menos feminista que podría hacer. Ya sé cómo iría la historia: Elisa retrocedió por culpa de un chico.

Dejo escapar un largo suspiro. De pronto, parece que quiero cosas muy complicadas. Todavía quiero ser la editora del *Bugle* y todavía quiero ser feminista. Quiero que otras mujeres sean feministas. Pero también quiero algo de Len que entiendo sólo parcialmente. Recuerdo la noche del partido de beisbol. ¿Por qué lo besé? ¿Por qué lo besé yo *primero*?

Me siento como si de alguna manera hubiera perdido algo, aunque no fue así. Quiero decir, sé que me devolvió el beso —Dios, qué manera de devolver el beso—, pero, de todos modos, ¿qué es lo que en realidad vale la pena de querer a un chico? ¿Y se supone que eso quiere una feminista? ¿Se supone que una feminista debe sentirse mal por quererlo?

Y entonces recuerdo el primer día que comenzó este lío, cuando Len se sentó en la parte superior de su escritorio y leyó en voz alta lo que había escrito sobre él, con ese tono frívolo que ahora entiendo que no era del todo sincero. Fingió que lo que yo había dicho no le importaba, pero no era cierto. Y por alguna razón, es esa simulación lo que me atrapa.

Me siento como basura.

22

Entonces, estoy pensando como blanca con toda seguridad —dice Serena mientras revisa el perche-
ro de los vestidos en la parte trasera de la tienda
Goodwill—. Esto definitivamente me suena a "griego".
La sigo con un montón de vestidos que me entregó.

—En realidad, la Dama de la Justicia se basa en una imagen del siglo xvi de Justicia, una diosa romana —aclaro.

—Los romanos deben de haber tomado esa idea de los
griegos —Serena descarta todo un imperio con un movimiento de su muñeca—. Siempre hacen eso, ¿no es así?

Para mi atuendo de la Dama de la Justicia, ya tenemos
la balanza (de una repisa del vestíbulo de Serena) y la espada
(que nos prestó Doug, quien se disfrazó de Rey Arturo el pasado Halloween), así que ahora sólo necesitamos el vestido.
Serena se ofreció con entusiasmo para ayudarme a elegir el
atuendo perfecto.

Mientras me entrega otro vestido de gala color marfil,
decido no señalar que los eruditos han descubierto recientemente que las antiguas estatuas griegas y romanas no eran en
realidad blancas, para empezar, que es probable que el mármol

que vemos haya estado pintado de colores brillantes, tal vez incluso chillones. La señora Perez, mi maestra de Historia Universal del año pasado, nos lo contó a Winona y a mí en un día lluvioso, mientras almorzábamos juntas en su salón de clases. La idea del blanco puro como paradigma de la perfección clásica, nos dijo Perez, es tan sólo un mito moderno.

Pero Serena parece bastante decidida al respecto, así que no discuto. Además, he estado preocupada por un asunto un poco más delicado, a saber: cómo no traicionar el hecho de que cada dos minutos me pregunto cómo reaccionará Len ante esta huelga. Quedan menos de dos días a estas alturas y cuanto más se acerca, peor me siento al respecto. Actuará como si estuviera bien, pero sé que no será así. Me va a dedicar esa sonrisa educada, ese beso de la muerte, y nunca más volveré a tener algo así.

¿Debería decírselo? ¿Debería decirle que no se trata realmente de él... a pesar de que sí se trata de él, de alguna manera?

Y entonces me doy cuenta de que no quiero lastimarlo. Aún más desconcertante: no quiero que me odie. Tengo miedo de que me odie.

—Bueno, ¿por qué no te los pruebas? —dice Serena, y me carga con uno más.

El probador es lo suficientemente grande para mí y mi pila de vestidos, que dejo en la silla del rincón. Alguien ha rayado *Te ves hermosa* en la pared con un bolígrafo.

Me pruebo vestido tras vestido, y Serena los encuentra todos insatisfactorios. Se ha comenzado a formar una fila para el probador, pero en lugar de tomarlo como una señal de que debemos acelerar las cosas para que estas buenas personas puedan seguir adelante con sus vidas, Serena las involucra en su proceso de juicio.

—El área del pecho es demasiado grande, ¿no es así? —dice, volviéndose hacia una mujer diminuta que sostiene un par de jeans.

—Sí, sí —dice la mujer, mientras su esposo espera en silencio junto a ella.

Acerca de otro vestido:

—Esas lentejuelas no se ven tan bien como pensé.

—Sí, estoy de acuerdo —conviene una chica que lleva una falda tipo campesina con zapatos deportivos.

Pero cuando me pruebo un sencillo vestido sin mangas que se recoge en la cintura, Serena grita.

—Oh, Dios mío —dice—. Es perfecto.

Me doy la vuelta para mostrar la vaporosa falda, aunque en realidad no alcanzo a ver qué tiene de especial este vestido.

—¿Está bien?

—Es el indicado —declara Serena. Todos en la fila detrás de nosotros asienten con la cabeza, y no creo que sea la única que se siente aliviada de que por fin haya tomado una decisión.

Mientras esperamos en la fila para pagar, Serena recibe una llamada telefónica.

—Hola, bebé —dice, su voz se convierte en un ronroneo. Es Jason. Mi estómago da un vuelco. Ya había olvidado todo eso.

—Estoy en Goodwill —dice al teléfono. Luego ríe—. Con *Elisa*.

Es mi turno en la caja registradora, y durante el rato que me toma pagar por el vestido, siento pavor de lo que debería decirle una vez que cuelgue. De pronto, el olor a desinfectante y sudor rancio de la tienda de segunda mano se siente abrumador, e incluso el cambio que me entregan se siente sucio en cuanto lo tomo.

223

—Sí —dice Serena, todavía en el teléfono—. Está bien, bueno, te llamaré más tarde.

En la puerta, hay una caja para donaciones y dejo caer las monedas en la ranura, ansiosa por deshacerme de ellas. Considero no contarle a Serena sobre Jason después de todo, porque tal vez lo que vi no era nada. Quizá sea mejor si no me involucro.

—Te amo —le dice Serena a Jason, lo que me hace temblar. Cuando cuelga, me dice—: Eres tan amable, Elisa.

—¿Qué? —no es algo que me digan a menudo.

Serena se detiene frente a la puerta de su auto y asiente con la cabeza hacia la caja de donaciones.

—Mi pastor siempre dice que recuerde a los necesitados, pero como nunca tengo cambio, ¿sabes?

Es tan absurda. Y entonces me doy cuenta de que no puedo acobardarme. Nos subimos al auto, pero antes de que pueda poner la llave en el encendido, la detengo.

—Espera —digo—. Hay algo que debo contarte sobre Jason.

Serena me mira en silencio mientras le cuento todo el lamentable incidente. Cuando termino, lo primero que dice es:

—¿Quién era ella?

Sacudo la cabeza.

—No lo sé.

—¿Estudia en Hargis?

—No lo sé. ¿Quizá?

—¿Los viste besarse?

Por un segundo, me preocupa que vaya a entrar en negación si digo que, técnicamente, no los vi hacer nada más que estar muy cerca.

—No —digo—. No exactamente.

—¿Qué estaban haciendo?

—Tal vez deberías hablar con Jason al respecto. Quiero decir, por supuesto, que debe discutirlo con él más tarde, en privado, una vez que yo salga de su auto. Pero Serena asiente con calma y levanta su teléfono.

—Tienes razón —dice, y le marca a Jason. Espero que él no sea lo suficientemente inteligente como para establecer la conexión entre la mención de mi nombre en su conversación anterior y la fuente de la nueva información de Serena.

—Sé de ella —dice en cuanto él responde.

Salen del teléfono algunos sonidos incoherentes.

—Dime la verdad —exige Serena—. Quiero escucharla de ti.

Jason, sin embargo, al parecer se niega.

—No me digas esas tonterías —dice Serena—. Y *no* digas que estoy loca.

La conversación se intensifica rápidamente a partir de ahí, y en un momento, Serena grita:

—¡Elisa no mentiría! ¡No como tú y tu zorra!

En verdad necesito negarme a viajar con Serena.

Finalmente, muchos improperios después, algo cambia al otro lado de la línea y las lágrimas comienzan a rodar por las mejillas de Serena.

—¡No me vuelvas a hablar nunca más! —llora y termina la llamada con coraje. Luego estalla en sollozos—. Se acabó —dice—. Lo admitió.

No tengo ni idea de qué hacer. Con cautela, extiendo la mano y la pongo en su hombro.

—Lo siento, Serena.

—Se acabó —dice de nuevo—. Se acabó.

Confieso que estoy algo desconcertada por la profundidad de la desesperación de Serena. No sabía que en verdad le gustaba tanto Jason.

—Voy a tener que ir sola al baile de graduación —dice, prácticamente histérica.

Y entonces, a veces, olvido que Serena es una chica popular, con las preocupaciones específicas de las chicas populares.

—Hey —digo—, para eso falta una eternidad y tú eres Serena Hwangbo. Tendrás una cita si así lo quieres.

—Faltan sólo *cuatro semanas* —jadea, buscando a tientas abrir el compartimento entre nuestros asientos. Saca una caja de pañuelos y comienza a secarse los ojos.

—Está bien, bueno, no puede ser tan malo, ¿cierto? —digo—. Yo también tendré que ir sola —nunca me han invitado a un baile de ningún tipo, y por la forma en que van las cosas, no parece que algo así vaya a suceder pronto.

Serena responde sonándose la nariz.

—Hey —lo intento de nuevo—. Somos feministas, ¿recuerdas? No necesitamos una cita para el baile de graduación.

Serena me mira con los ojos enrojecidos. Pero parece que usa rímel a prueba de agua, porque no se ha corrido.

—No es sólo eso —añade en voz baja—. Yo...

Estoy tan ocupada esperando que no diga algo absurdo (como que pensaba que *Jason era el indicado*), que casi me pierdo de lo que dice en realidad:

—Tengo miedo de estar sola.

Lo enuncia con tanta seriedad, inclinándose hacia delante como si fuera muy importante que yo lo entienda, que lo único que se me ocurre decir es:

—Oh.

—Yo no era nadie antes de Willoughby —explica—. Fui a la secundaria en un distrito diferente, así que no lo sabes. Pero el primer mes del primer año de preparatoria, el amigo de mi hermano, Matt Cho, me invitó a salir. ¿Te acuerdas de Matt?

¿Quién podría olvidarlo? Matt era un estudiante de último año en ese entonces, así que fue una gran noticia que se hubiera fijado en Serena. Ésa, ahora que lo pienso, fue la primera vez que escuché de ella.

—Eso cambió todo —dice Serena—. Así fue como entré en el consejo estudiantil, porque Matt estaba involucrado —parpadea para contener algunas lágrimas—. Y desde entonces, siempre he tenido un novio. No sé lo que es estar en la prepa y no tener novio.

Nos quedamos en silencio un rato, salvo por el crujido de la bolsa de plástico donde está mi vestido, que se mueve cada vez que me retuerzo en mi asiento.

—Quizá pienses que soy un completo fracaso como feminista en este momento —Serena suena como si estuviera al borde de nuevas lágrimas.

—No, definitivamente no —me apresuro a decir algo que la haga sentir mejor—. El hecho de que siempre hayas tenido novio no significa que siempre lo hayas necesitado. No lo necesitabas. Y no lo necesitas ahora. Tú eres la razón por la que todos usan pines *SOY FEMINISTA*. Tú eres quien está haciendo que esta huelga suceda. Tú lo has hecho todo, no Jason.

Serena parece un poco menos abatida.

—Supongo que tienes razón.

—Eres una buena feminista, Serena —le digo—. En todo caso, no salir con Jason probablemente te hace todavía mejor. Él no parecía estar preocupado por el sexismo.

—No lo estaba —asiente.

—Correcto. De todos modos, ahora no tendrás que ser definida por tu relación con él o con ningún otro chico —ya me solté—. Puedes ser tu propia persona.

Entonces suena el teléfono de Serena y lo levanta para mostrarme la *selfie* de Jason que ha aparecido en la pantalla.

—Es difícil no contestar —admite.

—¿Qué crees que va a decir?

Acuna el teléfono en su regazo.

—Tal vez quiera que regrese con él.

—¿Es eso lo que quieres?

Serena reconsidera la foto y creo que está a punto de llorar de nuevo, pero niega con la cabeza.

—No.

Deja que la llamada se vaya al buzón de voz sin dejar de observar la pantalla hasta que se desvanece. Luego, mientras le ofrezco una sonrisa alentadora, se inclina y me sorprende con un abrazo.

—Gracias, Elisa —susurra—. Siempre sabes qué hacer.

Palidezco ante lo falso que esto parece, horrorizada de que alguna vez creí —y perpetué— semejante ilusión. Ahora, con los brazos de Serena apretados alrededor de mi cuello, lo único que puedo hacer es darle palmaditas en la espalda, mientras intento dejar de sentir que me estoy ahogando.

23

Elisa —dice Winona, después de que golpeo a Doug con el micrófono por quinta vez esta tarde—. ¿Pasa algo?

—¿Qué? —balanceo el micrófono y Sai tiene que agacharse para evitar ser golpeado—. Lo siento —digo, limpiando una palma sudada en mis jeans. Estamos a menos de veinticuatro horas de la huelga, y definitivamente lo estoy sintiendo.

—Sabes que el micrófono boom no debe aparecer en la toma, ¿cierto? —Winona golpea el poste de metal con impaciencia.

Finalmente estamos filmando de nuevo para *Los caminos de entrada*, que debe estar lista en una semana, y los nervios de todos están un poco desgastados. Winona está ansiosa por que la escena salga bien; Doug y Sai están cansados de estar recibiendo órdenes, y yo estoy distraída pensando en la situación de Len. En verdad desearía poder abrirme con Winona, pero no me animo. Tal vez no quiero oírla decir que la vieja Elisa nunca habría dejado que un chico se acercara a ella de esta manera. Que besarme con Len, dadas las circunstancias, fue inusualmente desafortunado por varias razones y que, siendo sincera, ya ni siquiera sabe quién soy. Winona no dudaría en afirmar ninguna de estas cosas si fueran ciertas, y supongo que de eso se trata… no estoy segura de que me guste la verdad ahora mismo. *Sobre todo*, no sobre la forma en que he estado pensando en ese beso.

—¡Elisa! ¿En serio?

—¡Perdón! —me sonrojo y enderezo los brazos para que el micrófono no roce la parte superior de la cabeza de Doug.

La escena que estamos filmando es una reelaboración de una que estaba en el guion original: el momento en que se acusa al personaje de Doug de haber robado el chicle. El personaje de Winona no ha aparecido todavía, por lo que son sólo Doug y Sai en el encuadre, y mi voz fuera de cámara como la empleada que hace la acusación. Nos refugiamos en un 7-Eleven cercano durante las siguientes tres horas insoportables, filmando y volviendo a filmar, antes de que Winona nos permita reproducir algunas de las imágenes.

Veinte segundos después, pregunta:

—¿Creen que…?

—No —responden Doug y Sai al mismo tiempo.

—Está bien como está —agrega Doug.

—¿Debería haber otra toma en la que Sai confiesa haber robado el chicle? —Winona se vuelve para dirigirse a mí de manera deliberada, como si los chicos ni siquiera estuvieran allí—. ¿Crees que Sai robó el chicle?

Detrás de ella, tanto Doug como Sai me hacen gestos para que termine con esto.

—Mmm —murmuro, mirando a la pantalla de la cámara—. ¿Quizá sea más impactante si lo dejas ambiguo? Como la pregunta de quién lo hizo realmente.

—Además, Sai nunca confesaría algo así —sostiene Doug—. Lo escondería para siempre.

—¡Nah! —protesta Sai.

—Está bien, primero, no estamos hablando de Sai —Winona levanta un dedo, con el que enseguida señala a Sai—. Y segundo, Sai, siempre debes admitir cuando haces algo que no deberías haber hecho. *Siempre.*

Me entretengo con el micrófono.

Sai frunce el ceño, pero Winona responde sacando un paquete de chicles de su bolsillo trasero.

—Tomen, vamos adentro —anuncia—. Quiero hacer otra toma, una versión distinta. Quizá mi personaje podría aparecer ahora y ser ella la que ve a Sai robando.

Doug, sin embargo, le arrebata los chicles de la mano.

—No, Winona —declara—. Renunciamos. No tenemos tiempo para más tonterías.

—¿*Tonterías?* —Winona se eleva sobre Doug—. Esto no es una tontería. Esto es arte. No hay atajos en el camino a la grandeza.

—¡Acabamos de hacer catorce tomas de esta *única* escena! ¿Y de quién fue la culpa?

La pelea está a punto de intensificarse aún más cuando mi teléfono vibra con un mensaje:

¿Puedes hablar? Jason sigue enviándome mensajes de texto… 😐

Desde que fui testigo de su ruptura con Jason, Serena me ha provisto religiosamente de cada actualización en tiempo real sobre el cadáver de su relación. "No quiero que todos piensen que estoy obsesionada con eso", dice, mientras se regodea en su obsesión conmigo durante horas.

—Uf, es Serena —sin pensarlo, le entrego el micrófono a Doug para poder responder el mensaje. Él, por supuesto, salta para aprovechar el momento.

—¡Mira, hasta Elisa está harta!—exagera.

—Bueno, espera —me defiendo—. Yo no dije eso...

Sin embargo, mi teléfono sigue vibrando con los mensajes de Serena, porque parece que no tener la oportunidad de responder a uno de sus mensajes es una señal de que debería escribir más.

—¡Bien! —Winona levanta las manos en el aire en señal de rendición—. Lo dejaremos por hoy.

En respuesta, tanto Doug como Sai bailan alrededor de nosotras con alegría.

—Sólo por hoy.

Mientras caminamos penosamente por la avenida Palermo, de regreso a la casa de los Wilson, lucho por seguir el ritmo de los mensajes de Serena.

—¿Sigue hablando de Jason? —la desaprobación de Winona es palpable.

—Sí —admito, la mitad como disculpa y la mitad como defensa—. O sea, acaba de romper con él.

Winona patea un guijarro que rueda por la acera, cada golpe es más despectivo que el anterior.

—¿Por qué está tan obsesionada con algo tan inútil?

Me encojo de hombros, como si tampoco entendiera, pero mis mejillas arden como si estuviera hablando de mí.

24

La mañana de la huelga despierto con un leve dolor en el estómago. Mientras me siento a la mesa del comedor, mordiendo distraídamente un bollo de pasta de loto al vapor, mamá entra en la cocina.

—¿Te estás enfermando? —parece perturbada—. Pareces un *behng māau* —un gato enfermo, como dicen en cantonés.

—Nop —meto rápidamente el resto del bollo en mi boca. La única forma de convencer a mamá de que estoy bien es comiendo; cuanto más, mejor.

—¿Estás segura? —mamá saca la olla de metal con arroz del refrigerador y la deja en la barra, luego sirve una porción en un molde—. No luces como tú.

Su observación me hace detenerme, con las mejillas llenas de pasta de loto. La verdad es que no me siento como yo.

Me hace pensar en aquella vez en primer grado, cuando mi maestra, la señora Beaumont, envió una carta a casa informándoles a mamá y papá que había recomendado que me evaluaran para el programa de superdotados y talentosos.

—¿Qué es "evalúa"? —murmuró mamá, sacando las letras de su diccionario electrónico portátil inglés-chino. Kim ya estaba en tercer grado y ningún maestro había enviado a casa una carta como ésta sobre ella.

La prueba se llevó a cabo en una habitación sin ventanas junto a la oficina del director. Me senté en una mesa redonda al lado de una mujer grande de cabello rubio. Olía como el pasillo de decoración de Big Lots, pero sonreía mucho y me hizo un montón de preguntas fáciles, así que me agradó. Pero luego, casi al final, me dejó perpleja.

—Está bien, Elisa, imagina ahora que tienes diez caramelos y quieres compartirlos con cinco amigos. ¿Cuántos dulces recibiría cada amigo?

Demonios. No lo sabía. Miré alrededor e imaginé a Kim y a cuatro de mis primos sentados a la mesa, y luego, en mi cabeza, comencé a repartirles dulces. Uno para Kim, uno para Tommy, uno para…

—¿Elisa? —dijo la mujer—. Está bien si no lo sabes.

—Dos —dije—. Cada persona recibe dos.

Después, cuando le conté a Kim sobre esta pregunta, rio a carcajadas.

—Eso era un problema de división, tonta —dijo—. Si no conoces la división, hiciste trampa para responder esa pregunta.

—¿Qué es la división? —pregunté algo conmocionada.

—Es como lo opuesto a las tablas de multiplicar —explicó Kim—. ¿Sabes todas las cosas que he tenido que memorizar yo? —hizo a un lado mi ignorancia—. ¿Cómo pueden permitirte participar en el programa de superdotados si ni siquiera sabes qué es la división?

Cuando, de hecho, me dejaron entrar, mi estómago tampoco se sintió muy bien. Kim ya había olvidado lo que me había dicho sobre la división, pero yo no.

—Elisa es tan inteligente —se jactó mamá con A Pòh por teléfono—. Se incorporó a este programa especial para niños a los que les va bien en la escuela. Kim necesita trabajar más duro para poder participar también.

Intenté explicarle a mamá que la escuela había cometido un error.

—¿Qué? Pero por supuesto que eres inteligente —no entendía el problema—. Como sea, incluso si cometieron un error, sería estúpido decírselo. Tu papá y yo no sabemos nada. Somos inmigrantes. ¡Necesitas todas las oportunidades que puedas!

Pero al día siguiente, me acerqué a la señora Beaumont de cualquier manera.

—Hice trampa en la prueba de superdotados —dije.

La señora Beaumont escuchó atentamente mientras le explicaba la situación, pero al final, sólo sonrió.

—Gracias por decírmelo, Elisa —dijo—. Pero lo que hiciste estuvo bien —me dijo que había hecho la división correctamente, incluso aunque no hubiera sabido cómo se llamaba y, en realidad, ésta era una buena señal de que había podido seguir el razonamiento adecuado.

—Eres una chica brillante —dijo la señora Beaumont después de un momento—. Sin embargo, lo que te hace especial es que no tienes miedo de hacer lo correcto —me dio unas palmaditas en el brazo con su mano arrugada. Su palma era sorprendentemente suave—. Tú, querida, posees un código. Y siempre se debe tener un código.

Nunca olvidé ese incidente, porque fue el día en que aprendí sobre la división y también lo mejor de mí: que yo tenía un código.

Pero ¿adónde se fue? De repente, en su lugar, tengo tantos secretos.

Ocultarle cosas a mamá es una cosa. Eso es sólo la supervivencia básica de un niño asiático. ¿Pero a Winona? ¿A Serena y a todas los que se han convertido en feministas? ¿A Len? No he hablado con él en días, pero parece una eternidad. Cuando nadie se da cuenta, todavía me encuentro observándolo desde el otro lado del salón. El otro día entró a la clase de inglés con un té con tapioca, y mi primer pensamiento fue por completo irrazonable: *¿Fue sin mí?* Tomó un largo sorbo antes de dejarlo en su escritorio, y pude ver que la punta del popote estaba mordida. A la taza no le quedaba té, pero seguía llena de cubitos de hielo y bolitas de tapioca. Me recordó el viaje a Hargis ese día, cómo, durante una tarde fugaz, fuimos amigos. Y es la pérdida de ese delicado hilo entre nosotros, casi demasiado débil para verlo, lo que me desanima en realidad. Ojalá hubiera apreciado su inverosímil existencia antes de que la destruyéramos con un complicado beso.

Me quedo mirando la mesa de madera contrachapada frente a mí, tragando los restos de lo que tiene que ser la versión más seca y espesa de un bollo de pasta de loto que jamás haya consumido. Incluso después de haberme forzado a tragar, siento un nudo alojado en mi garganta. Pero sé que no es el bollo. Soy yo.

Y entonces decido que debo decirle a Len sobre la huelga.

* * *

En la escuela es difícil atraparlo solo, lo cual me hace darme cuenta —con una perversa decepción— de que él me está evitando tanto como yo lo he estado evitando a él. Por fin me las arreglo para arrinconarlo en el almuerzo, a menos de una hora de la salida, cuando sólo estamos nosotros dos y Johnny Cash en la sala de redacción del *Bugle*.

—Si yo fuera un apostador —dice, sin levantar la vista de su computadora—, apostaría a que me estás siguiendo.

Respiro hondo.

—Necesito hablar contigo.

Todavía está pegado a la pantalla de su computadora portátil, pero estoy segura de que no está leyendo nada.

—¿Sabes? —dice—, hay algo que se llama mensajes de texto. Estoy seguro de que tienes mi número, así que podrías haberme escrito.

Me sonrojo a pesar de mí. Pensé en enviarle un mensaje, pero no quería enfrentar el hecho de que lo había estado ignorando todo este tiempo. Antes de esto, siempre creí ser alguien que no podía ignorar a nadie, bajo ninguna circunstancia. Me equivoqué. Y ahora, para empeorar las cosas, está claro que Len está lanzando una indirecta, pero de manera agradable, como si fuera sólo por deporte. Últimamente, ha demostrado un don asombroso para lanzar indirectas, aunque supuestamente lo hace sólo por deporte, y estoy harta de eso.

Me acerco y le quito la computadora del regazo. El movimiento lo sorprende.

—Mira, lo siento —digo—. No sé qué quieres de mí.

—No quiero nada —se encoge de hombros, como si fuera absurdo pensar que cualquier cosa que yo haga pudiera molestarlo. Aunque estoy tratando de disculparme, me molesta.

—¿Qué quieres que te diga, Len? —agito su computadora portátil como si estuviera a punto de tirarla al otro lado del salón.

—Nada —mira la computadora que cuelga de mi mano, pero no pierde la calma—. Di lo que quieras, no me importa.

—No mientas —digo—. Quieres que te diga que me gustas —las palabras salen antes de que pueda detenerlas—. Quieres que te diga que cada vez que tomo un té con tapioca ya no puedo evitar pensar en tu triste técnica de beber té con tapioca. Que pasé a toda velocidad por trescientas páginas de *La vida: instrucciones de uso* con un sentido confuso de urgencia porque me lo habías prestado tú. Que leí todo sobre la cirugía de Tommy John aunque me importa una mierda el beisbol, sólo porque quería saber que estarías bien.

No es así como imaginé que se desarrollaría esta conversación, pero es demasiado tarde. Perdí. Len me mira fijamente, incapaz, por una vez, de conjurar una broma. Es hora de ir al grano.

—Pero las cosas son... complicadas —digo—. Y de eso es de lo que quería hablarte.

Le hablo de la huelga, la explicación se convierte en un lío porque tengo mucha prisa por terminar con esto. Escucha todo sin reaccionar, lo que es estresante y, al mismo tiempo, un alivio.

—Pensé que deberías saberlo —le digo cuando termino.

Sin su computadora portátil, Len no tiene nada que hacer con las manos, por lo que se frota la parte superior de las rodillas mientras contempla el veteado de la madera del escritorio. Finalmente, me dirige una pequeña sonrisa, la primera real que recibo desde el juego de beisbol.

—¿En serio es tan importante para ti ser la editora en jefe? —pregunta.

—No —digo, porque a estas alturas, es verdad. Me siento bastante conflictuada por muchas cosas en este momento, pero al menos puedo aferrarme a esto: la huelga, y lo que se supone que simboliza sigue siendo importante. Fue lo correcto contárselo a Len, pero también es lo correcto continuar con ella—. No —digo de nuevo—. Es sólo el principio de esto.

Se lleva las manos a la cara, como si lo exasperara. Luego ríe un poco mientras se frota los ojos.

—Siempre se trata de principios contigo, ¿no es así?

—Una chica debe tener un código.

Antes de que Len pueda responder, James entra en la habitación.

—Hey —saluda. Sus ojos van de mí a Len—. ¿Qué está pasando aquí?

James sabe de la huelga porque se lo dije, pensando que quizá debería haber un artículo del *Bugle*. Parecía casi decepcionado por haber quedado fuera de su planificación, pero accedió a asignarle la historia a Olivia, la redactora de la sección de Noticias, que es tal vez quien tiene una menor animosidad hacia mí (una hazaña), y a Cassie, para que tomara fotos.

Ahora me lanza una mirada inquisitiva, que ignoro.

—Nada —digo, empujando la computadora de vuelta al regazo de Len—. Los veo después, chicos.

Es más tarde de lo que pensaba, así que tengo que correr al vestidor de chicas, donde Serena y Winona ya están esperando. Como todos los demás que planean participar en la huelga, ambas están vestidas de negro y llevan sus pines *SOY FEMINISTA*.

Yo, por supuesto, vestiré de blanco.

—¿Dónde estabas? —pregunta Winona, mientras saco mi vestido de Dama de la Justicia de mi casillero.

—Lo siento —digo—. Yo… mmm… me desvié en el *Bugle*.

—Está bien, todavía tenemos quince minutos antes de que termine el almuerzo —dice Serena—. ¡Apúrate y cámbiate!

Después de ponerme el vestido, Serena me hace sentarme en un banco mientras se para a mi lado y pasa un peine por mi cabello.

—Necesitas un corte de cabello, Elisa —dice, analizando mis puntas.

—¿Tenemos tiempo?

—Muy graciosa.

Al final, Serena decide trenzar mi cabello en una corona. Luego blande un tubo de lápiz labial.

—¿Qué es eso? —me muevo hacia atrás.

Serena se vuelve hacia Winona, confundida.

—Elisa no se pinta los labios —explica Winona.

—Se verá bien, lo prometo —dice Serena—. Además, estás vestida como la Dama de la Justicia, no como Elisa Quan. Te vendría bien un poco de glamur.

—¿Por qué la Dama de la Justicia no podía usar jeans y una camiseta? —me quejo—. Quiero decir, si ella tuviera opción.

—Buena pregunta —dice Winona.

—Porque —dice Serena, pasando el lápiz por mis labios con dos movimientos expertos. Me agarra del brazo y me lleva hasta el espejo de cuerpo entero—. Tal vez a ella le gustaba la forma en que lucía con vestido.

Mi reflejo me sorprende. No hay muchas cosas fuera de lo común, y todo lo que es diferente también es simple. El vestido es minimalista, mi cabello está recogido, pero sin adornos. Sólo el lápiz labial es atrevido: un rojo anaranjado brillante. Sin embargo, me siento tan diferente al verme así. Más grande, tal vez. Más segura. Parezco el tipo de chica que no le teme a nada. Estoy realmente asombrada.

—Me veo bastante bien —digo.

—Te ves feroz —asiente Serena.

Winona coloca una pashmina negra alrededor de mi cuello.

—Está bien, aquí está la venda de los ojos —dice—. Y tu espada y tu balanza —me las entrega—. ¿Estás lista?

—¡Acabemos con el patriarcado! —levanto mi espada, y tanto Serena como Winona chocan las palmas.

La quinta clase, la primera después del almuerzo, transcurre como un borrón; paso la mayor parte evitando a Len y esperando que la señora Boskovic no note la empuñadura de la espada que sobresale de mi mochila. En poco tiempo, la campana suena para la sexta clase, y me dirijo rápidamente a la clase de Historia, preparada para la hora del espectáculo.

Lanzo algunas miradas burlonas mientras desempaco mi atuendo de Dama de la Justicia, pero nadie dice nada, salvo por el señor Schlesinger, que me estudia por un segundo.

—¿La Dama de la Justicia? —adivina, y cuando asiento, parece complacido de haberlo logrado.

Intento prestar atención a la clase, pero es imposible. Sigo moviendo mi rodilla debajo de mi vestido, porque me siento nerviosa, como si hubiera tomado demasiada cafeína. En un momento, Winona, que está sentada frente a mí, se da la vuelta y me pide que me detenga. Al parecer, mis nervios la están poniendo nerviosa.

Por fin, justo a la una cuarenta y cinco de la tarde, me ato la pashmina alrededor de los ojos y me pongo de pie, sosteniendo la espada en una mano y la balanza en la otra. Es un alivio no poder ver nada, porque escucho al señor Schlesinger dejar de hablar a mitad de una frase, y luego crujen una veintena de escritorios cuando todo el mundo se da la vuelta.

—¿Elisa? —dice el señor Schlesinger—. ¿Puedo ayudarte?

Winona también se pone de pie y, de acuerdo con el plan, lleva un letrero que dice *Huelga por la equidad de género en Willoughby.* Y luego me saca del salón.

Experimento la salida sobre todo a través de los sonidos: nuestros pasos en el piso de baldosas, la puerta que se abre y luego los ruidos de la gente que se levanta para ver hacia dónde vamos. Hace que todo se sienta todavía más surrealista de lo que ya es. Una vez que estamos afuera, siento otra mano en mi otro brazo: Serena. Tiene un cartel que dice *¡Elisa para editora!* O, al menos, eso supongo.

Winona y Serena me conducen al centro del patio y me las arreglo para subirme a una de las mesas del almuerzo con los ojos vendados. Todos los demás que se han unido, presumiblemente, están parados haciendo un círculo gigante, todos con carteles que dicen cosas como *¡Prohibido el sexismo en Willoughby!* y *¡Abajo el patriarcado!* Alguien me quita la balanza y la reemplaza por un megáfono.

El sol de la tarde calienta la coronilla de mi cabeza. Nunca he dado un discurso con los ojos vendados, y es desorientador y estimulante al mismo tiempo.

—Esta huelga —grito por el megáfono— es para aquellos de ustedes que ven que el campo de juego claramente no es equitativo, en Willoughby y más allá —un grito se levanta a mi alrededor, estridente y abrumador, el rugido en mis oídos se siente más intenso porque no puedo ver nada. Juro que parece que hay al menos un centenar de personas ahí afuera, tal vez más. La última vez que me paré frente a una multitud tan grande fue en las desafortunadas elecciones de primer año, hace mucho tiempo. Pero hoy, no me siento pequeña.

—Esto es para aquellos de ustedes a quienes les han dicho demasiadas veces que "no parecen un líder". Para aquellos a

242

quienes se les llama "desagradables" o les dicen que "no saben jugar en equipo", sólo por hablar.

Para aquellos que no han perseguido sus mayores sueños porque no se han sentido "listos", porque han sido ignorados o bloqueados cada vez que lo intentaron —clavo la espada en el aire—. Estoy aquí para decirles a todos que están listos. Yo estoy lista.

—¡Elisa para editora! —grita una chica a lo lejos y la petición encuentra eco en otras exclamaciones de apoyo a mi alrededor. Vacilo un poco cuando pienso que la gente tal vez me esté grabando y que esto quizá esté siendo publicado en línea. Esperábamos que sucediera, por supuesto, pero Serena estaba convencida de que sería algo bueno. "Necesitamos acallar todas esas otras cosas que la gente ha dicho sobre ti", fue su razonamiento.

Como sea, en este momento, resulta estresante saber que todos mis movimientos están siendo documentados. Pero como le gusta decir a mamá en cantonés: "Si ya te mojaste el cabello, tienes que lavarlo". En otras palabras, no hay vuelta atrás. Lleno mi pecho con un aliento fortalecedor y levanto mi espada de nuevo, preparándome para continuar con mi oración.

Pero antes de que tenga la oportunidad de decir más, otra voz llena el patio.

—Buenas tardes a todos. ¿Podrían seguirme a la sala de usos múltiples?

Siento un temblor silencioso extenderse desde mis pies. Con un leve estremecimiento, levanto la pashmina por encima de mi cabeza y veo al doctor Guinn parado en la entrada del corredor, sosteniendo su propio megáfono.

25

Al frente del salón, el doctor Guinn —parado junto a una perpleja señora Greenberg y un preocupado señor Powell— nos sonríe a todos.

—Gracias por su cooperación pacífica —dice—. Los felicito por su activismo. Es alentador saber que muchos están comprometidos con ideales, más allá de ustedes mismos. Sin embargo, debo recordarles que sus acciones se están llevando a cabo durante el horario escolar, mientras las clases se están desarrollando, y tenemos reglas que deben seguirse.

El doctor Guinn explica que faltar a clases e interrumpir el ambiente de aprendizaje de otros estudiantes, ofensas que hemos cometido con la huelga, podría ser castigado con una suspensión.

—Pero, como verán —dice el doctor Guinn, riendo entre dientes—, me parece extremadamente irónico castigar la ausencia de clases con más ausencias forzadas.

En cambio, todos tendremos que quedarnos después de clases como castigo durante cinco días, a partir de hoy.

Suena un murmullo en el salón en respuesta al edicto. Obviamente, quedarnos después del horario de clases es preferible a la suspensión, pero ¿toda una semana? Es duro. ¿Y para qué? ¿Así podré ser la editora en jefe del *Bugle*? Claro, todos están aquí porque apoyan el feminismo, o tal vez porque piensan que Serena Hwangbo es genial… pero a la hora de la verdad, todos están aquí por mí. Están aquí por las cosas que dije sobre el sexismo y sobre Len. Pero no saben lo que he estado pensando *en realidad* sobre él.

Las náuseas me abruman.

—Espere —me levanto tan rápido que mi silla se tambalea hacia atrás. Todos me miran.

—¿Sí, Elisa? —dice el doctor Guinn.

—No creo que nadie aquí deba ser castigado, excepto yo —digo.

Alrededor, la gente comienza a susurrar. Cassie baja la cámara y mira de reojo a Olivia, quien hace una pausa en medio de su toma de notas. Winona niega con la cabeza, haciéndome un gesto para que me siente, pero eso sólo hace que mi estómago se contraiga todavía más, porque me siento terrible por haberla arrastrado a esto.

Al ver mi angustia, Serena se inclina hacia delante.

—Está bien, Elisa —susurra, descruzando las piernas—. Estamos todos juntos en esto —y entonces recuerdo: Serena no puede recibir un castigo, porque la descalificaría para postularse para la presidencia de la escuela.

Nadie puede formar parte del consejo estudiantil si ha tenido un castigo de esta especie el año previo.

—No —digo—. Yo comencé esto. Soy la única que debería ser castigada. Es sólo la primera falta para todos los demás. Es la segunda en mi caso.

El doctor Guinn cruza los brazos sobre su pecho.

—Elisa, ¿debo recordarte que yo soy el director aquí, no tú?

245

—Lo lamento —me vuelvo a sentar. Serena intenta ponerse de pie en protesta, pero la detengo—. Fui yo quien instigó todo esto, y fue un error. Debería de haber seguido su consejo y encontrado formas menos antagónicas de expresar mis opiniones —me siento una mierda por todo el asunto que no es difícil apoyarme en el *mea culpa*—. Por favor, no se desquite con todos. Sólo estaban tratando de defender lo que pensaban que era correcto. Soy yo la que debería haberlo comprendido mejor, y me gustaría asumir la responsabilidad ahora.

El doctor Guinn no responde de inmediato y, en el silencio, la señora Greenberg comparte una mirada con el señor Powell antes de aclararse la garganta.

—Paul —dice ella—. Creo que ya ha sido una gran experiencia de aprendizaje para todos los involucrados. Tal vez sea mejor si los dejamos ir con una advertencia.

—Estoy de acuerdo con eso —secunda el señor Powell—. Además, podría ser demasiado para quien esté de guardia después de clases..

Por fin, habla otra vez el doctor Guinn.

—Bueno —dice—. Ciertamente, hemos escuchado varios argumentos convincentes. Parece que Justicia —me señala con un gesto— ha traído consigo a Clemencia —hace un gesto con la palma hacia la señora Greenberg—. Nos apegaremos a tu recomendación, Jill. Para los demás.

Esta declaración despierta otra ronda de murmuraciones, esta vez con mucho menos angustia.

—En cuanto a ti, Elisa —continúa el doctor Guinn—, por favor, preséntate en mi oficina al comienzo de la séptima clase. Puedes esperar allí hasta que comience oficialmente la sanción, después de la escuela.

* * *

La hora de castigo es en el salón de clases de la señora Perez hoy, y ella me mira con simpatía cuando aparezco, todavía medio vestida como Dama de la Justicia. Ya perdí mi espada y mi balanza, pero la venda permanece alrededor de mi cuello.

—¿Dando una buena batalla ahí afuera? —pregunta mientras me deslizo en un asiento cerca del frente y acomodo los pliegues de mi vestido debajo de la silla. Aquí es donde me sentaba todas las mañanas para la clase de Historia Universal el año pasado. El viejo retroproyector, que la señora Perez encendía para mostrarnos pinturas y caricaturas políticas, todavía está acomodado en el centro del salón. La agenda del día todavía está escrita en la pizarra. Todo es igual, pero yo me siento a miles de kilómetros de distancia.

—Intentándolo, supongo —digo—. Sin embargo, es difícil. Quizá tan sólo tiraré la toalla.

—Creo que lo hiciste por tus amigas —dice la señora Perez—. No descartes eso.

Algunos chicos más entran y la señora Perez anota que están presentes. Una vez que todos están sentados, repasa las reglas de la sanción. Se nos permite hacer la tarea o leer, pero no podemos hablar ni usar ningún dispositivo.

—Y nada de siestas —agrega, esperando a que Bruce Kwok, que ya tiene la cabeza inclinada sobre el escritorio, se siente erguido.

Termino mirando por la ventana. Las persianas están sólo parcialmente abiertas, por lo que no puedo ver mucho de lo que hay afuera, pero me las arreglo para dañar temporalmente mi visión al concentrarme demasiado tiempo en las brillantes luces de la tarde.

247

La señora Perez se acerca.

—Pensé que podrías estar interesada en esto —dice, entregándome un libro muy gastado. Su título, de manera bastante provocativa, es *Las mujeres bien portadas rara vez hacen historia.*

—Gracias —digo, asumiendo que ésta es sólo la forma en que la señora Perez expresa que no debería sentirme desanimada por estar castigada a causa de la huelga. Decido no decirle que tal vez estoy cansada de intentar ser el tipo de mujer que hace historia.

Pero tampoco quiero que sienta que no aprecio su gesto, así que lo abro y empiezo a leer.

En unas pocas páginas, me doy cuenta de que el libro, escrito por una historiadora llamada Laurel Thatcher Ulrich, no es lo que esperaba.

Por un lado, me entero de que el lema: "Las mujeres bien portadas rara vez hacen historia" es originalmente el título de un artículo académico sobre mujeres puritanas que, de hecho, se portaban muy bien. El libro señala que gran parte de la historia y formas de ver la historia se pierden cuando no prestamos atención a las vidas de las mujeres que no necesariamente luchan por ser escuchadas.

Incluso después de lo que he estado leyendo sobre feminismo últimamente, ésta es la primera vez que pienso en esto y me sorprende. Después de todo, las feministas a menudo son vistas como mujeres que actúan fuera de lugar. Sin embargo, ¿podría ser que una versión en verdad feminista de la historia también se refiera a mujeres que no son "feministas"?

Dejo que la señora Perez saque a relucir estas cosas. Es una gran fanática de "complicar" las cosas. "Esta hipótesis es un buen comienzo, Elisa", decía siempre, "pero ¿puedes complicarla?". Debería de haber sabido que ella no recomendaría un libro que no fuera complicado.

—¿Elisa? —levanto la mirada para encontrar a la señora Perez parada a un lado del atril. Junto a ella está la señora Wilder, sosteniendo una nota—. Elisa, ¿podrías venir aquí, por favor? —dice la señora Perez—. Trae tus cosas.

Por un segundo, empiezo a entrar en pánico. ¿Existe otra sanción especial para quienes hacen cosas particularmente insolentes? ¿Han llamado a mamá y la asustaron? Pensé que las hojas de castigo sólo requerían la firma de uno de los padres. Obviamente, estaba planeando que papá firmara la mía.

Pero cuando llego al frente del salón, la señora Perez simplemente sonríe.

—Eres libre de irte —me informa—. La señora Wilder dice que el doctor Guinn ha decidido que, después de todo, no tienes que cumplir la sanción.

Las miro.

—Puedes entregarme tu boleta de castigo —pide la señora Wilder—. Todo ha sido un malentendido —le dice a la señora Perez.

Le entrego la hoja a la señora Wilder.

—¿Debo ir con usted ahora?

—No, Elisa —la señora Perez ríe—. Puedes irte a casa.

De cualquier manera, sigo a la señora Wilder fuera del salón, todavía sin creer lo que está sucediendo. En la puerta, sin embargo, se da la vuelta para dejarme.

—Que tengas un buen día, Elisa —dice, antes de regresar a la oficina del doctor Guinn.

Doy un paso adelante en el patio y parpadeo con la luz del sol. ¿Qué... acaba de pasar?

—¿Libre al fin?

Doy la vuelta y encuentro a Len, parado detrás de mí, con la mochila colgando de un hombro.

—Te ves bien —dice, sonriendo como si hubiera hecho algo muy inteligente.

De repente, ya no tengo el ritmo cardiaco de una persona normal, así que hago lo primero razonable que me viene a la mente: dar la vuelta y alejarme a toda prisa.

Me alcanza en pocos pasos.

—¿Cómo estás? —pregunta, como si estuviéramos dando un paseo.

—Bien —no lo miro y no dejo de caminar.

—¿Cómo estuvo la huelga?

—Depende. ¿Ya renunciaste?

—Todavía no. Sigo pensándolo.

—Entonces, supongo que no lo sabemos, ¿verdad? —hago como si fuera a entrar en el vestidor de chicas.

—Espera —extiende la mano y me toca el brazo. Bien pudo haberme electrocutado—. ¿No sientes curiosidad por saber por qué te liberaron hace un momento?

Siento una chispa de lucidez.

—¿Qué hiciste? —pregunto, mirándolo.

Examina las palmeras en lo alto y elige sus palabras con cuidado.

—El doctor Guinn y yo tuvimos una discusión.

—¿Qué *tipo* de discusión?

Ahora su sonrisa se vuelve traviesa.

—Le dije que me habías avisado sobre la huelga y que habías dejado claro que era una cuestión de principios, que yo respetaba. Dije que todavía éramos, como él esperaba, muy unidos y seguíamos trabajando de manera colegiada —me lanza una mirada pícara.

250

Mi cara se ruboriza un poco.

—¿Y?

—En vista de eso, le pedí que reconsiderara la posibilidad de castigarte, por motivos de libertad de expresión. Todavía tengo mis dudas.

—¿Qué dijo?

—Para ser honesto, se lo tomó mejor de lo que pensaba. Casi siempre, parecía divertido. Me preguntó si sabía que tú y yo compartimos una tendencia a tener una visión crítica de la forma en que asigna las sanciones.

—Nuestro único terreno común.

—Eso parece —Len sonríe de nuevo—. Como sea, luego explicó a "la manera Guinn" que yo tenía un buen argumento, dado que los estudiantes tienen derecho a la libertad de expresión, como cualquier ciudadano.

—¿Pero...?

—Correcto, pero las escuelas se reservan el derecho de disciplinar el comportamiento que puede ser disruptivo.

—¿Pararse en la mesa del almuerzo mientras se grita en un megáfono cuenta como "disruptivo"?

—Quizá si estás vestida de esa manera.

—Ve al grano, acusador-víctima.

—Está bien, bueno, también mencioné que mamá es abogada, y que habías hablado con ella antes de la huelga.

—¡Pero no lo hice!

—Técnicamente, sí hablaste con ella. Antes de la huelga.

—¿Qué?

—Dije que mamá está bastante familiarizada con los casos que rigen la libertad de expresión de los estudiantes, y que básicamente no podías ser castigada por la huelga más de lo que serías castigada por una ausencia normal de clase —se acaricia la barbilla—. Por supuesto, el hecho de que sólo te hubieran detenido a ti y nadie más...

—Significa que el castigo fue por liderar la huelga, no por estar ausente de la clase.

—Concluyo mi caso.

Sacudo la cabeza con incredulidad.

—No tenías que hacer eso, ¿sabes? Podría haber sobrevivido a la sanción —se me ocurre algo amargo—. No necesitaba que me *rescataras*.

—Oh, lo sé —la comisura de su boca se eleva—. Pero ¿no es bueno que el patriarcado conspire para beneficiarte por una vez?

O sea, preferiría que no hubiera patriarcado. Pero no está equivocado.

—¿Cómo reaccionó Guinn al hecho de que tú lo estuvieras amenazando con emprender acciones legales en mi nombre?

—Preguntó si mi madre me envía habitualmente a representar a sus clientes.

—Ay, *Dios* mío —estoy muriendo—. Te desafió.

—Un poco.

—Entonces, ¿qué hiciste?

—Admití algo que estoy seguro de que él ya sospechaba.

—¿Qué cosa...?

—Nada que no sepas.

Dejo pasar su comentario críptico, sobre todo porque no tengo ni idea de qué hacer con él.

—Bueno, ¿entonces qué pasó?

—Tan sólo se reclinó, cruzó los brazos y me miró durante un largo rato, como si estuviera tratando de averiguar algo.

—¿Y luego?

—Me dijo que nos dejaría solucionarlo a nosotros.

—¿Eso fue todo?

—Fue todo.

Ambos guardamos silencio por un minuto. Luego, Len saca las llaves del bolsillo del pantalón, las lanza al aire y las agarra con una mano.

—Entonces… ¿qué opinas? —dice, mirándome de reojo—. ¿Intentamos solucionarlo?

26

Y así, amigos, es cómo se encuentra la Dama de la Justicia sentada a horcajadas sobre el patriarcado, en una cama bien tendida, derribando con una fuerte patada una diminuta pelota de basquetbol del edredón a cuadros. A medida que la pelota rueda por la alfombra, hay risitas, un pequeño golpe en la cabeza y luego un beso serio. Es, en general, un buen momento.

Seguimos así durante un rato, y sólo cuando siento la mano de Len subiendo por mi muslo, empujando mi falda hasta mi cadera, me siento de golpe. En respuesta, retira sus manos al instante.

—Lo siento —dice riendo. Suena sin aliento—. Lo lamento, no debería haberlo hecho.

—No es eso —para ser honesto, fue emocionante sentir su mano debajo de mi falda y tengo curiosidad por saber exactamente lo que quería. También sería fácil averiguarlo. Pero el peso de lo que significaría me detiene, y me apoyo contra la pared, doblando las rodillas contra mi pecho.

Len se apoya en los codos.

—¿Estás bien?

—Sí —digo.

—Es sólo... tal vez no deberíamos estar haciendo esto.

Ahora se sienta completamente erguido.

—¿No?

—Alrededor de sesenta personas estuvieron a punto de ser suspendidas hoy debido a una huelga para protestar contra ti, específicamente. No puedo defraudar a todo el mundo dejando que me acaricies.

Sonríe.

—¿Ser feminista significa que no puedes ligar con alguien?

—Lo que te digo es que siendo *esta* feminista no debería estar ligando contigo —alejo sus piernas para poder estirar las mías sin tocarlo—. Sobre todo, porque todavía no está claro si vas a renunciar o no.

Len levanta la barbilla y me da esa mirada a través de sus pestañas, la que es letárgica y desafiante al mismo tiempo.

—Voy a renunciar —dice.

Su franqueza me desarma.

—¿En serio?

—Claro. Si eso es lo que quieres, se lo informaré al señor Powell mañana.

Lo miro fijamente. Después de todo eso, ¿me lo dan como si se tratara de la tarea de cálculo del jueves por la noche? Es extrañamente anticlimático, pero supongo que significa que la huelga funcionó.

¿O no? Recuerdo el comentario de Winona sobre "mostrarle una pierna", y una vez más, no estoy segura de haber perdido algo que no pretendía.

—¿Estás de acuerdo porque quieres seguir ligando?

—¿Así que eso *está* sobre la mesa?

—Hablo en serio, Len —me inclino sobre sus rodillas—. ¿Ésa es la razón?

—No.

—Está bien, entonces dime la razón real. Quiero la verdad.

Len se vuelve a acostar cuando digo esto, y mira al techo en lugar de a mí. Y aunque he estado tratando de provocarlo, me sorprende que tal vez estas cosas también puedan ser confusas para él.

—Quería decírtelo —dice, alcanzando la parte superior de la cabecera de madera. Su nerviosismo me hace sentir extrañamente afectuosa y me relajo un poco.

—Está bien —bromeo suavemente—. Ya sé que te gusto —eso me hace ganar una sonrisa, una que arruga sus ojos de esa manera familiar, pero luego se queda callado por un rato. Estoy a punto de preguntarle qué le pasa cuando dice:

—¿Sabes? Me acuerdo de ti en esa feria de actividades, cuando me inscribí en el *Bugle*.

—¿Sí?

—Sí. Pensé que eras linda, pero parecía que tenías una personalidad desagradable.

Me atrapa.

—¡Y tenías razón! —me acerco para agarrar una almohada de debajo del edredón y lo golpeo con ella—. Tenías razón y aun así te uniste. Podrías haber dicho "Mmmm, no, gracias", y hacernos un favor a los dos.

Estira ambos brazos hacia arriba y luego los cruza sobre su pecho, sonriendo.

—Bueno, pensé que podría hacer una gran diferencia al postularme como editor —dice—. Ya sabes, darle un toque más suave al liderazgo del *Bugle*.

—¡Te enseñaré de *suavidades*! —lo golpeo de nuevo con la almohada y él trata de esquivarla deslizándose fuera de la cama, pero debido a que cada sentido se agudiza al mismo tiempo que mi cerebro está envuelto en gasa, de alguna manera terminamos besándonos de nuevo.

Esta vez, llegamos tan lejos como una cremallera desabrochada, pero Len es quien decide que es suficiente.

—Espera —dice, agarrando mi mano—. Si no estamos... Creo que necesito parar aquí.

Me deslizo hacia el otro extremo de la cama, lamentando un poco que haya terminado.

—¿Debo irme?

—No. Quiero decir, probablemente, pero... —se pasa una mano por la cara—. Sólo hablemos un rato.

—Está bien, ¿de qué quieres hablar?

—De lo que quieras. Hazme una pregunta.

—¿Hasta dónde has llegado con una chica?

Ríe, dejando escapar un silbido bajo como si le hubiera dado un puñetazo.

—Nada de juego suave de tu parte, ¿eh?

—Es sólo curiosidad.

—Está bien —dice—. Un poco más lejos que esto. Una vez.

—¿Quién era?

—Katie Gibson.

Eso no suena a nadie de Willoughby.

—La... ¿hermana de Adam?

—Prima. Fue en una fiesta el verano pasado.

—¿Y desde entonces?

—Mala racha.

—Así que nunca has recorrido todo el camino.

—No. ¿Tú?

La respuesta me llega rápida, como un lanzamiento de beisbol que se anuncia de una manera y llega a *home*. Del tipo que, como me explicó Len durante el juego de Hargis, te muestra de qué está hecho realmente un lanzador.

—No —respondo lentamente—. El último chico al que besé fue cuando todavía estaba en la escuela china.

—¿Cómo se llamaba?

—Bertram Wu.

—¿*Bertram?* —pregunta Len, usando su cavidad nasal más de lo necesario, y eso lo hace doblarse de risa.

—Está bien, *Leonard* —digo en el mismo tono.

—Eso sólo lo empeora un poco para ti.

Lo empujo, pero él sigue riendo, y entonces me uno.

—¿Qué le pasó a Bertram? —pregunta, recuperándose por fin.

—Su familia se mudó de regreso a Singapur, y ése fue el final.

—¿Estabas enamorada de Bertram?

—Probablemente no. Además, no necesitas seguir diciendo su nombre. Sobre todo, de esa manera.

—Bien, bien —la diversión de Len no se ha desvanecido del todo, pero está un poco más moderado cuando hace la siguiente pregunta—: ¿Has estado enamorada?

No respondo de inmediato.

—No estoy segura —digo finalmente—. ¿Tú?

—Quizá —Len se acerca y toma mi mano, pasando un dedo por las líneas de mi palma. Esto parece calmarlo, pero tiene el efecto contrario en mí.

Aparto mi mano.

—¿Crees que es posible que alguien pase por una vida entera, que se case, tenga hijos, envejezca, sin haberse enamorado nunca de verdad?

—Quizá lo más probable es que se enamore.

—No sé si mis padres se enamoraron alguna vez. Mamá se casó con papá para poder venir a Estados Unidos.

—¿Ella te lo dijo?

—Sí, lo dice todo el tiempo —le cuento a Len la historia que a mamá le gusta compartir, sobre cómo papá era terrible para escribir cartas. Él ya vivía en Los Ángeles y le habían concedido asilo directamente desde Vietnam, mientras que ella había terminado en China. Entonces, cuando su tía dijo que un amigo en Estados Unidos había conocido a este chico chino-vietnamita en la clase de inglés, se organizó una presentación. Al principio, él le escribió algunos mensajes tensos, fríos, a los que ella respondió (con una foto), pero luego, de manera bastante confusa, ella dejó de recibir correspondencia. Esto hizo que todos, A Gūng y A Pòh, además de varias tías y tías abuelas, entraran en pánico, porque se suponía que mamá sería el primer eslabón de su migración en cadena al país dorado. ¿Cuál podría ser el problema? ¡Ella era la más bonita de la familia! Si no le había gustado, ¿qué podían hacer? Finalmente, unos meses después, llegó una respuesta. "Lo siento, no he escrito en un tiempo", explicaba. "Ha sido temporada de basquetbol en la televisión."

Len se dobla de risa.

—Debería usar esa línea.

—Bueno —digo—. Así es como se unieron mis padres.

—Si te hace sentir mejor, mis padres se casaron porque yo fui un accidente.

—Espera, ¿en serio?

—Sí. Eran jóvenes. Papá llevaba dos años de su doctorado en Columbia, y mamá estaba a punto de comenzar sus estudios de leyes. Pero la familia de mi padre es bastante católica, así que decidieron tenerme. Mamá dice que necesito hacer que su rendición ante el conservadurismo signifique algo, jurando que siempre apoyaré los derechos reproductivos de las mujeres.

Ahora es mi turno de reír.

—¿Ella te dijo eso?

—Sí, tampoco es la historia más romántica.

—Bueno, tus padres todavía están juntos.

—Sí.

—Supongo que los míos también.

Len ha tomado mi mano de nuevo, y esta vez, envuelvo mis dedos alrededor de los suyos.

Entonces suena mi teléfono.

—Mierda —digo—. Hablando de eso, probablemente sea mamá.

Cuando contesto, suena frenética, a pesar de que quizá ha estado sentada en el estacionamiento de la escuela durante menos de dos minutos.

—¡Elisa! ¿Dónde estás?

—Lo siento —digo—, yo... mmm... tuve una reunión después de la escuela, así que ¿podrías pasar por mí a la casa de un compañero de clase?

—¿Por qué no me lo recordaste?

—Lo siento, lo siento, lo olvidé.

—¿Dónde?

—El mismo lugar que la otra vez.

Después de colgar, algo de la agitación de mamá se ha abierto camino en mi interior, y me apresuro a recoger mis cosas. Entonces recuerdo que todavía estoy usando el vestido de Dama de la Justicia.

—¿Puedo cambiarme en alguna parte? —le pregunto a Len.

—Aquí está bien —cuando lo mato con la mirada, agrega, riendo—: O en el baño. Está al final del pasillo.

Una vez que cierro la puerta detrás de mí, me quito el vestido a toda prisa y lo enrollo para meterlo en mi mochila. Pero luego, al ver mi reflejo en el espejo, me doy cuenta de que hay trabajo por hacer en mi cara: necesito limpiarme el labial que ha resultado ser a prueba de besos. *Gracias, Serena*, pienso, mientras me echo agua fría en la cara. También me percato de que mi cabello todavía está trenzado en una corona, lo que en sí mismo sería algo inocente, salvo por el hecho de que tradicionalmente no he sido de ese tipo de chicas que se arregla el cabello con sus amigas en la escuela, y no necesito ninguna razón adicional para ser interrogada hoy.

Saco los pasadores de mi cabello mientras camino de regreso a la habitación de Len, que está acostado en la cama, leyendo *Las mujeres bien portadas rara vez hacen historia*.

—¿No tienes tus propios libros?

—El tuyo parece más interesante.

Pero ahora sólo finge leer. Me siento en el borde de la cama y me deshago la trenza, aflojando los mechones con los dedos, sin ceremonias, aunque sé que él está mirando.

—Tu cabello se ve bonito así —dice, cuando termino.

Mi cara se calienta. No estoy acostumbrada a escuchar algo así tan directamente de un chico, sobre todo viniendo de Len, de entre todas las posibilidades. Y admito que experimento una euforia que de inmediato temo perder, como una trufa Lindt que sólo puedes saborear mientras se derrite. Ésta es la mirada masculina, me doy cuenta. Es maravillosa y horrible al mismo tiempo.

Me paro de un salto y recojo mi cabello en un moño.

—Gracias por eso —le digo a Len—. Si tú notaste algo, mi madre definitivamente lo notaría.

Abajo, en la puerta, lucho por ponerme los zapatos sin sentarme, dejar los libros o quitarme la mochila. Esto implica saltar sobre un pie mientras agito el otro, tratando de colocar el zapato sobre mi talón.

Len me quita los libros, lo que hace que todo sea mucho más fácil.

—Entonces... —comienza, apoyado en la barandilla del vestíbulo—. ¿Qué sigue ahora?

Intento no mirarlo.

—No lo sé —respondo, mientras recupero mis libros—. ¿Tú qué opinas?

Len estudia las baldosas del suelo.

—Tal vez tengas razón —dice—. Incluso si renuncio, tal vez deberíamos dejar que esto... se enfríe.

Lo juro, todo sentido común debe haberme abandonado, porque aunque está diciendo exactamente lo que creo que debería estar diciendo, no es para nada lo que quiero oír.

—Está bien —digo, tragando saliva—. Gracias de nuevo por evitar que me castigaran. Supongo que te debo una.

—No te preocupes por eso.

Ahora que tengo los zapatos puestos, no tengo ni idea de qué hacer conmigo.

—Bueno —digo, extendiendo mi mano—. El alto al fuego fue agradable mientras duró.

Len sonríe un poco.

—Hasta la próxima batalla, entonces —dice, balanceando su brazo como si estuviera a punto de ofrecerme un cordial apretón de manos. Luego me jala y me besa.

Cuando mi teléfono suena de nuevo, anunciando la llegada de mamá, no tengo tiempo para hacer ninguna pregunta.

—Nos vemos —me las arreglo para decir mientras me separo de él.

—Nos vemos —dice, antes de que yo salga corriendo por la puerta.

27

No hay nada como un paseo en auto con tu madre para echar agua fría a ese tipo de sentimientos persistentes de los que, hace apenas unos minutos, mientras estabas ocupada besándote con un chico, parecía imposible deshacerte. No es una solución que recomendaría, pero sin duda es efectiva.

—¿Quién era ése? —pregunta mamá cuando subo al auto. Está estacionada en el camino de entrada de la casa de los DiMartile y, a juzgar por su gran interés, parece que alcanzó a ver bien a Len mientras cerraba la puerta.

—Len —respondo—. Está en mi equipo para un proyecto de Inglés —por fortuna, aunque hemos hablado de él antes, estoy bastante segura de que no hay forma de que recuerde su nombre. Pero para distraerla más, agrego—: Esa chica coreana, Serena Hwangbo, también está en nuestro equipo.

—¿La que siempre participa en la Noche de Regreso a la Escuela? —los miembros del consejo estudiantil se ofrecen como voluntarios para ayudar a los maestros en los eventos para padres, por lo que mamá suele estar más familiarizada con ellos.

—Sí.

—¿Dónde está ella?

Mamá parece saber que pasa algo. Afirma que tiene un sexto sentido sobre las cosas que nos suceden a Kim y a mí, y eso tiende a manifestarse cuando menos queremos. Nunca parece funcionar cuando, digamos, insistimos en que no dejamos intencionadamente abierto el cajón de la cocina para molestarla, aunque sí sabemos que nos ha pedido que nos acordemos de cerrarlo un millón de veces.

—Oh, ya se fue a casa —explico—. También vive por aquí.

—Éste es el vecindario de una persona rica —dice mamá, observando las casas mientras conducimos por Holyoke Lane, de regreso a la calle principal que conduce a nuestra zona de la ciudad.

—Supongo —convengo. Luego, como es el tipo de cosas que le interesarían a mamá, agrego—: Muchos coreanos viven aquí.

—¿Ese chico es coreano?

—No, es mitad japonés y mitad blanco.

—Oh, por eso. Es muy alto —hace una pausa, como si reflexionara al respecto—. Sus ojos son pequeños a pesar de ser mitad blanco.

Cuando no respondo, mamá me observa y hace su mejor intento para actuar con calma. Resulta tan exitoso como un accidente automovilístico.

—Entonces, ¿te gusta este chico?

¡Qué!, ¿acaso lo tengo escrito en mi frente? ¿Cómo lo sabe? ¿Todos lo sabrán?

—No —miento.

—Eso es bueno —dice mamá, aunque estoy segura de que no me cree—. A tu papá y a mí no nos gustaría que tuvieras novio en este momento. Debes concentrarte en tu escuela y en ingresar en una buena universidad.

—Lo sé.

—Además, debes tener cuidado cuando estás sola con un chico. Algunos intentarán aprovecharse. Los buenos no lo harán, pero nunca se sabe. ¿Entiendes lo que te estoy diciendo?

Oh, Dios. Esto me recuerda la vez que mamá me preguntó si sabía cómo se hacían los bebés, y tuve que apurarme y decirle que sí, que ya lo sabía.

—Sí, mamá.

—Es un problema cuando eres bonita por naturaleza. Muchos chicos intentarán molestarte, pero puedes ignorarlos. No es necesario que te atraiga el primer chico al que le gustas. Puedes ser exigente, incluso un poco engreída. Siempre habrá alguien persiguiéndote, pero debes mantener el respeto por ti.

En algún lugar, en medio de todo esto, creo, hay una charla motivacional, aunque en lo que a mí respecta parece gratuita. Hasta ahora, no he sido lo suficientemente bonita para causarme ningún problema. También me irrita la forma en que, en el universo de mamá, Len y yo nos hemos convertido en personajes de un sórdido drama moralista: chico peligroso, chica virtuosa. No hay espacio en la historia para cómo me siento en realidad. Querer al chico lo hace menos peligroso, pero también hace que la chica, para decirlo claramente, *no* sea virtuosa. Ese tipo de virtud no existe en cierto espectro, lo que significa: un movimiento en falso y estás acabada.

Pienso en lo que Len y yo estábamos hablando y decido hacer una pregunta arriesgada.

—¿Alguna vez te gustó un chico?

—¡No! —mamá parece horrorizada—. Cuando tenía tu edad, estaba en un campo de detención en Hong Kong. Sólo quería ir a Estados Unidos. ¿Por qué me habría gustado algún chico?

Antes de que mamá recurriera a su noviazgo epistolar con papá, ella y mi abuelo habían intentado llegar a Estados Unidos a través de Hong Kong, lugar que sirvió como primer puerto de refugio durante y después de la guerra de Vietnam. Por desgracia, esto sucedió después de que se les había concedido asilo en Nanning, por lo que las autoridades no vieron con buenos ojos su intento de hacerse pasar por refugiados que necesitaban asentarse en otro lugar. Cuando fueron descubiertos, mamá y A Gūng fueron detenidos durante todo un año como inmigrantes ilegales y, al final, fueron deportados de regreso a China. Unos años más tarde, mamá accedió a casarse con papá.

Lo sé porque se hace referencia a esto con frecuencia en nuestra casa, a veces de manera casual y espontánea, y a veces en conversaciones como éstas, dando por concluidas (inadvertidamente o no) mis preguntas sobre si mamá y yo tenemos algo en común. Mamá odia cuando trato de entender, porque lo ve como una comparación. "No puedes comparar la vida que tú y tu hermana tienen con la mía", dice siempre. "Es muy diferente. Ustedes tienen mucha suerte."

Intento imaginar cómo habría sido si hubiera conocido a Len en un campo de refugiados, sabiendo, como mamá, que no quería que nada (ni nadie) me detuviera si lograba encontrar la manera de llegar a Estados Unidos. En verdad, es difícil imaginarlo siquiera en un lugar como ése. Probablemente no se hubiera jugado beisbol en ese campamento. ¿Me hubiera gustado? ¿Habría desperdiciado mi oportunidad de dejar el país por él? ¿Quedarme con él habría significado un error? Ella tiene razón, en cierto modo. Parece difícil saberlo.

—Muchos hombres no eran buenos en el campamento —dice mamá—. Hubo uno que incluso dejó embarazada a una niña. También me perseguía a mí, pero yo era demasiado inteligente. Un día, no me dejaba en paz, sin importar por dónde caminara, así que corrí hacia la calle donde se quedaba un amigo de la familia y me escondí allí hasta que A Gūng vino a buscarme.

Nunca había escuchado esta historia, y me sorprende el tono casual con que la narra, cómo el punto crucial implica que mamá se ve a sí misma como una tramposa, en lugar de una posible víctima de agresión sexual, siendo menor de edad. Cómo acepta simplemente la falacia de que un crimen como ése puede evitarse con sólo ser lo suficientemente inteligente.

—Esto es horrible —pienso en las fotos color sepia de cuando mi mamá era más joven, con el rostro ovalado y el cabello reunido en gruesas trenzas. Se parecía a Kim, pero su expresión de ojos abiertos era siempre la misma: sin sonreír, con la boca curvada hacia abajo, como si no confiara, y no quisiera confiar, ni en la cámara.

—Sí, ¿lo ves? Debes tener cuidado cuando eres una niña. No puedes permitir que otros te lastimen —mamá me mira fijamente y pronuncia, como si fuera la gran moraleja de la lección—: No hagas nada estúpido.

Me doy cuenta de que todo es lo mismo para ella. O bien, cree que pensar que todo es lo mismo es la única forma de preservarse. Me recuerda la forma en que insiste en tomar una cápsula de Tylenol Máxima Eficacia cada vez que aparece el síntoma más leve de un resfriado. "Tienes que combatir los gérmenes pronto", dice, sin importar cuántas veces Kim y yo le expliquemos que Tylenol no funciona como antibiótico y, de cualquier manera, los resfriados son causados por los virus, no por las bacterias.

Es fácil no hacer caso a las creencias de mamá sobre los gérmenes, pero cuando se trata de sexualidad, es otra historia. Odio admitirlo, pero su convicción me desconcierta. Parte de esto se debe al hecho de que mi contraautoridad, también conocida como cultura estadounidense, parece estar dividida. ¿Besar a Len fue estúpido o empoderador? ¿Perdí algo de respeto por mí misma en el proceso? ¿Voy a resultar lastimada?

Enojada, levanto mi teléfono y me desplazo a través de los millones de notificaciones que se acumularon mientras yo estaba jugando con mi sentido del valor.

Primero, están los mensajes de Winona:

¿Cómo va el castigo?

¡Fue una gran movida! Todo el mundo está hablando de eso.

Espera, ¿dónde estás?

Y, por supuesto, de Serena:

¿¿¿¿¿QUÉ DEMONIOS?????

NIÑA, ERES IRREAL.

Pero también… ¿una genio?

¿Estás viendo todo lo que se ha publicado?

¿Dónde estás?

Elisa, ¿¿¿DONDE CARAJ… ESTÁS??? LLAMA O ESCRIBE

Tanto Winona como Serena tienen razón: la huelga está dominando la esfera de las redes sociales de Willoughby. Los comentarios son abrumadoramente positivos; supongo que eso es lo que queríamos.

@jennyphan03: Dios @elisquan dando un golpe por la igualdad de género y la libertad de expresión… qué reina. #metas

@fleur1618: ¡¡¡¡Muuuuy inspirada por @elisquan!!!!

@sayitagainsam: ¿Cuándo dejará el cargo @lendimartile?

#ElisaparaEditora

Un dolor de cabeza, que se agrava a cada segundo, me obliga a dejar de leer, y tengo que cerrar los ojos para que todo deje de dar vueltas alrededor.

28

Me recuesto sobre mi estómago para que mis piernas cuelguen al borde de la cama y los dedos sobre el teclado de mi teléfono. Empieza a ser incómodo porque no me he movido en al menos media hora, pero el tiempo parece no existir mientras escribo, borro y vuelvo a escribir, tratando de averiguar qué debo decirle a Len.

¿Qué pasó exactamente hoy? Todo parece tan extraño. Miro el último mensaje de texto que me envió, hace unos días.

Tenías razón.

Me hace sentir lo mismo que experimenté cuando nos estábamos besando, una especie de sacudida que hace que mi corazón palpite como si estuviera desesperado por estallar, como si gritara: *¡Déjame con él!* Me doy la vuelta sobre mi espalda, pero la inquietud persiste en mi cuerpo, como una comezón tan profunda que no sé cómo rascar.

De repente, aparecen los puntos suspensivos. Está escribiendo. Me siento sobre la cama, en alerta. Luego, su mensaje:

Pensé que habías dicho que debíamos dejar que esto se enfriara.

Mi sonrisa es tan amplia que se podría pensar que acaba de ser electa una mayoría femenina para el Congreso.

TÚ lo dijiste.

Su respuesta llega bastante rápido.

No, eso no suena a algo que podría haber dicho yo, para nada.

Exhalo algo entre bufido y sonrisa.

Tienes razón. En realidad, no parecía que quisieras parar.

Los "…" aparecen por un largo rato antes de que llegue su respuesta:

No.

Otra sacudida, una enorme que desencadena un nuevo florecimiento de esa rareza cálida e inquietante. Me doy cuenta entonces de que no es el sentimiento en sí mismo lo que no me resulta familiar, sino su persistencia. Porque no es que nunca hubiera imaginado que besaba a otros chicos… es que nunca imaginé lo que sucedería después de eso.

Pero ahora no sé qué me ha pasado. No puedo *dejar* de imaginar lo que podría pasar después de eso.

—¡Elisa! —grita mamá desde la cocina—. ¡Kim! ¡Hora de comer!

Me las arreglo para apartarme de mi teléfono para ir a sentarme al comedor, pero en lo único que estoy pensando es en qué tan rápido puedo regresar. Kim, que había estado entrando y saliendo de la habitación, me lanza una mirada divertida, pero no dice nada.

—¿Aún no has recibido noticias de ninguna de las empresas? —le pregunta mamá a papá, justo cuando él se lleva un bocado de arroz a la boca. Cuando deja su cuenco en la mesa, sólo quedan dos tercios de su arroz. Mamá dice que papá come muy rápido porque tiene seis hermanos, lo que significaba que, cuando era niño, no comer rápido significaba no comer nada.

Papá niega con la cabeza.

—*Aiyah* —reprocha mamá—. Lo que necesitas es una referencia. Siempre es más fácil si tienes a alguien dentro —mastica con gesto reflexivo—. ¿Qué hay con esos amigos que siempre vas a ver en las reuniones de la preparatoria Jūng Wàh? ¿Ninguno puede ayudarte a encontrar un trabajo?

Papá no dice nada, sólo pone un montón de *ong choy* salteado en su cuenco.

Mamá suspira.

—Tal vez debería llamar a Siu jē.

Después de la cena, mientras Kim y yo lavamos los platos, escucho a mamá hablando por teléfono en su dormitorio.

—*Wái, néih hóu Siu jē* —canturrea, haciendo que su voz suene más alegre de lo que ha estado en semanas—. ¿Cómo estás?

De vuelta en mi habitación, tengo mi libro de cálculo abierto en mi escritorio, pero en realidad he pasado el tiempo enviándole mensajes a Len. Apenas me doy cuenta de que ha oscurecido. Iluminada sólo por el brillo de la pantalla de mi teléfono, me pierdo en una conversación sobre nada y sobre todo.

Sobre el *tempura* de verduras que el padre de Len intentó preparar para la cena:

Len: Estaba demasiado húmedo, para ser honesto.

Yo: Jaja, ¿te lo comiste?

Len: Yo sí, pero mamá no.

Sobre el nuevo aparato de karaoke de nuestro vecino:

Yo: Podemos escucharlo interpretando canciones vietnamitas tristes a través de la pared de la sala.

Len: ¿Es bueno?

Yo: No, en realidad. Kim está a punto de enloquecer porque ella sí está estudiando. No como yo...

Len: Oh, ¿alguien más te está distrayendo?

Sobre Joan Didion, cuyos libros (por supuesto) estaban regados por su casa, esperando que él mostrara algún interés:

Len: Puedo ver por qué te gusta. Escribe con tanta precisión que casi duele. Como si sólo estuvieras tú y estos hechos de los que no puedes apartar la mirada.

Yo: ¡Exacto! Es austera, pero en el buen sentido.

Len: Supongo que podría ser de mi tipo.

Sobre la banda favorita de Len:

Len: Son de esta ciudad costera, tal vez a media hora de aquí. Los escuché por primera vez gracias a Luis.

Yo: Espera, ¿Luis tiene buen gusto musical?

Len: ¡No odies a mi buen Luis! Su novio está en una banda, así que sabe de qué se trata.

Yo: Bien, ¿de qué tipo de música estamos hablando?

Len: Imagina surfistas drogados a la luz de la luna con un grupo de doo-wop. Pero con letras que realmente pueden llegarte.

La novedad de esto (encontrar que la expresión más elocuente de la conversación puede provenir de otra persona que no sea yo) me produce vértigo. Me pongo los auriculares, me recuesto y escucho todos los enlaces que me envía Len, buscando fragmentos de él entre las notas de cada canción.

Yo: De acuerdo, son bastante buenos.

Len: Sí, en realidad son incluso mejores en vivo. Podríamos ir, si quieres.

Antes de que pueda preguntarme si Len acaba de invitarme a salir en una cita y, si es así, cómo debería responder, mamá me grita desde la sala.

—¡Elisa! ¿Puedes enviarle un correo electrónico con el currículum de papá a mi amigo Siu? Su tono me hace darme cuenta de que lo mejor será que ponga en pausa la conversación con Len.

Regreso en un minuto, mamá quiere que ayude con algunas cosas del trabajo para papá.

Tomo mi computadora portátil y mando el correo electrónico, con tanta prisa que casi olvido incluir el archivo adjunto. Entonces, aparece el siguiente mensaje de Len, con un *ping* que ahora es el sonido exacto de la alegría, como una notificación en la parte superior de la pantalla de mi computadora:

Oh, sí, ¿cómo va todo eso?

Dudo antes de responder, mi niebla eufórica se desvanece un poco.

No lo sé. No tan bien, supongo. Mamá definitivamente está nerviosa.

Por primera vez en toda la noche, noto los murmullos de la conversación de mamá y papá en el pasillo. Me hundo contra mi silla.

Supongo que yo también estoy un poco preocupada.

Los puntos suspensivos en la pantalla se han vuelto extrañamente reconfortantes.

¿Puedo hacer algo para ayudar?

Qué pregunta tan inútil e irreal: ¿qué podría hacer él? Y, sin embargo, sus palabras me envuelven como un abrazo que no sabía que necesitaba. Porque tengo la sensación de que si le *pidiera* que hiciera algo ahora mismo, dejaría todo y lo haría.

Mientras le doy vueltas a todo esto en mi cabeza, casi no me doy cuenta de que Kim aparece en la puerta de nuestra habitación, y apenas consigo cerrar mi computadora portátil a tiempo.

Kim se mete en la cama y se sienta contra las almohadas, con las rodillas dobladas bajo su viejo edredón con el estampado rosa de Hello Kitty. Ahora está fingiendo leer un artículo, con el plumón resaltador en mano, pero sé que en realidad está tratando de adivinar a quién le he estado enviando mensajes.

Tal vez sea mejor que termine por esta noche. Tomo mi teléfono de nuevo.

No, está bien. Pero tal vez debería trabajar en mi tarea de cálculo ahora.

Su respuesta, que llega a la velocidad del rayo, no es una para la que estuviera preparada:

De acuerdo, yo también. ¿Quieres que comparemos las respuestas?

Nunca pensé que esa pregunta pudiera emocionarme tanto, pero es porque nadie me lo había dicho tan en serio como él ahora: *Espera, no cuelgues el teléfono. Todavía quiero hablar contigo.*

Prácticamente río en voz alta mientras respondo:

Sí, claro.

—Pareces estar de buen humor —opina Kim detrás de sus páginas fotocopiadas. La ignoro, pero es verdad.

Estoy de mejor humor una hora más tarde, mientras estamos trabajando en el conjunto de problemas, cuando me doy cuenta de que hay algo en lo que Len DiMartile no es bueno después de todo: calculando derivadas.

Eres terrible en esto, bromeo, después de que se equivocó en tres seguidas. **Parece que finalmente descubrí tu debilidad.**

276

Cuando llega su respuesta, no puedo decidir si sentirme avergonzada o regocijada.

Creo que has encontrado más de una.

Una cosa es cierta: me hace desear que Kim no estuviera en la habitación.

29

Al día siguiente en la escuela, Len y yo seguimos a través de un acuerdo tácito para que parezca que todavía nos estamos evitando el uno al otro. Parece lo más razonable por ahora, porque, para ser franca, todavía no estoy segura de qué hacer con todo esto. O qué es todo "esto" siquiera. Así que no nos miramos a los ojos, nos decimos muy poco en las clases que tenemos juntos y en ningún momento nos acercamos lo suficiente para tocarnos.

Lo que nadie sabe, sin embargo, es que nos estamos mensajeando todo el tiempo. Anoche, lo hicimos mucho después de haber terminado el conjunto de problemas de cálculo, mucho después de que ambos deberíamos habernos ido a dormir, y puedo verlo ahora en su rostro: está un poco más pálido de lo habitual y unas leves ojeras comienzan a formarse bajo sus ojos. Pero también hay algo en su sonrisa furtiva y la forma en que se ilumina cuando nadie está mirando. Yo también lo siento, una especie de euforia nerviosa que existe justo en la parte de ser descubierto.

Durante el almuerzo, cuando veo a Len en la sala de redacción del *Bugle*, le doy un artículo para que lo edite y luego se queda un rato hablando con Tim.

—Entonces, DiMartile —dice Tim—, ¿vas a renunciar o qué?
Me pongo los auriculares y finjo estar muy concentrada en la pantalla de mi computadora, pero siento que Tim me echa un vistazo.

Len está sentado en un mostrador en uno de los costados del salón, con los pies apoyados en una silla. La inclina hacia delante, luego hacia atrás, cada vez la deja caer sobre la alfombra con un golpe sordo.

—Lo sigo pensando.

El señor Powell está fuera hoy, porque es uno de los acompañantes de la excursión anual de estudiantes de último año a Villa Getty. James también está fuera, por el mismo evento, lo que significa que Len no ha tenido la oportunidad de contarles a ninguno de los dos sobre su plan de renuncia. Para los dos, tenía sentido que el señor Powell y James fueran los primeros en saberlo, así que Len ha estado jugando con calma cada vez que alguien más le ha preguntado.

—Hombre, ¿en serio? —Tim baja la voz—. Tú fuiste el elegido en una votación justa. ¡No dejes que te intimiden!

Len ríe.

—Sin embargo, ella *está* más calificada que yo —señala—. Lo sabes.

—*Yo* estoy más calificado que tú, amigo. Ése no es el punto.

—Parece que entonces tú deberías haber participado en la elección, O'Callahan. Perdiste tu oportunidad.

Tim cruza los brazos sobre el pecho y ríe.

—¡Supongo que sí!

Después de un rato, comienzan a hablar sobre cómo les está yendo a los Dodgers esta temporada, y dejo de prestarles atención. Entonces, mi bolsillo zumba.

¿Quieres ir a mi casa hoy?

279

Pongo mi teléfono debajo del escritorio y trato de no sonreír.

Yo: ¿Para hacer qué?

Len: Cálculo, por supuesto.

Len no me está mirando, pero está sonriendo a lo grande en su teléfono. No sé exactamente qué es este sentimiento, pero es como usar un suéter en extremo molesto y áspero que también, de alguna manera, te mantiene caliente por dentro. En realidad, no gano mucho con hacer la tarea de cálculo contigo. Sólo digo.

Su teléfono recibe una pequeña sonrisa que es para mí, y escribe una respuesta antes de regresarlo a su bolsillo:

Bueno, entonces no hagamos tarea.

Al otro lado del salón, se baja del mostrador.

—Voy a buscar algo de comida.

—Sí, yo también —Tim se echa la mochila al hombro y luego, cuando pasa por donde estoy sentada, dice—: Nos vemos, Elisa.

Len, detrás de él, levanta una palma abierta hacia mí, como una ocurrencia tardía en respuesta a la ocurrencia tardía de Tim.

—Adiós —mientras los veo desaparecer por la puerta, la sala de redacción no parece tan viva como hace unos segundos.

Dios, ¿qué me está *pasando*?

Mi teléfono vibra de nuevo y lo agarro como si no hubiera recibido noticias de Len en días.

Haremos lo que tú quieras.

En ese momento, Cassie entra en la sala de redacción, con la cámara alrededor del cuello como de costumbre. Estuvo fuera de servicio antes de las clases, así que no la he visto desde ayer por la tarde. Me doy cuenta de que todavía lleva puesto el pin *SOY FEMINISTA.*

—¡Hola, Elisa! —su sonrisa es enorme—. Chica, me alegro de haberme encontrado contigo. Quería mostrarte las fotos de la huelga —se deja caer frente a la computadora con la chamarra torcida, deja caer los libros y la bolsa del almuerzo al suelo. Pero se quita la cámara del cuello y la acomoda suavemente, como si fuera un bebé—. Tengo que subir algunas fotos nuevas de esta mañana —explica, conectando la cámara a la computadora—. Pero las de la huelga ya están aquí.

Acerco una silla a su lado mientras abre la carpeta.

—Vaya —digo, mientras las imágenes parpadean en la pantalla—, son muy buenas, Cassie.

Y es verdad. Hay tomas brillantes y soleadas de todos nosotros reunidos en el patio, de todos sonriendo y gritando y sosteniendo carteles, de maestros mirando con curiosidad a través de las puertas abiertas. También hay tomas mías, por supuesto, caminando con los ojos vendados entre Winona y Serena, subiendo a la mesa, blandiendo mi espada en el aire.

No creo que alguna vez me haya visto tan fantástica en mi vida.

—Fue *genial,* Elisa —dice Cassie—. Me sentí orgullosa de estar allí. Probablemente sea lo más emocionante que he fotografiado para el *Bugle.*

—Sí, bueno, ¡hiciste un gran trabajo!

Cassie parece halagada por mi genuino cumplido, pero niega con la cabeza.

—No, yo sólo estaba tomando fotos. Tú eres la que hizo algo.

Parte de mi almuerzo comienza a agriarse en mi estómago.

—No hice *gran* cosa.

—¿Estás bromeando? —Cassie hace un gesto de incredulidad en la pantalla de la computadora, que ahora muestra una foto mía en primer plano, con mi corona trenzada brillando a la luz—. Adoptaste una gran postura a favor de lo que creías —dice—. No mucha gente es lo suficientemente valiente para hacer algo así.

Me muevo en mi asiento, sintiéndome cada vez más mal.

—No lo sé. Básicamente, me rendí al final.

—¡No, te enfrentaste al doctor Guinn! —grita Cassie—. No dejaste que castigara a todos sólo por hacer oír tu voz. ¡Estabas luchando contra el patriarcado!

Me las arreglo para no vomitar sobre la computadora, pero sólo un poco.

De alguna manera, consigo pararme y murmurar algo sobre la necesidad de detenerme en mi casillero antes de la clase. Luego, recojo mis cosas a toda prisa y me despido de Cassie antes de salir corriendo.

Mientras me apresuro a cruzar el patio, me siento bruscamente reconectada con los detalles de la solidez del mundo: el asfalto desigual bajo mis zapatos, la implacable luz del sol en mi frente, el bullicioso ruido de la multitud a la hora del almuerzo. Las preguntas que he estado evadiendo ahora me están cercando. ¿Qué significará si Len renuncia y luego todos se enteran de que hemos estado juntos? ¿Y si no renuncia? ¿Seguiremos juntos?

¿Ligar es lo único que estamos haciendo? En realidad, no lo siento así, pero no tengo idea. La última vez que me pasó algo parecido, apenas llegué a nada con Bertram. Nunca antes había sido la novia de nadie. ¿Quiero ser novia de Len?

Este último pensamiento hace que mis entrañas se contraigan al menos de tres formas diferentes.

Busco en mi teléfono y releo el último mensaje de Len: **Haremos lo que quieras.** Mi corazón, por supuesto, palpita al verlo. Pero es tan fácil para él decir eso, ser galante y complaciente. Porque si la verdad sale a la luz, no es su identidad la que se reducirá a una sola relación. No, soy yo la que no quiere que nadie lo sepa. Porque soy yo de quien todos hablarán y dirán que estoy haciendo algo mal.

Le escribo un mensaje a Len y presiono enviar antes de que cambie de opinión.

Gracias, pero creo que tendré que pasar.

Su respuesta es casi instantánea.

¿Sí? ¿Cómo así?

Maldita sea, Len.

Porque las cosas se complican cuando voy a tu casa.

Y definitivamente, no necesito más de eso.

30

L amentablemente, olvido que se supone que nuestro equipo de *Macbeth* tendrá otra reunión esta tarde, dado que la función ya es el lunes. Al parecer, tampoco lo recordaba Len. Ryan, de entre todas las personas, es quien me lo recuerda durante la clase de Inglés.

—¿Vas a casa de Len hoy? —pregunta, deteniéndose en mi escritorio.

Doy un salto de tal vez diez centímetros en mi asiento. Entonces sé de qué está hablando.

—Oh —mi cara se sonroja—. ¿Tenemos que hacerlo? Todos conocemos nuestras líneas, ¿no es así?

—Tú eres la que dijo que necesitábamos ensayar más —dice Ryan—. Creo que tus palabras exactas fueron: "Especialmente por tu bien, Ryan".

—De acuerdo, lo lamento. No debería haber dicho eso. Lo estás haciendo bien.

Ryan tiene problemas para entenderme.

—Elisa cree que ya no tenemos que ensayar —le dice a Len, que va pasando.

—Qué poco característico de ella —comenta Len.

—¡Eso es lo que estoy diciendo!

Sin embargo, cuando se consulta el tema con Serena, ella plantea un tema más crucial:

—Todavía tenemos que decidir sobre nuestros disfraces, ¿no es así? ¿Para conseguir los puntos extra?

Demonios.

—Bueno, podemos encontrarnos en el patio —digo—. No necesitamos ir a otro lado.

—Sobre todo, no a mi casa —interviene Len.

—Me refiero a la de cualquiera —le dirijo una mirada de advertencia que finge no ver.

Por fortuna, la atención de Serena ya está de vuelta en su teléfono.

—Claro —dice con amabilidad—, como sea.

* * *

Después de la escuela, nos reunimos los cuatro en la mesa del almuerzo bajo el gran roble. Len lleva, inusualmente, una gorra de beisbol del equipo de Willoughby. No creo haberlo visto usando una desde antes de que se uniera al *Bugle*. Parece que su cabello está creciendo de nuevo.

Len se sienta a mi lado, actuando de forma totalmente natural, y hace que mi ritmo cardiaco se acelere. ¿Qué cree que está haciendo al acercarse tanto? Nunca respondió a mi último mensaje de texto, así que me pregunto si ésta es su idea de una forma divertida de responder.

Me escabullo y le doy un golpecito a la visera de su gorra.

—¿Qué hay con esta gorra?

—Len y yo tenemos una idea para el vestuario —Ryan saca su propia gorra de beisbol de su mochila y la gira hacia

285

atrás sobre su cabeza. Luego se cruza de brazos, hincha el pecho y le da un codazo a Len—. Vamos, muéstrales.

Len, obedientemente, gira su gorra y adopta una postura similar, aunque luce un poco avergonzado. Su sonrisa hace que sus ojos se arruguen como lo hacen normalmente. Se ve absurdo y también muy lindo.

Serena estalla en carcajadas.

—No lo entiendo —frunzo el ceño con fuerza, intentando mantener cierta compostura—. ¿Son... del barrio?

—¡Sí! —Ryan está exultante—. Soy un genio, ¿verdad? ¡Es como esfuerzo cero!

—De acuerdo, no —empiezo a levantarme de la mesa.

—Hey, espera —Len me agarra del codo—. Escúchalo.

Me quito su mano de encima, pero me siento de nuevo, aterrizando lo suficientemente cerca como para rozar su cadera. Me niego a dejar ver que me he dado cuenta.

—Bien. Estoy escuchando.

—Y entonces estaba buscando algunos resúmenes de *Macbeth* en YouTube...

—Ryan, ¿no has leído la obra?

—¡Claro que sí! Algunas partes.

—¿Qué partes?

—... Mi parte.

Prácticamente golpeo a Len cuando me abalanzo sobre Ryan.

—¿Estás hablando en serio?

—Hey, mientras tenga sus líneas memorizadas, ¿por qué te importa? —Len tira de mí hacia abajo, junto a él—. Deja que el hombre hable.

—Gracias, amigo —Ryan le dirige un gesto de agradecimiento y yo pongo los ojos en blanco—. *Como estaba diciendo,* estaba viendo estos videos y, en uno de ellos, Macbeth era un chavo del barrio que quería ser presidente de su fraternidad...

—¿Me estás diciendo que esta sugerencia absolutamente estúpida ni siquiera es una idea original?

Ryan parece molesto.

—¿Por qué tienes que ser tan negativa, Elisa?

—¡No es un disfraz si te vistes como tú!

Len se inclina y, durante unos breves segundos, nuestros hombros se tocan, lo suficiente como para que pierda la noción de si es la locura de Ryan lo que me hace sentir alterada o algo más.

—Bueno, técnicamente, sería un disfraz para ti —dice Len, casi en mi oído. Luego se endereza y vuelve a sonreír—. Y para ti también, Serena.

A diferencia de mí, Serena ha sido bastante optimista sobre toda esta situación. Se acerca y roba la gorra de Len, para ponerla enseguida en mi cabeza, con gesto pícaro.

—Veamos —dice, ajustando la visera—. ¡Elisa, danos tu mejor cara del barrio!

—Esto es estúpido —me quejo. Pero en un impulso, saco la barbilla y comienzo a asentir con la cabeza.

Serena se derrumba en un ataque de risa, y no puedo evitar esbozar una sonrisa tonta.

—¡Te sale natural! —bromea.

Len también ríe, pero, curiosamente, no hace ningún comentario, y su mirada permanece de una manera tranquila que se siente como si sólo tuviera que ser para mí.

De repente, me quito su gorra de beisbol y la dejo caer sobre la mesa.

—¿Esto significa que todos estamos de acuerdo con la idea? —pregunta Ryan, esperanzado.

Me levanto y doy algunas zancadas por el césped, tratando de recuperarme.

—Seguiremos con eso por ahora, hasta que se me ocurra algo mejor —anuncio con energía—. Pero comencemos a ensayar, ¿de acuerdo?

Después de repasar nuestras escenas un par de veces, los chicos deciden comer un snack y me siento casi aliviada cuando los veo caminar hacia las máquinas expendedoras. Estoy dejando escapar un suspiro cuando Serena dice:

—Entonces, ¿qué pasa contigo y Len?

Me da un ataque de tos. A lo lejos, Ryan está poniendo algunas monedas en la máquina mientras Len espera detrás de él.

—¿Qué? —los observo porque no puedo mirar a Serena a los ojos.

—Parece que está pasando algo —bromea—. No te estarás enamorando de él, ¿verdad?

—No —digo, demasiado a la defensiva—. Para nada.

Serena está disfrutando mucho todo esto hasta que me mira a la cara.

—Oh... —dice, como si se estuviera dando cuenta de algo.

Me entra el pánico.

—¿Qué?

Serena se inclina seriamente, como si fuera mi abogada y necesitara saber la verdad. Hace una pausa muy larga, con la cabeza inclinada y los ojos entrecerrados.

—¿Estás... ligando con él?

Las últimas sílabas suben a las alturas de la incredulidad y quiero morir. Intento que mi mente se quede completamente en blanco, pero, como una gran traidora, salta a la tarde de ayer y a la recámara de Len.

—Mierda —Serena se tapa la boca—. Lo estás —casi se ríe, pero no sé si es porque está divertida u horrorizada.

—No estamos ligando —alego.

Serena me evalúa de una manera que sugiere que es extremadamente escéptica sobre esta afirmación.

—Sólo sucedió una vez —titubeo, preparándome para la inminente explosión.

Pero lo único que Serena logra decir es:

—Vaya.

Se abanica, como si estuviera imaginando un lugar especial en el infierno para las feministas que ligan con el enemigo.

—Lo siento. En realidad, tienes razón. Fue una decisión horrible.

—Puedes decir eso de nuevo —Serena niega con la cabeza—. ¡De entre todos los chicos, Elisa!

Dejo que mi frente caiga sobre la mesa.

—Lo sé, lo lamento —me pregunto si las cosas mejorarán para mí si mantengo mi rostro plantado allí.

Pero entonces, Serena me sorprende.

—Está bien —dice, en el tono de alguien que está a punto de limpiar un gran desastre.

Parpadeo hacia ella, con mechones de mi cabello cayendo frente a mis ojos.

—¿Qué?

—Lo entiendo —se encoge de hombros—. Es atractivo y es deportista. Es como, ¿tienes pulso o qué?

Ambas observamos a Len, que está estirando los brazos sobre su cabeza de modo que su sudadera sube hasta la mitad de su espalda, llevándose la camisa con ella.

—Ya no es un deportista en realidad —intento explicar.

Serena arroja la gorra de beisbol de Len frente a mí.

—¿No?

Me estremezco.

—¿Sabes? Siempre pensé que tu tipo sería más como un James Jin. Pero supongo... —suena casi melancólica—. Es difícil resistirse a un jugador de beisbol, ¿eh?

Abro la boca para discutir la implicación de que Len es sólo un jugador de beisbol, pero luego la cierro, porque no estoy segura de estar lista para decirlo en voz alta.

Serena gira su brazalete alrededor de su muñeca en un movimiento meditativo.

—¿Asumo que no le has dicho a nadie más?

La pregunta me recuerda que Winona ahora es parte del "nadie más", lo que me hace sentir más mierda.

—Todavía no.

—Bueno, déjalo así —suspira, es una exhalación larga y hastiada—. Si hubiera sido literalmente cualquier otro chico...

—Lo sé —digo, frotándome las sienes.

Serena me evalúa con mirada intensa.

—Esta división en la escuela es mayor que tú y Len ahora. Entonces, sea lo que sea que esté sucediendo entre ustedes... termínalo.

Sus palabras tienen una certeza amenazante, y estoy helada tanto por su convicción como por mi incapacidad para estar a su nivel.

—Eres una niña —advierte Serena, cuando no respondo—. Len recibirá una palmada en la espalda, pero la sentencia de los demás te destrozará a ti. No sobrevivirás si esto sale a la luz.

Los chicos ya vienen de regreso a nuestra mesa ahora.

—¿Qué encontraron? —pregunto cuando se acercan, porque no tengo ni idea de qué más decir.

—Pasas —dice Ryan, con la boca llena.

Len me muestra su bolsa de mezcla de frutos secos y la tiende hacia mí. Me estiro para tomar algunos, pero Serena me intercepta.

—Entonces, Elisa —ronronea, rodeando mi hombro con el brazo—. Vendrás a esta fiesta conmigo mañana por la noche, ¿verdad?

La miro confundida.

—Qué...

—Ambas deberíamos salir —interrumpe Serena—. Será una oportunidad para conocer a algunos chicos.

—¿Qué hay de malo con los chicos que ya conocen? —se queja Ryan, frunciendo el ceño.

Serena le regala una sonrisa gentil.

—¿Qué fiesta? —la pregunta de Len es casual, combinada con un puñado de su mezcla de frutos secos.

Serena lo deja en suspenso con un coqueto movimiento de hombros, pero entonces responde Ryan.

—Nate Gordon es el único que tiene una fiesta mañana.

—Ah —dice Len, como si todo esto fuera muy esclarecedor.

Serena lo sabe, le envío un mensaje a Len más tarde, mientras espero a mamá en el estacionamiento de la escuela. Lo descubrió.

Len: ¿En serio? ¿Cómo?

Yo: ¿A qué te refieres con "cómo"? ¡Te leyó como un libro abierto!

Len: ¿A mí? ¡Me mantuve del lado de Ryan y en contra tuya todo el tiempo!

Yo: Bueno, lo sabe. Y no está encantada con la idea.

Len tarda un par de segundos en reaccionar ante esto, y cuando lo hace, su tono ha perdido algo de su ligereza. **Hombre, lo siento, Elisa. ¿Vas a estar bien?**

Trato de ocultar mi anhelo de que Len conduzca de regreso y me abrace, dejando que mi cara se hunda en su pecho hasta que todo se sienta bien. Sería tan sencillo pedírselo, y él vendría corriendo, excepto que eso es exactamente lo que no puede suceder. **Serena dijo que mantendrá el secreto. Pero... también dije que era algo de una sola vez.**

Hay una pausa antes de que vuelva a responder: **Eso es técnicamente cierto. Sólo ha sido algo de una sola vez. Casi.**

Me apoyo en uno de los postes de cemento del estacionamiento y muerdo mi labio. Luego escribo lo que en verdad no quisiera escribir: **Probablemente debería quedarse así, como quedamos al principio. Y deberíamos dejar de hacer esto también.**

Los puntos suspensivos parpadean durante un rato antes de recibir su respuesta: **¿Dejemos de hacer qué?**

De repente, el sol de la tarde se siente insoportable. **No lo sé, esto, sea lo que sea. Todos estos... mensajes.**

Len no responde durante unos minutos y mi piel comienza a sentir un hormigueo por todas partes, como el comienzo de una quemadura de sol. Me pregunto si Len acaba de decidir que no responderá. Pero responde. **Bueno. Entonces supongo que te veré después...**

Mi corazón se detiene. ¿Esto debe ser así? Trago saliva.

Nunca, nunca he llorado por un chico, pero siento que tal vez, ahora, puedo entender por qué alguien podría hacerlo.

Len, sin embargo, sigue escribiendo y su siguiente mensaje me hace reír a carcajadas, aunque no estoy segura de si es por exasperación o por alivio.

En casa de Nate Gordon.

31

Unos veinte minutos después de que le diga a Serena que iré a la fiesta con ella, Winona me envía un mensaje de texto.

Serena está tratando de obligarme a ir a una fiesta mañana por la noche. Dice que tú irás.

¡Ay! Supongo que tiene sentido que Serena también quiera que vaya Winona, pero ella no sabe la batalla que le espera.

Yo: Sí, supongo.

Winona: ¿¿¿Por qué???

Definitivamente, no tengo una buena respuesta, así que trato de ceñirme a los hechos.

Yo: Estuvo insistiendo, y es difícil decirle que no. Sabes cómo es.

Winona: Uf, sí, lo sé. Ése es justo mi punto.

Serena, de hecho, ha sido muy persistente con sus mensajes de texto, y ahora llega otro:

¡¡¡¡¡Será tan divertido!!!!! Te hará olvidar a Len.

Correcto… Len. Lo último que supe de él fue esta tarde, cuando le pregunté si en verdad iría a la fiesta de Nate Gordon y respondió con un solo emoji: 🐵

Esto es bueno, ¿cierto? Estamos dejando que las cosas se enfríen, como dijo Serena que debíamos hacer. Justo como yo quería. Está casi bien, tal vez, que todavía no le haya contado a Winona nada sobre la situación.

Excepto que no está bien. Para nada. Y parece que cuanto más espero, es peor. Escribo algo ahora.

Hey, quería contarte que estuve con Len. Sí, el Len que convertimos en el modelo del patriarcado. Pero no fue la gran cosa. En serio.

Presiono la tecla de retroceso una y otra vez, como si temiera que mi teléfono fuera a enviar el mensaje si no lo elimino lo suficientemente rápido. Sabía desde el principio que la confesión no sería fácil, pero ahora es demasiado tarde. Su reacción hará que la de Serena parezca casi una felicitación.

Yo: Serena no es tan mala como parece.

Winona: Acabas de beber el Kool-Aid Hwangbo.

Pero, cinco minutos después, llegan más mensajes de texto:

Maldita sea, Elisa. Ella está haciendo estallar mi teléfono. Tuve que ceder para mantener mi cordura.

Para distraerla, me ofrezco como voluntaria para pasar todo el domingo filmando *Los caminos de entrada*, y me doy cuenta de que el plazo vence en menos de una semana. En todo el caos de los últimos días, no he pensado en la película ni una vez, y reconocerlo agrega una nueva capa a la culpa que ya se ha congelado en mi pecho.

Al menos arreglaré eso, me prometo. Después de mañana por la noche, una vez que este absurdo asunto con Len haya tenido la oportunidad de resolverse, volveré al modo de productora por completo, para que podamos terminar esto y asegurar una ovación digna de un galardón. El Festival Nacional de Jóvenes Cineastas se enfrentará a un gran éxito de Winona Wilson. Yo me aseguraré de ello.

*　*　*

El sábado, mamá y papá discuten en grande. Bueno, en realidad es más mamá gritando y papá sentado a la mesa del comedor, irritable y silencioso. Sus peleas suelen a ser sobre todo en vietnamita, con sólo algunas interjecciones en cantonés, y ésta no es una excepción.

—¿Por qué tengo que encargarme de todo en esta familia, *há*? —se lamenta mamá.

Desde el sofá, miro con aprensión a Kim, que está sentada en su escritorio en la sala, estudiando. La lámpara fluorescente del techo es demasiado penetrante para la tarde.

—Todo esto es por *tu* trabajo —dice mamá—. Tú deberías encargarte de buscarlo, de preguntar por ahí. ¿Por qué tengo que hacer todas las llamadas telefónicas por ti? ¿Crees que me gusta pedir ayuda a la gente? ¿Crees que no me siento avergonzada?

Papá sigue sin decir nada. Kim y yo empezamos a recoger nuestras cosas e intentamos escabullirnos a nuestra habitación sin que nos vean, pero quedamos atrapadas en la vorágine.

—Por supuesto que no me gusta hacer ninguna de esas cosas. Pero lo hago por ellas —mamá nos señala por encima de la estufa—. Por *tus* hijas —enfatiza, como si él hubiera olvidado que tiene hijas.

—Si regresara a trabajar en un restaurante, para mañana ya tendría un empleo —dice papá. Suena irritado.

296

—¿Y qué? ¿No volver a estar en casa? Elisa está a punto de terminar la preparatoria y Kim está en la universidad. ¿Cuándo vas a pasar tiempo con ellas?

—Algunas cosas no se pueden evitar —dice papá—. Es el destino.

Mamá hace un sonido de desdén; el desprecio es lo suficientemente afilado como para cortarme las entrañas.

—Eso es correcto. No sé qué te hice en una vida pasada para ser maldecida con este sufrimiento —mamá dice cosas como éstas todo el tiempo cuando está enojada, incluso a Kim y a mí.

A veces, se sumerge en ese estado y arroja cuanta granada emocional que tenga en sus manos; no puedo hacer mucho más que mirar con un horror distante, como si ella estuviera haciendo un espectáculo detrás de un vidrio.

—Si fueras un tipo de hombre diferente —continúa mamá— no tendría que preocuparme por nada. No se trata de dinero o de encontrar un trabajo. ¡Debería haberme casado con un hombre capaz de cuidar de mí!

Sigo a Kim al pasillo. Me hace señas para que me quede callada, luego abre la puerta de nuestra recámara. Entramos de puntillas y nos encerramos lentamente para evadir el ruido. Me recuerda a cuando éramos más chicas, cómo nos metíamos juntas en el clóset y esperábamos, entre faldas largas y pantalones, a que terminara la crisis. Ha pasado un tiempo desde la última vez que lo hicimos.

—*Puaj* —ruedo sobre mi cama—. No puedo creer que haya llegado tan lejos.

—Ella no lo decía en serio —dice Kim automáticamente, sentándose en el borde de su propio colchón.

—No lo sé...

—No va a dejar a papá, si eso es lo que estás pensando. No haría algo así.

—Lo sé. Pero ni siquiera estoy hablando de eso. Me refería a la parte de casarse con un hombre capaz de cuidar de ella. No me gustaría que un hombre cuidara de *mí*.

—Siempre has tenido a alguien que cuide de ti —dice Kim—. Así que es fácil para ti decir eso.

—Bueno, me refiero a cuando sea mayor.

—Es posible que te resulte más difícil de lo que crees.

Kim puede ser muy molesta a veces. Siempre actúa como si fuera mucho más madura que yo, sólo porque es un poco mayor. Tampoco ha tenido mucha más experiencia en la vida. Todavía vive en casa, después de todo. Quiero decirle que no soy como ella, que no tengo miedo de qué tan difícil pueda ser. Pero ya se está poniendo los auriculares, así que vuelvo a la lectura de *La vida: instrucciones de uso*.

* * *

Después de la cena, le digo a mamá que me voy a casa de Winona. Ella todavía está tan enganchada en la discusión con papá que no pregunta nada, lo que me da el valor para solicitar un permiso para llegar más tarde.

—¿Puedo quedarme con ella hasta la medianoche? —pregunto—. Winona y yo tenemos mucho trabajo que hacer con todo esto de su película.

—Está bien.

—¿Lo escuchaste? —le digo a Kim, porque necesitaré que sea mi respaldo si mamá olvida que estuvo de acuerdo con esto—. A la medianoche.

Kim pone los ojos en blanco.

—Sí, seguro.

Más tarde, sin embargo, mientras estoy parada frente al espejo del baño, Kim se acerca y se apoya en el marco de la puerta. Se encuentra con mi mirada en el espejo mientras peino mi cabello húmedo en dos trenzas.

—Elisa, ¿tienes novio?

Hago una pausa en la mitad de la trenza, preguntándome si tal vez mamá no estaba tan distraída después de todo.

—¿Mamá te pidió que me lo preguntaras?

—No.

—Entonces, baja la voz, ¿quieres?

Termino la trenza y aseguro el extremo con una liga.

—¿Así que tienes novio? —el rostro de Kim se ilumina como si alguien acabara de poner un gran helado frente a ella.

—No —digo de nuevo.

—Pero obviamente hay un chico...

—¿Qué se supone que significa eso?

—La otra noche estuviste mensajeándote con alguien hasta muy tarde. No creas que no me di cuenta.

Al parecer, no ha notado la pausa actual de los mensajes.

—Me acosté a las once anoche.

—Está bien, pero ahora te estás tomando la molestia de peinarte —Kim señala mi cabello.

Odio que tenga razón. Otras chicas, incluida Kim, se preocupan por su cabello todo el tiempo. Pero yo no, y ahora me siento cohibida por intentarlo. Cuando te ves de cierta manera todos los días, y la gente está acostumbrada a verte así, se siente como si cualquier cambio llamaría demasiado la atención. El tipo de atención equivocado. Porque una chica seria y que se respete a sí misma querría ser notada por su mente, no por su apariencia. ¿Cierto?

Kim aprieta los labios en una de sus sonrisas de complicidad. Luego abre un cajón.

—Rocía esto sobre tu cabello —me entrega una lata metálica de color verde azulado—. De lo contrario, las ondas no durarán mucho.

—No quiero ondas —digo, aunque sí quiero. Cambio de tema—. ¿Puedo tomar prestado tu auto esta noche?

—Sólo si admites que hay un chico.

—Voy a una fiesta —a veces, la única forma de evitar decir una verdad es decir otra verdad.

—¡En serio! —exclama Kim.

—Sí. Entonces, ¿qué dices del auto?

—Bueno —Kim se cruza de brazos y sonríe—. ¿El chico va a estar en la fiesta?

—¡Kim!

Me sonríe con cariño antes de darse la vuelta para alejarse.

—Me alegro de que finalmente entiendas que está bien preocuparse por cómo te ves.

Me miro en el espejo de nuevo y decido dejarme el pelo trenzado. No hay necesidad de pasar por la molestia de hacerme las ondas sólo para un chico. También decido no usar nada especial: tan sólo los mismos jeans viejos y mi suéter-sustituto-del-día, uno blanco que es sólo un poco corto.

Sin embargo, en el último minuto, antes de irme, rebusco en el cajón de Kim y tomo un labial rojo.

* * *

La casa de Nate está a las afueras de Palermo, a menos de un kilómetro de la de Winona, así que decidimos irnos caminando.

300

—Preferiría estar viendo una película —refunfuña Winona mientras arrastramos los pies por la acera vacía. El cielo nocturno todavía tiene un poco de azul, pero las farolas ya están encendidas.

—Veremos una película más tarde —digo—. Sólo vamos a saludar a Serena y luego nos vamos.

Obviamente, nunca he estado en casa de Nate, pero en cuanto damos vuelta hacia su cuadra, queda claro cuál es. Está la música, por supuesto, golpeando el aire de la noche con sus molestos bajos, pero también las capas de voces flotando una encima de la otra, puntuadas por gritos y chillidos. Las cortinas de las ventanas del frente están cerradas, pero la ventana trasera está iluminada y, a través de las cortinas semitransparentes, se puede ver a la gente apiñada alrededor de una mesa, estallando de vez en cuando en un rugido histriónico.

Cuando tocamos el timbre, el mismo Nate nos abre. A su favor, puedo decir que su crédito, no se comporta como si le resultara extraño el hecho de que aparezcamos en su puerta, a pesar de que ninguna de las dos le ha dirigido una sola palabra en los últimos tres años que hemos estado juntos en la escuela.

—¡Elisa Quan! —dice, haciéndose a un lado para dejarnos entrar—. ¡La feminista! —está siendo gracioso, pero no de manera ridícula. O ha bebido bastante o es más bondadoso de lo que yo pensaba.

Serena viene corriendo y de inmediato nos envuelve a Winona ya mí en un fuerte abrazo.

—¡Heyyyyyyy! —huele a champú de chica popular—. Estoy tan contenta de que hayan venido —dice. Luego se inclina más cerca de mí—. Oh, Dios mío, Elisa, ¿te he convertido al lápiz labial?

Me pongo un cincuenta por ciento más roja que mis labios, pero Serena pasa su brazo por el mío y luego por el de Winona.

—Me encanta —dice, y siento que tal vez llamar la atención por tu apariencia no sea tan malo después de todo.

Nos encontramos con Esther y Heppy de camino a la cocina, lo que nos hace ganar otra ronda de saludos y abrazos. Winona ya parece agotada.

—¿Bebidas? —Serena agita su brazo con un gran giro sobre el mostrador, que está cubierto con una gran variedad de alcohol.

Niego con la cabeza, pero para mi sorpresa, Winona dice:

—Claro —cuando la miro, se encoge de hombros—. ¿Por qué no?

Serena vierte alrededor de un centímetro de vodka de una botella de plástico casi vacía y llena el resto del vaso, hasta el borde, con jugo de naranja. Se lo entrega a Winona antes de tomar otro vaso rojo de plástico, que me tiende—. Tenemos que hacer un brindis —ordena.

Cumplo con servirme un poco de jugo de naranja, y luego levantamos nuestros vasos al aire, animadas por el brindis de Serena:

—¡Por el feminismo!

Mi jugo está a la temperatura ambiente y me deja un sabor ácido en la boca.

—¿Es mejor con vodka? —le pregunto a Winona. Inclina su vaso hacia mí y tomo un sorbo. Ahora, el regusto es amargo, con una quemadura que se siente como rubor. Sin impresionarme, le devuelvo la bebida a Winona.

—¡Hey, Hwangbo! —Dylan Park está en la mesa del comedor—. ¿Te unirás a mi equipo o qué?

Serena sonríe tímidamente, es un movimiento tan practicado que no requiere esfuerzo.

—Claro —dice, como una gran dama magnánima—. También llevaré a Elisa y a Winona.

Trato de explicar que debería abstenerme porque no soy buena en los juegos de beber, y también porque me tomo un poco en serio todo el asunto de no beber.

—Eso no importa —Serena deja mi jugo de naranja sobre la mesa—. Sólo toma eso.

Y como Serena dice que está bien, lo está.

—De acuerdo —dice Dylan, mientras nos colocamos junto a él—. ¿Conocen las reglas del juego?

Ni Winona ni yo hemos jugado antes, así que Dylan nos explica. Hay dos equipos, y cada uno forma una fila a cada lado de la mesa. Una vez que comienza el juego, la primera persona de cada fila tiene que beber de su vaso, colocarlo en el borde de la mesa y luego darle la vuelta para que descanse boca abajo. Entonces, y sólo entonces, la siguiente persona en la fila hace lo mismo, y así sucesivamente. El equipo que termine primero gana.

El árbitro es un chico blanco que no conozco, tal vez de Hargis.

—En sus marcas —dice—, listos... ¡fuera!

Dylan es el primero en levantarse y actúa como todo un profesional. Se bebe la cerveza como si fuera agua y luego, con un movimiento experto, le da la vuelta al vaso.

Serena es la siguiente, y es elegantemente pésima. A su lado, Dylan se balancea arriba y abajo, sin parar de gritar:

—¡Me estás matando, Hwangbo!

Por fin lo consigue después de alrededor de siete intentos, y grita cuando el vaso se tambalea en su lugar. Dylan levanta ambas manos para chocar palmas y ella salta para alcanzarlas.

Mientras tanto, es el turno de Winona, quien parece actuar de forma natural. Nuestro equipo está un poco atrasado debido a Serena, pero Winona no se inmuta. Lo consigue después de sólo tres intentos.

—¡Bravo, Winona! —grita Serena, aplaudiendo.

Ahora es mi turno y me siento un poco nerviosa. Trago el repugnante jugo de naranja en dos grandes tragos y luego dejo el vaso en la mesa. *De acuerdo*, me digo, *concéntrate*. Visualizo el vaso al revés después de una voltereta. Golpeo el borde con el dedo y, milagrosamente, aterriza en el primer intento.

—¡Lo tienes, niña! —Dylan está fuera de sí. Gracias a mí, hemos alcanzado al otro equipo. Tony Mercado toma su turno a continuación, lo consigue en dos intentos y, entonces, ganamos.

Todos estamos gritando ahora, incluso Winona, y Dylan choca las palmas con cada uno.

—¿Quién diría que las feministas resultarían tan buenas para jugar? —dice, sonriendo.

En medio de toda la conmoción, nadie se dio cuenta hasta ahora de que el contingente de beisbol de Willoughby se ha unido a nuestro círculo de espectadores. Destaca entre ellos uno especialmente taciturno: Jason Lee. Y también… un expícher particularmente alto.

Len se apoya en un gesto casual contra el refrigerador, con una mano en el bolsillo y la otra sosteniendo una bebida. Lleva su camisa de franela verde, la que es del color de las agujas de un pino y que combina tan bien con el castaño oscuro de su cabello. Quiero correr y acomodarme por debajo de su brazo, acurrucándome contra él como el perro de

Winona, Smokey, cuando te inclinas para saludarlo. Pero no, porque no soy un perro y, además, en serio, *¿qué me pasa?*

Por fortuna, todo el mundo está demasiado ocupado con Serena y Jason como para darse cuenta de nada más. Bueno, todos excepto Len, que levanta su vaso hacia mí con una pequeña inclinación de la mano. Un casi imperceptible *salud*. No es nada, pero me calienta el pecho, aunque no tanto como ese sorbo de jugo de naranja de Winona.

La música sigue sonando con fuerza, y la gente a nuestro alrededor ríe, discute y se tambalea ruidosamente en todas direcciones, pero en este pequeño rincón, el silencio es fúnebre mientras todos esperamos a ver qué sucederá.

—Hey, chicos —dice Dylan con valentía, aunque se nota inseguro.

Pero Serena no necesita sus heroicidades.

—Creo que ya no tenemos nada que hacer aquí —dice, uniendo sus brazos una vez más conmigo y Winona, y desfilamos hacia el patio trasero.

* * *

Una hora y un poco más de alcohol después, Winona y Serena son las mejores amigas.

—Winona, eres tan brillante —dice Serena. Las tres estamos sentadas en el sofá de mimbre de Nate, y yo estoy en el centro, abrazando un almohadón contra mi pecho. Serena apoya un brazo en el mío—. Y tú también, Elisa. Obviamente. ¿No te alegra que todo esto nos haya unido?

Winona se inclina sobre mí desde el otro lado.

—No te voy a mentir, Serena. Por un tiempo, pensé que estabas demasiado obsesionada con los chicos y las apariencias y todo eso para ser una feminista seria. Pero en verdad lo diste todo con la huelga, así que te daré algo de crédito. —¡Escúchala! —Serena ríe, y luego ambas ríen, en un ataque concertado que termina con las dos casi llorando. Las cosas deben ser más divertidas de alguna manera cuando has bebido.

—Uf, ¿por qué nunca habíamos salido juntas? —Serena está casi sensiblera ahora—. Las amo a las dos. Me encanta el maldito feminismo.

Esther corre hacia nosotros entonces, con la cara un poco roja. Se agacha frente a Serena y susurra:

—Ella está aquí.

—¿Quién? —Serena se endereza. Todas llevamos nuestra mirada en dirección hacia donde la cabeza de Esther está ladeada, y entonces me doy cuenta de a quién se refiere. Es la chica del juego de beisbol. La... lo que sea de Jason...

—¿La *puta*? —Serena me agarra del brazo y la palabra se clava un poco en mi piel, como sus uñas—. Oh, Dios.

Su nombre, nos dice Esther, es Vicki Wang, y es estudiante de tercer año en Hargis. Podemos observarla bien mientras se encuentra parada con un grupo de chicos, iluminada por la puerta del patio. Tiene cara de luna y es menuda, con hombros robustos como los de una nadadora. Sus orejas sobresalen de su cabello y retuerce un mechón con sus dedos, sostenido como si fuera un cigarrillo.

—Se ve tan vulgar —dice Esther. Es difícil no compararla con Serena, quien prácticamente está encarnando a Grace Kelly con un jumpsuit completamente blanco que sólo deja al descubierto sus hombros. Sobre todo en este momento, sentada perfectamente quieta, con la barbilla levantada, emitiendo un juicio helado. Es un poco deprimente que Jason la dejara por... bueno, esta chica.

—Es basura —declara Serena—. ¿Quién se mete con el novio de otra?

—Mi prima dice que esta chica se metería con cualquiera —confiesa Esther.

Vemos cómo Vicki se inclina hacia un chico que ni siquiera es Jason, riendo tan fuerte que su trino falso rechina hasta llegar a nosotras. Lleva un top de terciopelo que, a pesar de la hilera de botones que están en la parte delantera, no contiene del todo su pecho.

—Se está avergonzando ella sola —la nariz de Serena se eleva en el aire—. Debería tener un poco más de respeto por sí misma.

Algo sobre todo esto, el filo que lleva, me recuerda mi conversación con mamá.

—Tal vez deberíamos deshacernos de ella —digo de pronto.

Las tres fijan su atención en mí.

—Eso es tan poco tú —dice Winona, mientras sus lentes se deslizan hasta la punta de su nariz.

—Bueno... es sólo que no creo que debamos dejar que se rebaje —me dejo caer un poco sobre el cojín del sofá.

—Sólo la estamos rebajando porque hizo algo malo, Elisa —dice Serena—. O sea, yo no creo que tú seas una puta tan sólo porque...

Se detiene, tambaleándose al borde de la revelación, y me congelo. Pero luego hace que su mirada se vuelva intencionalmente vaga.

—Quiero decir, si te metieras con un chico, no pensaría que eres una puta.

—Sí, eres todo lo contrario de una puta —interviene Esther.

Recupero mi respiración normal, pero vuelvo a mirar a Vicki, inquieta. Aunque Jason es quien merece cargar con la culpa, hay algo desagradable en ella. La forma en que deja caer el tirante de su brasier por encima del hombro. El modo en que está dando un monólogo para esos chicos con una voz cantarina llena de notas falsas, tan animada que su cabello comienza a pegarse en su frente brillante. Ella quiere que la deseen, y de una manera tan evidente. Todos lo notamos, tal vez incluso los chicos. Y creo que todos también vemos algo más: estamos aquí, de este lado de una línea invisible, porque somos diferentes. No somos como ella.

Y aun así. Yo también me metí con un chico con el que se suponía que no debía meterme. No es lo mismo, por supuesto, porque no era el novio de nadie más, pero... ¿De qué lado de la línea está eso?

Siempre estamos haciendo estas distinciones, me doy cuenta, porque esperamos que de alguna manera nos protejan; así como alguna vez insistí en separarme de Serena, ahora estamos desesperadas por distanciarnos de Vicki. Pero la dureza que tememos, en realidad, se filtra a través de todos nosotros, sin importar cuántas líneas tracemos.

—Creo que iré a buscar un poco de agua —digo mientras me levanto de manera abrupta.

En mi camino de vuelta al interior, paso a un lado de Vicki y de la multitud de chicos que la rodean. *Si me ve mirándola, le sonreiré,* decido.

Pero ni siquiera se fija en mí.

32

A medida que me acerco a la cocina, noto una familiar figura mirando las botellas en el mostrador. Es más alto de lo que esperaba, pero no tanto como Len. Lo reconozco por el cabello rojo debajo de su gorra de beisbol. Es McIntyre, el pícher de Hargis.

Se hace a un lado mientras yo camino hacia el refrigerador y pongo mi taza debajo del dispensador de agua.

—En realidad, ésa podría ser una mejor idea —dice, y se da la vuelta para esperar su turno junto a mí, apoyado en el mostrador con las piernas extendidas.

De cerca, veo que tiene los ojos marrones del mismo tono que sus pecas. No revelo que sé quién es; cuando mi vaso está lleno, tan sólo sonrío, como lo haces con los extraños, y luego hago un gesto hacia el refrigerador.

—Todo tuyo —digo, dejándole el paso.

—Entonces, ¿estudias en Willoughby?

Hago una pausa a medio paso.

—Sí —respondo. Luego, como parece estar esperando más, agrego—: Soy Elisa.

Extiende una mano.

—Yo soy...

—¡McIntyre! —Len, que se le ha acercado por detrás, le da una palmada en la espalda—. ¿Cómo has estado, hombre?

—¡Hey, si es el mismo Len DiMartile! —McIntyre ríe—. ¿Conoces a este tipo? —pregunta, volviéndose hacia mí—. Es toda una leyenda.

Le dirijo a Len una mirada seca.

—No había escuchado.

—Soy noticia vieja —dice Len—. Ella empezó a ir a los partidos de beisbol después de que yo había salido.

—¿Ah, sí? —McIntyre parece presentir, con toda razón, que ya conozco a *este tipo*.

—Estuve en el último —explico—. Fue mi primera vez.

—Lanzaste bastante bien ese día —le dice Len a McIntyre—. Sobre todo considerando el clima.

—Vaya, hombre, el viento era increíble.

Hablan un poco más sobre el juego y luego McIntyre pregunta sobre la recuperación de Len.

—Oh, ya sabes —Len ignora la preocupación—. Ahí va.

—Debe de ser duro —dice McIntyre, y se nota que se está preguntando cómo sería si le sucediera lo mismo. Y también hay algo más en su rostro. ¿Compasión? ¿Culpa? Sea lo que sea, no creo que lo haga de mala manera, pero a Len no parece agradarle.

—Bueno, escucha, es bueno verte —dice Len—. Buena suerte con el resto de la temporada.

—Sí, gracias —dice McIntyre—. Espero que regreses pronto —para mí, agrega—: Encantado de conocerte, Elisa. Tal vez te vea la próxima vez que juguemos contra Willoughby.

Lo vemos alejarse.

—Parece agradable —digo.

Len toma un sorbo de su bebida.

—No sabía que te gustaban los lanzadores.

—No sabía que yo les resultaba atractiva.

Espero a que Len siga con la broma, pero no lo hace. Sólo ríe. Y me doy cuenta de que nunca antes había puesto atención en su risa: profunda y generosa, de una manera infantil, con una sutil bobería que fluye por encima.

De pronto, me siento un poco tímida.

Me pongo de puntillas, como si estuviera tratando de echar un vistazo a su bebida.

—¿Qué estás tomando? —pregunto. Me entrega el vaso y se siente extrañamente íntimo, como si compartiéramos bebidas todo el tiempo. Como si fuéramos amigos desde hace mucho. O más que amigos.

Doy un gran trago para que no se dé cuenta de mi cara.

—Espera... ¿Esto es ginger ale?

Len ríe.

—¿Qué esperabas?

—No lo sé. Algo más... audaz. ¿Cerveza?

—Conduje hasta aquí y no sabía cuánto tiempo me quedaría —me lanza una mirada cuando dice esto.

—Eres muy responsable.

—A veces —se despeina la parte de atrás del cabello y se mira los zapatos. Luego, sus ojos se curvan hacia arriba lentamente, en un vacilante *adagio* de una mirada—. ¿Quieres salir un rato?

Sí, pienso, mi corazón ya está saltando por la puerta de salida. *Saldré contigo. Iré a cualquier parte cada vez que me lo preguntes de esa manera.* Pero no digo nada de esto en voz alta. En cambio, sólo deslizo mis manos en mis bolsillos delanteros.

—¿Y si alguien nos ve?

—Bueno —deja el vaso sobre el mostrador y sonríe—. Supongo que no deberías hacer nada que no quieras que vean. El patio delantero está vacío, así que Len y yo nos sentamos en los escalones de la entrada. Ninguno dice nada durante un rato. A estas alturas, la oscuridad de la noche ha descendido por completo y la luz de las farolas es lo suficientemente suave para que se puedan distinguir las estrellas en el cielo. Me gusta el frío, sorprendentemente cortante en la noche del desierto, bañando el cemento y el estuco como si el sol nunca hubiera existido. Detrás de nosotros, los sonidos apagados de una fiesta continúan. Pero aquí, en este escalón anodino, al borde del jardín, descubro un poco de consuelo. O, supongo, Len y yo lo descubrimos juntos.

Ahora, está apoyado contra el costado de la casa; yo no. Estamos lo suficientemente cerca para tocarnos, pero no lo hacemos.

—Quería decirte… —estiro mis piernas para que mis zapatos estén al lado de su cadera—. Escuché más de esa banda que a ti y a Luis les gusta.

—¿Sí? ¿Alguna opinión nueva?

—Estoy desgarrada, en realidad.

Len parece divertido.

—¿Cómo es eso?

—Bueno, me gustan mucho. La voz del cantante principal, especialmente, toca un nervio, pero en el buen sentido. Es irritante, pero relajante al mismo tiempo.

—Sí. Como si hubieran empapado en alcohol una pastilla para la tos con miel y limón.

La especificidad de la imagen, lanzada con tanta indiferencia en la conversación, me asusta, como si acabara de tomar mi mano. Incluso me aparto, como si en verdad me hubiera tocado, y escondo mis dedos dentro de las mangas de mi suéter.

—Tienes un don con las palabras —admito lentamente, en tono de broma. Pero lo digo en serio.

Se encoge de hombros.

—Siempre me ha gustado su voz también. Supongo que he pasado mucho tiempo pensando en cómo lo describiría.

Algo en la forma en que revela esto, mientras arranca una hoja del rosal que está junto a su hombro, me hace desear que me bese. Quiero sentir que se disuelve todo, como las otras veces, y luego quiero escuchar cómo lo describe, para que yo también pueda tener sus palabras, el recuerdo convertido en poesía que podría esconder en un rincón de mi corazón.

—Como sea —digo, sacudiéndome estos pensamientos—, supongo que mi problema es que algunas de sus mejores canciones son... bueno, algo misóginas.

—Dime más —sus ojos recorren las casas al otro lado de la calle, su uniformidad envuelta por la oscuridad.

—Como esa canción sobre la mujer que es tan fea que hace que el chico quiera suicidarse saltando a un lago. Creo que hay una línea sobre cómo su belleza es lo único que ella tiene a su favor, y cómo lo está desperdiciando.

Len ríe.

—De acuerdo, ya veo de qué estás hablando —asiente, arrojándome la hoja—. Sin embargo, diré que la perspectiva varía de una canción a otra. Cada una es como una historia diferente. Entonces, un personaje de una canción no está necesariamente correlacionado con las opiniones de la banda en general. Espero.

—Sí, pero supongo que a veces no está del todo claro cómo se siente la banda con respecto a una persona en particular. O

313

cómo quieren que nos sintamos al respecto —me acerco por impulso y tiro del extremo deshilachado del cordón de su zapato, aunque no lo suficiente como para deshacer el nudo—. Así que me pregunto si eso es un problema, ¿sabes? Pero aun así me siento atraída por la música —lo miro por el rabillo del ojo—. No puedo dejar de escucharlos.

Len se inclina hacia delante, con los brazos colgando sobre las rodillas. Si quisiera, podría retirarle un mechón de la frente. Si quisiera, podría estirarme y acercarme a él. Y por un segundo, parece que uno de nosotros podría hacer algo. Pero luego toma un guijarro y lo arroja al jardín.

—Creo que está bien que te guste el arte problemático —dice—. Siempre y cuando lo veas por lo que es —ofrece una sonrisa traviesa—. Eres buena en eso.

A veces, no entiendo cómo no me he derretido por completo a estas alturas.

Entonces, inesperadamente, Len saca su teléfono.

—Toma —dice, abriéndolo—. Te hice escuchar algunas canciones misóginas. Escuchemos algo que te guste a ti.

Me pasa el teléfono y lo tomo con ambas manos.

—¿Ahora? —miro alrededor—. ¿Aquí afuera?

—¿Por qué no?

La noche nos envuelve con su quietud y ya casi no escucho la fiesta.

—De acuerdo —pienso por un momento, y luego sé exactamente qué escribir en la búsqueda—. Aquí está mi banda favorita.

Así es como Len y yo terminamos con la cabeza cerca, la frente inclinada sobre la pantalla, penetrando la calma suburbana con el himno de un grupo de chicas punk-rock a todo volumen desde la pequeña bocina de un celular.

314

—Esto es increíble —dice Len, sonriéndome.

La canción que elegí involucra a la cantante principal regañando a todos los que le hablan con desprecio sólo porque es una chica. En diferentes puntos del video musical, ella está vestida como presidenta, como una bruja quemándose en la hoguera y como una sufragista. Llega a estar realmente enojada, al estilo riot grrrl, pero también se está divirtiendo mucho. Siempre me siento superemocionada después de escucharla, y así es como me siento ahora, mareada no sólo por la música en sí, sino por la embriaguez que me da compartirla con Len.

—Me gusta que la guitarrista, la bajista y la líder sean chicas —explico—. Tienen nuestra edad, y todas son increíblemente geniales. Sobre todo la líder. Es tan sexy.

—Lo es.

—Ojalá pudiera ser tan ruda como ella.

—Ella me recuerda a ti de alguna manera.

Me vuelvo hacia él, sorprendida, y es entonces cuando me atrapa con un beso. Aunque lo he estado esperando toda la noche, todavía no estoy preparada para lo bien que se siente, lo completamente perdida que puedo estar, lo mucho que quiero estar perdida.

Pero luego retrocede de manera abrupta.

—Está bien —creo que tal vez se haya detenido por lo que dije antes, pero en este momento, con mis dedos atrapados en su camisa, es difícil recordar por qué me importaba—. No hay nadie aquí.

—No.

La siniestra sílaba me hace quedarme quieta. Su expresión está marcada por la incertidumbre, y veo un destello de cómo podría haber lucido cuando era un niño, mucho antes

de que aprendiera cómo no dejar que su rostro lo traiciona-
ra de esta manera.

—¿Qué pasa, Len?

Desvía la mirada.

—Yo publiqué el manifiesto.

Me llega de la nada, como una bofetada en la cara, y mi
cerebro, por lo general tan confiable, se niega a conectar las
sinapsis.

—Pero yo creí que Natalie lo había hecho —digo—. ¿Tú le
dijiste que lo hiciera?

—No, yo lo publiqué. En la página de inicio del *Bugle*
—otra bofetada, en la otra mejilla.

Me recuesto, la incredulidad aprieta mi garganta con
fuerza. Hace un segundo, la publicación del manifiesto parecía algo muy lejano, y ahora estoy de regreso en la sala
de redacción del *Bugle*, inundada por un pavor que me hace
sentir ganas de vomitar de nuevo. Esta vez, sin embargo, es
todavía peor, porque sé que fue Len quien primero abrió mis
pensamientos más privados y luego los desperdigó para que
los leyeran todos. Fue Len quien violó un lugar que yo consi-
deraba seguro, quien provocó un montón de humillaciones y
de veneno contra lo que tuve que luchar sin ninguna ayuda
suya. Y, lo peor de todo, nunca dijo una palabra al respecto.
Ha sido muy bueno en mentirme todo este tiempo. Len, el
chico que me hizo enamorarme, pisoteó mi confianza incluso
antes de que yo aceptara bailar.

En un instante, todo —el ruido de la fiesta, estar sentados
en las escaleras, los besos— se vuelve sórdido.

—¿Por qué no me lo habías dicho?

—Lo siento —Len cierra los ojos—. Lo lamento, Elisa. No
quería que pasara nada de esto.

Por alguna razón, eso me hace sentir todavía más mierda.

—Podrías habérmelo dicho —sueno tranquila, pero por dentro me estoy llenando de fuego y furia.

—Quería hacerlo, sobre todo antes de... —suspira, y sé que quiere decir antes de que tuviéramos algo. Involuntariamente, pienso en nosotros esa tarde, su mano subiendo mi falda, mi mano viajando por su camisa y, por primera vez, me siento de la forma en que pensé que nunca dejaría que ningún chico me hiciera sentir: barata.

—¿Por qué lo hiciste? —obligo a mi voz a no temblar—. Te hice pedazos en ese manifiesto. ¿Por qué querrías publicar algo así?

No responde de inmediato, sólo echa la cabeza hacia atrás y estudia los aleros de la casa. Finalmente, desde el fondo de su garganta, llega la respuesta.

—Supongo que pensé que tenías razón. Es como si yo lo estuviera diciendo. Ves las cosas como son.

No me muevo, esperando a que continúe. Toma una respiración larga y profunda.

—Todo lo que dijiste en el manifiesto era verdad. Sentí que eras la única que había logrado ver a través de mi mierda. Sentí que realmente... me habías visto a mí.

Sus ojos se encuentran con los míos y siento un escalofrío, a pesar de mí. No hay rastro de su habitual humor bobo, ni una capa de sarcásticas burbujas de plástico alrededor de sus palabras. Parece expuesto y suave de una manera que nunca antes lo había visto, de un modo que creo que pocas personas lo hacen. Y extrañamente, a causa de eso, me siento responsable de protegerlo. Honrada, incluso. Quiero tomar su cabeza entre mis brazos y acariciar su hermoso cabello, diciendo: *Tienes razón, soy la única que en verdad te ve.*

317

Pero es entonces cuando me doy cuenta de algo: no soy especial. Soy como todos los demás, dejándome llevar por sus idioteces. Se la estoy poniendo demasiado fácil.

—No —soy bastante asertiva ahora—. No te vi. Pensé que eras sólo un estúpido deportista que iba paseando sin más por la vida. Pero estaba equivocada —me pongo de pie—. No eres estúpido, para nada. Eres algo peor.

Él también se incorpora y, de repente, tengo que mirar hacia arriba para escupir las palabras.

—Sabía que eras un cobarde, pero no sabía que dejarías que eso lastimara a alguien más.

Se estremece.

—Eso no es justo.

—¿Qué parte?

Vacila.

—No estaba tratando de lastimarte.

—No me importa lo que estabas *tratando* de hacer. Me importa lo que *sí* has hecho. Y a mi modo de ver, no pudiste hacer lo correcto, a pesar de que era tan sencillo —sacudo la cabeza—. No eres nada si no puedes hacer lo correcto.

—Vamos, Elisa —Len se pasa los dedos por el cabello, tirando de los mechones con fuerza, como si quisiera arrancarlos—. Sabes que no siempre es tan fácil. Sobre todo, contigo. ¿Cómo habrías reaccionado si te lo hubiera dicho antes?

—Nunca te hubiera vuelto a hablar.

—¿Hubieras preferido eso? ¿Que nunca hubiéramos sido amigos?

—Sí.

—¿Lo dices en serio? —su voz se quiebra en la última sílaba y mi pecho se contrae. Pero no doy marcha atrás.

—Todo lo que digo es en serio. Yo no soy como tú.

Len guarda silencio durante un largo rato. Cuando habla, algo en su tono ha cambiado.

—Así es, tienes un código.

Su rostro se repliega y empiezo a lamentar mi mentira.

—De acuerdo, Elisa. ¿Por qué no me hablas de eso? —se cruza de brazos—. Yo soy un cobarde y un mentiroso. No soy tu idea de cómo debería ser una persona, y creo que eso ya lo sabías antes de esta noche. Entonces, ¿por qué viniste aquí conmigo?

Parece que no soy capaz de pronunciar un solo sonido.

—¿Tus amigas feministas, las que te ayudaron a planear la huelga, saben lo que estás haciendo aquí?

Me dirijo hacia la puerta, pero Len se para frente a ella.

—Eres tan malditamente santurrona, Elisa. Tienes tantos principios. Pero ¿cuándo vas a admitir que ni siquiera tú puedes estar a la altura de todos ellos? ¿Cuándo vas a admitir que a veces ni siquiera quieres estar a su altura?

Lo empujo, porque estoy harta de todo y necesito encontrar a Winona para que podamos dejar esta horrible fiesta. Intento abrir la puerta de mosquitero, desafiante, pero se atasca y termino buscando a tientas la manija hasta que finalmente se libera.

—Elisa, espera —la voz de Len suena diferente a la de hace un segundo, más pequeña, como si pudiera romperla en un millón de pedazos si quisiera. Pero ¿qué me importa? Lo dejo solo ahí afuera.

.

33

Dentro, la fiesta sigue exactamente como había supuesto. Excepto que ahora el olor a sudor y cerveza derramada me enferma. Estoy a punto de ir directamente al patio trasero cuando una pareja, descuidada y enmarañada, se cruza en mi camino. Me las arreglo para evitar chocar contra ellos, pero casi no lo consigo.

—¡Hey, cuidado! —entonces me doy cuenta de quién es la chica—. ¿Natalie?

Al escuchar su nombre, Natalie se vuelve hacia mí.

—¡Elisaaaaa! —chilla, como si estuviera fascinada de verme.

Ésta es la primera señal de que algo no está bien.

—¿Estás bien? —pregunto. No conozco al chico con el que está, pálido y con el cabello crespo, y no parece darse cuenta de que Natalie está teniendo una conversación conmigo. Si podemos llamarla así.

—Sí —responde Natalie—. Muy bien. Seguro —ríe cuando el chico la lleva hacia las escaleras, mientras la besa en el cuello—. ¡Basta, Austin! —luego le da hipo, tropieza y cae de rodillas.

Hay una vibra en esta situación que me inquieta, pero no estoy muy segura de qué hacer. Natalie está notoriamente borracha, pero ¿está lo suficiente confundida para no poder decidir si quiere ir arriba con Austin? ¿Estaría enojada si me opusiera a esto? No tengo ni idea. Después de todo, ni siquiera somos amigas.

—Entonces, eh, ¿cómo conociste a Austin? —intento ganar tiempo e información extra.

El rostro de Natalie se frunce.

—¿Qué? —dice, pero sus ojos están en el suelo.

Me inclino para leer su expresión.

—¿Natalie...? —la llamo, cada vez más alarmada.

Un basurero de plástico, liso y redondeado como cáscara de huevo, aparece entre nosotras, justo a tiempo para que ella vomite en él.

Me doy la vuelta para ver quién lo sostiene. Es Len.

—He estado en suficientes fiestas de beisbol para reconocer ese estado —dice con seriedad.

Austin, que también está bastante borracho, sigue rondando alrededor.

—Creo que se terminó por esta noche, amigo —le grito, arrodillándome al lado de Natalie, y finalmente él se escabulle.

Natalie tose, al parecer llega al final de su suministro de vómito.

—Se ve como una mierda —observo, empujando el basurero un poco más cerca.

—Se sentirá mejor después de esto —dice Len.

Me estremezco un poco cuando Natalie se limpia la boca con la manga. Ella se inclina sobre el basurero, con sus zapatos blancos de tacón extendidos en direcciones opuestas, y mientras continúa vaciando lo que queda de su lamentable cena (si ésa era su cena) en el basurero, luce muy pequeña. Echo un vistazo alrededor en busca de sus amigas. Ella debe de haber venido aquí con alguien más, ¿cierto? ¿Dónde diablos están? No sé cómo cuidar a una persona borracha. Sobre todo, cuando no puedo soportarlas.

—Tal vez alguien debería llevarla a casa —con cuidado, llevo hacia atrás los mechones de cabello que han caído por su barbilla. Pero no tengo el auto de Kim aquí, y todos los demás en la sala parecen demasiado perdidos para confiarles la tarea.

Bueno, excepto una persona.

—Yo la llevaré —dice Len—. Pero tienes que venir conmigo, porque no voy a aparecerme solo en su casa. No, en su estado.

Sostiene mi mirada cuando lo miro, y es una súplica y un desafío al mismo tiempo. Quiero negarme, levantarme y alejarme, dejándolo solo para que se ocupe de Natalie. Después de todo, parecen conocerse bastante bien.

Pero luego vuelvo a pensar en Natalie, con el rostro verde sobre el basurero.

—¿Dónde vives? —pregunto.

A pesar de su estado tan comprometido, se las arregla para recitar su dirección, que escribo en mi teléfono.

—Está a sólo cinco minutos —le digo a Len.

—Puedo llevarte a ti después —dice.

Intento encontrar a Winona, pero no la veo por ningún lado, y Natalie está a punto de caer en un tambaleante sueño sobre los brazos de Len.

—No, está bien —digo, porque no quiero irme sin Winona—. Sólo tráeme de regreso aquí, supongo.

Le envío un mensaje rápido a Winona.

Llevaré a Natalie a su casa. Larga historia. Regreso en un rato.

En el asiento trasero, Natalie tiene la ventana abajo, de modo que recibe el viento nocturno. Saca el brazo y suspira.

—¿Adónde vamos? —pregunta.

—Te estamos llevando a tu casa —le digo desde el asiento del pasajero, al frente.

—¿Len está conduciendo?

—Sí.

La voz de Natalie se convierte en un susurro.

—Él es tan agradable.

No miro a Len.

—Ajá.

—Yo estaba totalmente enamorada de él.

—Ajá.

—Pero yo no le gusto. Quiero decir, no así.

A pesar de mí, esta revelación me intriga.

—¿Cómo lo sabes?

—Él me lo dijo —dice Natalie, y una vez más, suspira.

Miro a Len, que sostiene la mirada al frente.

Para mi alivio, las luces todavía están encendidas en la casa de Natalie, que resulta ser otra obra maestra de la arquitectura de Palermo. Len y yo caminamos por los familiares escalones de piedra hasta la puerta principal, con Natalie apoyada entre nosotros.

—¿Tienes llaves? —pregunto.

Natalie comienza a buscar a tientas en su pequeña bolsa, pero luego se abre la puerta. Aparecen sus mamás, una enderezando sus lentes y la otra envolviendo una bata de baño alrededor de su cintura. Ambas lucen muy preocupadas.

—No se preocupen —anuncia Natalie, parpadeando a través de su aturdimiento—. Estoy bien.

* * *

Durante todo el viaje de regreso, Len y yo nos mantenemos en silencio. Pero cuando se detiene en la acera frente a la casa de Nate, apaga el motor.

—Elisa…

De inmediato, intento abrir la puerta, pero tiene el seguro.

—Debo irme —digo, tirando de la manija.

—¿Podemos hablar?

—No.

Suspirando, Len quita los seguros y salgo a trompicones. Para mi sorpresa, encuentro a Winona frente a los escalones de la entrada. Gracias a Dios. Empiezo a correr hacia ella, pero reduzco la velocidad cuando se hace evidente que no está tan feliz de verme.

—¿Qué diablos, Elisa? —frunciendo el rostro, se fija en algo por encima de mi hombro.

Me doy la vuelta para ver a Len salir de su auto.

—¿Qué pasa? —digo—. Tuve que ayudar para llevar a Natalie a su casa, te envié un mensaje…

—Mi teléfono estaba muerto. Pero Esther me lo mostró. Estoy realmente confundida ahora.

—¿Esther?

Winona sostiene un teléfono en un estuche con forma de oso koala gigante.

—Oh, Dios mío —digo, quitándoselo.

Alguien ha publicado una fotografía que nos tomaron a Len y a mí hace apenas una hora. Estamos sentados en estos mismos escalones, besándonos.

A continuación, los comentarios ya están empezando a acumularse:

@fiverjlg: Dios mío... ¿Ésos son @elisquan y @lendimartile?

@cooliobeans23: Supongo que hará cualquier cosa para convertirse en la editora. 😌

@xlive328: ¡¡Dios salve a @lendimartile, consiguiendo algo para el patriarcado esta noche!!

—Oh, Dios —digo de nuevo. No consigo articular otras palabras.

Len viene detrás de mí.

—¿Qué ocurre? —me quita el teléfono antes de que lo deje caer, y él también ve la imagen incriminatoria—. Mierda... ¿Cómo...?

En ese momento, Serena irrumpe tambaleante a través de la puerta, con Dylan justo detrás de ella.

—Elisa, ya habíamos hablado de esto —me regaña—. ¿En serio no pudiste guardarlo en tus pantalones?

Winona lleva la mirada de Serena a mí, y se da cuenta de lo que sucede.

—¿Ella lo sabía? —pregunta, la incredulidad aviva su voz una octava—. ¿Le contaste a *ella*?

—No —intento explicar, pero todo se confunde en mi mente, como si yo fuera la que ha estado bebiendo toda la noche, no todos los demás—. No, lo siento...

Winona se da la vuelta y vuelve a entrar en la casa, empujando a Serena y Dylan.

—¡Winona! —grito, pero no se detiene.

—¿Ves? —me dice Serena. Suena casi como si lo lamentara por mí—. Y esto apenas está comenzando.

Siento que Len está a punto de poner su mano en mi hombro, pero me aparto.

—No me toques —digo, y salgo corriendo por la calle.

34

Corro todo el camino hasta la casa de Winona y recupero el auto de Kim. Estoy sudando, pero el aire nocturno es frío, así que mi cuerpo no tiene idea de cómo reaccionar. Tampoco mi mente. Cierro la puerta y entierro mi rostro entre las manos.

¿Qué me está pasando?

Aunque tengo miedo, reviso mi teléfono. Los comentarios de la publicación siguen apareciendo y tengo que obligarme a dejar de leerlos. También recibí mensajes de texto de Len, que ignoro, y un mensaje de texto de Kim, advirtiéndome que será mejor que me vaya a casa porque no puede garantizar que pueda seguir cubriéndome por mucho más tiempo.

Arranco el auto y empiezo a conducir, porque parece el primer paso lógico e inmediato. Llego a casa de una pieza y, para mi alivio, el apartamento está en silencio cuando abro la puerta.

Kim se da vuelta en su escritorio.

—Mamá y papá se fueron a la cama —dice en voz baja. Luego me mira fijamente—. ¿Qué te pasó?

Me quito los zapatos como un zombi.

—No quiero hablar de ello —paso rápido a su lado antes de que pueda decir algo más.

Después de cepillarme los dientes, me froto con fuerza la cara con un paño hasta que siento la piel en carne viva. Cuando deshago las trenzas, mi cabello se ve muy ondulado y me alejo del espejo con disgusto.

En nuestra recámara, me meto en la cama en la oscuridad, pero luego mi cadera golpea algo pesado. Me inclino para palparlo y entonces recuerdo que es *La vida: instrucciones de uso*. Qué título tan ridículamente engañoso. Tan jodidamente engañoso como el mismo Len. El libro es, sin duda, el manual más inútil que he leído. Todas esas horas que pasé analizando sus complicadas descripciones y anécdotas serpenteantes, pensé que de alguna manera revelaría para mí algo profundo sobre Len. O, al menos, sobre la vida. En cambio, después de más de trescientas cincuenta páginas, estoy tan confundida y frustrada como siempre. Todo me parece como un ejercicio de futilidad igualado tan sólo por la búsqueda del personaje central en sí mismo, y no puedo creer que alguna vez haya considerado que era interesante.

Tiro el libro por el costado de mi cama y me ruedo hacia la pared, para acurrucarme bajo las sábanas. Me siento como una mierda. Se suponía que ser feminista significaba ser parte de una hermandad. Pero he arruinado todo eso, incluida la única amistad que ha estado ahí para mí desde antes de que supiera qué era el feminismo.

¿Y todo por qué?

Por un chico.

Cada vez que pienso en él, me enojo más. Todavía no he superado el hecho de que haya sido él quien publicó el manifiesto. Fue él todo el tiempo. ¡Todo el tiempo! Recordar lo inconsciente que fui me hace sentir enferma. No puedo creer que haya besado a ese idiota. No puedo creer que me *gustara*.

Siento que me arden los ojos, y me doy cuenta en ese momento de la mayor de las traiciones: todavía me gusta. Maldita sea. Y como es típico de un imbécil, también me lo echó en cara: *Entonces, ¿por qué viniste aquí conmigo?*

Trato de acallar sus palabras y dormir, pero en lugar de eso, aplasto mi cara contra mi almohada y dejo que las lágrimas finalmente broten.

35

Cuando entro en la sala de redacción el lunes, antes de las clases, Tim O'Callahan se pone de pie para dedicarme un aplauso lento.

—Así se hace, Elisa —dice—. ¡Qué manera de mostrarnos de qué se trata el feminismo!

Me pongo del rojo más brillante y abro la boca para gritarle, pero James se me adelanta.

—Déjala en paz, O'Callahan —dice.

Len está sentado en su rincón y su postura se tensa, pero Tim simplemente sonríe.

Evito cualquier otro contacto visual mientras me dirijo a mi asiento, deseando que los minutos se evaporen para poder escapar de aquí. Sin embargo, en cuanto dejo mi mochila, Aarav tiene una pregunta para mí.

—Entonces —dice—, ¿es cierto que lo hicieron en su auto?

Todos a nuestro alrededor guardan silencio, y Natalie y Olivia intercambian miradas de asombro. Len, ahora luciendo realmente enojado, se desliza del escritorio como si fuera a golpear a Aarav en la cara.

Pero le evito la molestia.

—¿Cuándo fue la última vez que *tú* lo hiciste, Aarav? —digo.

Aarav se desconcierta.

—¿Qué...?

—Oh, ¿no quieres hablar de eso? Eso es raro. Es casi como si no fuera asunto mío —dirijo al resto de la habitación una mirada dura, y nadie dice nada—. ¿Me pueden dar los borradores de todos, por favor?

El día empeora progresivamente. En Educación Física, corro hasta Winona durante el kilómetro y medio de los lunes, pero luego ella se dirige a la pista y no consigo seguirle el ritmo. Ayer, cuando fui a su casa, esperando que me diera la oportunidad de disculparme, Doug abrió la puerta.

—Lo siento, Elisa —dijo—. Winona me pidió que te dijera que ya no necesita tu ayuda —cuando vio mi cara, me ofreció—: ¿Quieres quedarte a jugar a Xbox con Sai y conmigo?

—¡*No*, Doug, todavía estamos grabando la escena! —escuché a Winona gritar desde adentro.

—Lo siento —dijo Doug de nuevo, encogiéndose de hombros.

—¿Puedes decirle que yo también lo siento? —dije, y Doug asintió. Luego me fui a casa y Winona no ha respondido ni un solo mensaje de texto o llamada desde entonces.

Ahora, mientras cruzo el patio, siento los ojos de la gente sobre mí, todos riendo burlonamente entre ellos, sin duda repitiendo todas las cosas horribles que ya han dicho en línea: *Ahí va esa chica, la hipócrita. La que hizo un gran escándalo por el hecho de que un chico hubiera sido elegido como editor, y luego fue y se metió con él. Apuesto a que se trató de eso todo el tiempo, apuesto a que a ella nunca le importó el feminismo siquiera. ¿No lo dijimos ya antes? ¿Cómo pudo haberles mentido a sus amigas de esa manera? Después de todos los problemas por los que tuvieron que pasar a causa de ella. Las chicas como ella dan mala fama a las feministas. Qué manera de llamar la atención. Ella es totalmente del tipo que se acuesta con todo el mundo para alcanzar la cima.*

Todos me odian. Los que descartaron mi feminismo están eufóricos, los que sienten que he traicionado al movimiento están indignados, pero al final todos están de acuerdo en algo: soy la peor.

Debajo de todo esto hay una corriente oculta desagradable, que descubro que no está tan escondida cuando la descubro garabateada en mi casillero, debajo de un *FEMINAZI* tachado:

¡¡¡¡¡PUTA!!!!!

Estoy pensando en qué tan malo podría ser que lo dejara ahí por el resto del año cuando Natalie se acerca.

—Hola, Elisa —dice.

—¿Qué? —no la miro.

—Sólo quería darte las gracias por haberme ayudado la otra noche.

—Ah.

—Len dijo que fuiste sobre todo tú. Dijo que le pediste que me llevara a casa.

Len, diciendo la verdad, pero no del todo, como de costumbre.

—No fue gran cosa.

Natalie observa el nuevo letrero en la puerta de mi casillero.

—Lamento que todo esto te esté pasando. Y me disculpo por todo lo demás también.

—Está bien.

—Para que conste, yo no creo que seas una puta.

Me sonríe y le devuelvo la sonrisa.

—Gracias —digo.

Es extraño. Todo este tiempo había asumido que había sido Natalie la que había publicado el manifiesto, y estaba convencida de que era una perra, de principio a fin. Ahora, sin embargo, no estoy tan segura de que se lo mereciera. Quizá ninguna de nosotras, en realidad.

* * *

Luego, llega la quinta clase, el momento que estaba temiendo.

Cuando comienza la clase, la atención de Winona es absorbida por una conversación con Eddie Miller, que se sienta frente a ella. Ella no lo soporta, así que si prefiere hablar con él en lugar de conmigo quiere decir que las cosas están realmente mal.

También Serena me ignora. Avanza por el pasillo, encargada de repartir los ensayos calificados, y los va entregando a medida que avanza. Cuando llega al mío, lo deja sobre mi escritorio con un gesto solemne. No necesita decir nada, todos en la escuela saben que ya no tiene nada que ver conmigo. Y no la culpo. Si espera ser la próxima presidenta, ahora soy una carga política.

En cuanto a Len, ha desistido en su intento de hablar conmigo. Trató de acorralarme esta mañana, cuando salía del *Bugle*, pero pasé junto a él como si fuera una mota de polvo en mi universo.

Pero parece que Ryan y yo todavía podemos platicar:

—Entonces, Elisa, ¿esto significa que ya no eres feminista?

—Que te jodan, Ryan.

En este punto, me gustaría simplemente desvanecerme y que nadie se diera cuenta jamás de lo que hago. ¿Sería tan malo ser insignificante? ¿Sería tan atroz no representar nada? No lo creo. Ya no.

Por desgracia, se supone que nuestro grupo de *Macbeth* interpretará nuestras escenas hoy y, gracias a nuestro descarrilamiento, la clase parece mucho más interesada de lo habitual. Cuando la señora Boskovic nos llama para que pasemos al frente del salón, todos se sientan un poco más erguidos, esforzándose para no perderse la debacle. Se sienten decepcionados cuando se dan cuenta de que Len y yo no compartimos ninguna escena (Banquo y Lady Macbeth no se cruzan sino hasta más adelante, en la obra), pero paladean la sangre cuando Serena y yo realizamos el espeluznante intercambio entre Macbeth y su esposa, después de que Duncan es asesinado.

Serena se tambalea por la habitación mientras recita sus líneas, con una gorra de beisbol al revés porque no conseguí, con todo el desastre de este fin de semana, pensar en una idea de vestuario alternativo. Su Macbeth *de barrio* está lleno de remordimientos y sus manos se enroscan en garras culpables que mantiene alejadas de su cuerpo, como si le pertenecieran a otra persona, como si no pudiera entender cómo llegaron a ser suyas. Mirándola, uno pensaría que Macbeth era un tipo real que tan sólo tomó la mala decisión de escuchar a su esposa.

Ciertamente, el hecho de que sea interpretada por mí (ridículamente vestida con mi propia gorra de beisbol) no le otorga ningún beneficio a Lady Macbeth considerando esta audiencia. Tampoco ayuda que, en el transcurso de la esce-

333

na, ella: (1) coloque armas en la escena del crimen porque Macbeth no se atreve a hacerlo; (2) le diga a Macbeth que es un cobarde por tener dudas, y (3) actúe como si lavarse las manos hiciera desaparecer toda su culpa. "Un poco de agua nos limpia de nuestras acciones", le dice, como una verdadera psicópata. "¡Qué fácil es esto, entonces!" Por el contrario, Macbeth termina la escena deseando no haber matado a Duncan. "No seguiré adelante. Temo pensar en lo que he hecho. Ni siquiera me atrevo a contemplarlo otra vez."

Mientras hacemos nuestras reverencias, la señora Boskovic aplaude vigorosamente y dice con efusividad:

—El significado de su gorra fue, lo confieso, un poco confuso para mí, ¡pero nos brindaron una inspirada interpretación de cualquier forma! —luego abre el espacio para la discusión en clase.

Sarah Pak levanta la mano.

—Creo que esta escena contribuye a la idea de que Lady Macbeth es la verdadera villana de la obra —dice—. Parece muy fría incluso cuando Macbeth empieza a sentirse mal.

La clase murmura y muchas cabezas asienten.

—Interesante argumento, Sarah —dice la señora Boskovic—. ¿Alguna otra opinión?

Nada. En cambio, todos deciden seguir apedreando a Lady Macbeth.

—Lo único que le importa es el poder —dice Greg Landau—. Desea tanto que Macbeth se convierta en rey que lo empuja a cometer un asesinato.

—Sí, al menos él se pregunta si vale la pena —dice Veronica Patel—. Podría haberse redimido, pero Lady Macbeth sigue incitándolo.

Más asentimientos. Sí, todos están de acuerdo, Lady Macbeth es una verdadera porquería.

Entonces, Serena levanta la mano.

—¿Sí, Serena? —dice la señora Boskovic.

—Creo que *Macbeth* es una obra extremadamente misógina —declara. Un zumbido recorre la habitación ante esta afirmación inesperada. Es una gran afirmación.

—¿Por qué lo dices? —pregunta la señora Boskovic.

—Por todas las razones que todo el mundo ha estado diciendo —dice Serena—. Lady Macbeth es el personaje femenino principal, pero es súper malvada. Lo cual no es genial, porque también se opone a las normas de género al ser fuerte y ambiciosa. Ella está siendo castigada por comportarse de manera masculina.

La clase parece considerar el punto. Abby Chan levanta la mano.

—¿En verdad deberíamos estar leyendo algo que retrata a las mujeres de manera tan negativa?

Ahora todo el mundo está en verdad intrigado: ¿era Shakespeare, ese tipo al que hemos tenido que leer en la clase de Inglés de todos los años, en realidad un misógino?

Unos escritorios más allá, veo que Winona pone los ojos en blanco. Por alguna razón, eso me envalentona.

—No sé si estoy de acuerdo —hablo en voz alta sin levantar la mano y todos se vuelven para mirarme—. Creo que es demasiado simplista decir que la obra es misógina sólo porque Lady Macbeth es malvada.

—Por favor, explica un poco más tu opinión —dice la señora Boskovic.

—La ambición también es peligrosa en Macbeth —digo—. No deberíamos darle vía libre. Él es quien comete los asesi-

335

natos —mis pensamientos se hilan con una claridad cada vez mayor a medida que avanzo—. También se podría argumentar que la ambición de Lady Macbeth no se trata en realidad de ella. Se trata de él. Ella quiere que él sea rey, porque eso es lo que debería querer, como una esposa solidaria. Además, parece sentirse culpable más tarde, cuando se vuelve loca...

—¡Eso es un *spoiler*! —exclama Ryan.

—Mi punto es —continúo, ignorándolo— que no sé si la obra necesariamente afirma que Lady Macbeth es peor que Macbeth —evalúo cada rincón del salón de clases—. Quizás el hecho de que lo veamos de esa manera diga algo sobre nosotros mismos.

Entonces suena el timbre y la señora Boskovic termina la discusión.

—¡Continuaremos con esto mañana, queridos!

Al otro lado del salón, Serena parece pensativa.

36

Discutir sobre *Macbeth* con Serena Hwangbo no fue lo más inteligente que pude haber hecho por mí en términos sociales, dadas las circunstancias... pero ¿qué cambia esto, en realidad? Las cosas ya estaban bastante mal. Con cada hora que pasa, la historia de lo que Len y yo supuestamente hicimos en la fiesta de Nate Gordon se ha ido embelleciendo cada vez más, hasta el punto de que podrías pensar que de verdad la pasé muy bien esa noche.

Solía creer que no le agradaba a la gente y que era porque pensaban que era una perra. Y, en ocasiones, incluso me sentía orgullosa de ello. Por eso tampoco me lo pensaba dos veces antes de etiquetar a otra persona de la misma forma. Porque si ser una "perra" significaba que podía hacer lo que quisiera, sin importarme cómo me llamaran, bueno, veía cierto poder en eso. Pero, últimamente, me he preguntado qué tipo de poder era en realidad, si la palabra puede estar cargada de tanto odio... del mismo tipo, al parecer, que le da a *puta* su pesado estigma, sin importar quién la diga.

Ahora conozco muy bien ese odio, por supuesto. Todo el mundo se ha asegurado de ello.

Después de la escuela, camino penosamente hasta la sala de redacción del *Bugle* y compruebo si hay alguien más allí. Por fortuna, sólo veo a James, así que decido que es seguro quedarme un rato.

—¿Cómo vas? —James hace una pausa en el pizarrón mientras arrastro mis pies junto a él.

—Nada bien.

—¿Cómo van las cosas con Winona?

—Mal.

—¿Todavía no ha permitido que te disculpes?

Me siento, medio despatarrada, de modo que mi barbilla descansa sobre el escritorio.

—No.

James regresa al pizarrón para borrarlo.

—¿Qué hay de Len?

Dejo que mi cabeza se incline a un lado y no respondo.

—¿Tampoco dejarás que se disculpe?

Me levanto de manera brusca.

—¿Él te dijo algo sobre eso?

James se da la vuelta.

—¿Len? No. Pero es bastante obvio por la forma en que te mira.

Ay, Dios mío. Presiono la nariz y la frente contra el escritorio para que James no pueda ver lo roja que me he puesto. Extraño lo sencillas que solían ser las cosas cuando James y yo no discutíamos sobre mi vida amorosa. Cuando Len era sólo un deportista y no me importaba conocerlo. Cuando yo no esperaba nada de él, y él no quería nada de mí.

Pero es confuso, porque aunque el estado actual de las cosas es tan patético como podría serlo, no estoy del todo segura de que lo haría distinto ahora. Pienso en lo que Len me preguntó en la fiesta. *¿Hubieras preferido eso? ¿Que nunca hubiéramos sido amigos?*

—Fue una mierda lo que hizo, publicar el manifiesto —digo con mi rostro contra la madera lacada.

—Lo fue.

—Me dijo que renunciaría.

James se encoge de hombros con gesto comprensivo.

—No me ha dicho nada todavía.

Claro. Quizá también mintió sobre eso.

Busco en mi mochila y saco un borrador de Olivia. Es una historia sobre cuán pocos de los "clásicos" de la colección de la biblioteca escolar fueron escritos por mujeres (y, en especial, por mujeres de color). De hecho, ella fue quien lo propuso la semana pasada. Era el tipo de historia sustentada en datos que me habría gustado escribir, si todo no fuera un desastre.

—Estaba inspirada, ya sabes, por todas esas cosas feministas que has estado haciendo —dijo Olivia—. Eso hizo que el tema pareciera oportuno.

Podría haberla abrazado, si yo fuera esa clase de personas que dan abrazos.

Estoy a la mitad de escribir un comentario largo en el margen cuando escucho que se abre la puerta.

—Mmm, Elisa —dice James—, alguien vino a verte.

Me da un vuelco el estómago porque creo que es Len, pero en realidad es un visitante todavía más improbable: Serena. Trae mi viejo suéter gris doblado sobre su brazo.

—Hola —dice.

Estoy tan sorprendida que no puedo responder con algo que no sea:

—Hola.

—Vi esto en el cuarto de cosas perdidas, en el vestidor de las chicas —dice Serena, acercándose—, mientras buscaba uno de mis aretes —me tiende el suéter—. Pensé que quizá lo querrías de regreso.

Cuando me acerco para tomarlo, ella agrega, como si no pudiera evitarlo:

—Aunque en realidad no hace que te veas muy bien. Sin ofender. Sólo pensé que debería decírtelo, como amiga.

—Está bien, Serena —río a pesar de mí, porque ella está hablando en serio.

—O sea —dice ella—, ¿sí somos amigas?

Toco mi suéter, que huele a humedad por haber pasado tanto tiempo entre calcetines solitarios y libros de texto extraviados y quién sabe qué más. Se siente como si hubiera pasado mucho tiempo desde aquella época en que yo lo usaba todos los días.

—Depende —digo—. ¿Estás aquí para decir "Te lo dije"?

Serena me da una versión atenuada de su sonrisa de megavatios.

—No, claro que no —y entonces su sonrisa se desvanece por completo—. ¿Sabes? Todo eso que la gente está diciendo pasará.

—Quizá —me encojo de hombros, como si no fuera la gran cosa—. Estaré bien.

Serena asiente.

—Lo sé, pero lamento no haber sido una mejor amiga.

Esto me toma desprevenida. Lo último que esperaba de todo esto era una disculpa de Serena Hwangbo.

—Está bien —doblo y desdoblo los brazos de mi suéter—. Lamento haberme metido con el rostro del patriarcado.

Ahora Serena ríe.

—¿Va a dimitir, al menos?

—No lo sé —respondo—. Dijo que lo haría, pero no lo ha hecho. No sé cuántos "trabajos manuales" más serán necesarios.

Serena parece sorprendida por un segundo antes de que una sonrisa se dibuje en su rostro.

—Oh, Dios mío, Elisa —dice, riéndose—. *Eres* la peor.

Y aunque las cosas todavía apestan, me siento bien al saber que con Serena, por lo pronto, están bien.

37

Papá consigue un trabajo en un restaurante chino de comida rápida llamado Golden Chopsticks. Es diferente a su trabajo anterior. Ahora preparará pollo a la naranja y *lo mein*, en lugar de langosta al vapor y sopa de pescado. Los clientes son más jóvenes, más blancos e hispanos que chinos y vietnamitas, y hacen muchos pedidos en línea. Papá dice que parece que la parte más difícil será llevar un registro de todo lo que ingresa a través de la computadora, porque todo está en inglés.

Nunca he estado en Golden Chopsticks, así que lo busco. Las reseñas de Yelp son mediocres y me pregunto si cambiarán una vez que papá haya trabajado allí durante un tiempo. Eso espero. Uso Yelp todo el tiempo, pero pienso que es divertido pensar que papá recibe comentarios allí.

El martes por la noche, cuando mamá está en la cocina, picando ajo con el gran cuchillo de carnicero, me acerco y me siento en uno de los taburetes de la barra. Todavía no ha encendido la campana extractora, por lo que el único sonido es la tapa de la olla arrocera traqueteando por el vapor burbujeante. Desde que papá comenzó a trabajar ayer en Golden

Chopsticks, mamá ha comenzado a cocinar sola nuevamente.

Me doy cuenta de que cuando mamá se queja de que papá no está en casa lo suficiente para pasar tiempo con Kim y conmigo también se trata de ella.

—Hey, mamá —digo—, ¿necesitas ayuda?

Mamá me mira y luego vuelve a picar.

—¿Terminaste tu tarea?

—No —digo.

—Ve a trabajar en eso. Estoy bien.

—Sólo me estoy tomando un descanso.

—La escuela es difícil ahora, pero cosecharás los beneficios más adelante. *Sīn fú hauh tìhm* —ése es uno de los dichos favoritos de mamá: *Primero amargo, luego dulce.*

—Lo sé.

—Tú estudias mucho, no tendrás que ser una trabajadora como tu mamá y tu papá. Puedes ser la *lóuh báan* —la jefa, dice.

—¿Crees que debería tener un negocio cuando sea grande? —estoy bromeando a medias, porque ya sé lo que va a decir.

—¿Tú eres de ese tipo de personas que saben hacer negocios? Si es así, entonces sí, puedes ganar mucho dinero de esa manera —me evalúa por un momento—. Pero no creo que puedas. Eres demasiado honesta. Eres como tu papá.

Bueno, tal vez si hubiera sido un poco *más* honesta, no me habría metido en tantos problemas.

—¿Y qué hay de ti?

—Requiere demasiado coraje. No lo tengo.

Mamá comienza a lavar las espinacas, agitando hábilmente las hojas sumergidas antes de transferirlas a un colador de plástico rosa. Siempre que he intentado ayudarla, mamá ha criticado mi débil técnica.

343

—¿Crees que a papá le está gustando su nuevo trabajo?

—¿Qué tiene que gustarle? Trabajo es trabajo —mamá niega con la cabeza—. Y tu papá, por la razón que sea, está atrapado en esta profesión. Dicen que el peor miedo de un hombre es elegir la carrera equivocada; el peor miedo de una mujer es elegir al hombre equivocado.

Arrugo la nariz ante esto.

—Eso ya no es cierto.

—Sigue siendo verdad. Si te casas con la persona equivocada implicará vida de sufrimiento.

—Pero las mujeres también pueden tener carreras ahora. No tienen por qué depender de los hombres.

—Por supuesto que una mujer debería trabajar, incluso si es sólo a tiempo parcial. ¿Qué te digo siempre? Si tú ganas tu propio dinero entonces puedes tener voz y voto en la familia. Si confías sólo en el dinero de tu esposo, un día él te lo echará en cara.

Decido no mencionar que es posible que una mujer ni siquiera se case, porque eso podría ganarme un sermón.

—Sólo quiero decir que ahora es posible que una mujer sea la que gane más dinero.

—Es poco probable.

—Estoy diciendo que es posible.

—Una mujer así debe ser muy intrépida y astuta. No es algo fácil.

—Tal vez yo lo intente.

—No.

Me sorprende su reacción.

—¿Por qué no? Siempre dices que soy tan inteligente.

—No se trata de qué tan inteligente seas —mamá vierte un poco de aceite vegetal en el wok—. Como mujer, debes elegir una carrera que no sea demasiado exigente. Verás, tener hijos y cuidar de la familia es un trabajo arduo. Hacer ambas cosas es demasiado.

—Tal vez si yo soy el sostén de la familia, mi esposo se hará cargo de la familia.

—No, una mujer es por naturaleza más cariñosa. ¿Ves a tu papá? Es un hombre, por lo que su trabajo es ganar dinero para mantenerte. Él te ama, pero soy yo quien te cuida.

Recuerdo sus palabras de la discusión de esa noche. *¿Por qué tengo que encargarme de todo en esta familia?*

—No creo que las cosas deban ser así —digo.

—Pero así son. Tú misma dijiste que a las mujeres se les paga menos que a los hombres por el mismo trabajo, ¿cierto? Parece lógico que el marido sea el que gane más dinero. Me sorprende que haya prestado atención a todo lo que le he dicho.

—Sí, pero también dije que quiero cambiar eso.

—Puede que te tome mucho tiempo, Elisa —mamá suena cansada—. Ser humano ya es bastante difícil. No te lo pongas más complicado —levanta la mano para encender la campana extractora, luego desliza el ajo en el wok y la conversación se evapora en un chisporroteo.

En la sala, donde Kim está trabajando en su escritorio, me subo al sofá y apoyo un codo en el apoyabrazos.

—¿Crees que mamá sea feminista?

El lápiz de Kim está sobre su conjunto de problemas.

—Mmmm... no.

—Es extraño, porque a veces parece que lo es y a veces parece que no.

—¿No es así como le pasa a la mayoría de la gente?

Supongo que Kim ha entendido mejor que yo todo el tiempo.

—¿Qué crees que habría hecho con su vida si no nos hubiera tenido?

—¿Y si no hubiera existido toda la situación de los refugiados?

—Sí.

—No lo sé. Una vez dijo que quería ser ingeniera eléctrica. No tenía ni idea de esto. Por lo que he oído, al parecer mi mamá no tenía ningún interés cuando era niña, además de sacar buenas calificaciones, "porque eso es lo único que importa".

—Me pregunto si se arrepiente —descanso la barbilla en mis manos—. De no poder hacerlo.

—Tal vez —Kim se frota un ojo debajo de los lentes, que golpean sobre su nariz. Sólo usa lentes por la noche, aunque se ve bien con ellos.

Miro a mamá salteando las espinacas, lanzando el wok de vez en cuando para darle una buena consistencia a su contenido.

—A veces pienso que tal vez debería especializarme en ingeniería —dice Kim—. Ya sabes, porque ella no tuvo la oportunidad de hacerlo.

—Todavía podrías, ¿no?

Kim se vuelve hacia la enorme cantidad de notas frente a ella.

—No, no soy lo suficientemente inteligente.

Lo dice sin emoción, como si fuera simplemente un hecho de la vida, y la miro. ¿Cómo puede darse por vencida de esa manera? ¿Y de dónde sacó esa idea?

Pero sí lo sé. Lo he oído un millón de veces: de ella misma, de mamá, de todos los que la conocemos. Incluyéndome a mí. Kim es la bonita. Yo soy la inteligente.

Se me ocurre que, últimamente, Kim ha estado estudiando mucho más de lo habitual. Apilados en su escritorio, hay un montón de libros de texto, incluido uno de química y otro de cálculo. ¿Qué tan difícil sería en realidad si ella intentara convertirse en ingeniera? ¿Si se esforzara?

—Por supuesto que eres lo suficientemente inteligente.

Kim inclina la cabeza a ambos lados.

—¿Las cosas van bien otra vez con el chico o algo así? —bromea.

Me sonrojo. No sabe lo equivocada que está.

—Lo digo en serio, Kim.

Escoge una sección de su cabello y alisa las puntas.

—En serio, ni siquiera me importa, Elisa —dice—. Estoy bien con la biología. Sólo estoy tratando de ingresar a la escuela de farmacología.

—Pero ingeniería eléctrica podría ser genial, sobre todo porque es uno de los campos donde las mujeres están menos representadas. Si estuvieras interesada…

—No lo estoy —Kim me interrumpe, pero con amabilidad.

—¡Hora de comer! —nos llama mamá, raspando las espinacas en una fuente de metal.

—No soy como tú, Elisa —dice Kim, mientras la sigo a la cocina—. No necesito que todo en mi vida signifique algo —abre el cajón para sacar tres juegos de palillos.

Pero y si se pudiera, pienso.

38

Durante el almuerzo del día siguiente, Serena me envía un mensaje de texto invitándome de nuevo a su mesa, pero le doy una excusa. Por mucho que aprecio el respaldo de Hwangbo, creo que tal vez sería prudente que siguiera siendo discreta por un tiempo. Así que me retiro a un lugar detrás del estudio de arte. Es tranquilo aquí atrás y, lo mejor de todo, nadie puede mirarme mientras me siento sola en el asfalto y desenvuelvo mi sándwich.

Lo miro y suspiro. Demasiado pavo, como de costumbre.

La puerta se abre e instintivamente me agacho, a pesar de que estoy escondida, al otro lado del edificio.

—Escuché que ella le hizo sexo oral en la fiesta de Nate Gordon —dice la voz de un chico—. En la escalera de la entrada.

Están hablando de mí. Debería arrastrarme bajo el edificio y acostarme entre las arañas como un cadáver.

—¡Qué asco, Jared! —chilla una chica.

—¿Qué? ¡Eso es lo que todos dicen! —por supuesto que sí.

—En verdad, no pensé que Elisa fuera ese tipo de chica —dice otra voz, la de un chico—. Parece demasiado estirada.

Jared ríe a carcajadas.

—Bueno, ya sabes lo que dicen...

Saludo a ambos con el dedo medio a pesar de que no pueden verme.

—No me importa lo que ella haga con él —dice otra chica—. Como sea. Mi punto es: ¿por qué arrastrarnos a los demás al drama? Yo querría tener una verdadera conversación sobre el sexismo en el campus —escucho más pasos bajando por la rampa, y luego la chica agrega—: ¿Tú qué opinas, Winona?

Casi se me cae el sándwich.

—¿Te refieres a Elisa? —la respuesta de Winona es cuidadosa, las palabras se alargan un poco, de la forma en que lo hace cuando todavía está pensando en la mejor manera de encantar a alguien.

—¿No la ayudaron tú y Serena a planear todo? Eso debió haber apestado, cuando las dejó por Len.

Otra pausa, pero luego llega su respuesta, con una presteza que me golpea con fuerza en el pecho:

—Sí, pensé que ella era mejor que eso.

Una lluvia de autorreproches desciende sobre mí, la vergüenza cae en forma de fragmentos. He escuchado muchas cosas sobre mí desde esa noche de la fiesta, pero ésta, por mucho, es la que más duele.

—Se suponía que Elisa debía tomar una posición contra el sexismo, y es claro que fracasó —continúa Winona, y yo agacho la cabeza, preguntándome si alguna vez dejaré de sentirme como una completa mierda por esto.

Pero luego, sin previo aviso, agrega:

—Porque ninguno de ustedes ha notado cómo la reacción de todos ustedes ante toda esta situación sigue siendo todavía cien por ciento sexista.

Las botas de Winona rechinan por la rampa mientras pasa junto a los demás, dejándonos a todos en silencio con nuestros pensamientos.

* * *

Esa tarde, después de una larga deliberación, decido hacer un intento más para disculparme con Winona, aunque estoy segura de que todavía no quiere hablar conmigo. Pero debo intentarlo, me digo, mientras avanzo por la acera de la avenida Palermo. Es lo menos que puedo hacer.

—¡Dijiste que ésta sería la última vez! —más adelante, Doug está parado en medio de la calle, con los brazos cruzados.

—¡Dije que sería la última vez si lo hacíamos bien! —grita Winona desde la acera—. Ésa fue la peor actuación que he visto en mi vida. ¿Qué tipo de emoción se suponía que era ésa?

Sai, medio tirado en la hierba, es el primero que me ve.

—Hey, miren, es Elisa.

Entonces, todos me observan, y Doug saluda extasiado.

—¡Elisa! Ven aquí y dile a mi hermana que se ha vuelto loca.

Winona agarra el brazo de Doug con una mano y su cámara con la otra, alejándose en la dirección opuesta.

—Tendrás buena suerte si consigues que Elisa me diga algo. Ha estado *muy* ocupada con otros intereses.

—Winona, espera —corro para acercarme, pero ella sigue caminando, arrastrando a un Doug que no deja de retorcerse. Tomo el micrófono boom del césped y sigo un paso detrás de ellos, junto a Sai—. Winona, lo siento.

Ella no se da la vuelta.

350

—Si no eres parte de esta producción, vete.

Acelero para interponerme en su camino.

—Yo *sí* soy parte de esta producción —retrocedo, pensando rápido—. Soy la productora.

Winona me lanza una mirada llena de amargura.

—No, estás despedida.

—Bueno, técnicamente, despedir gente es mi trabajo.

—Entonces, despídete.

—Está bien. Si eso es lo que realmente quieres, lo haré. Pero también es mi trabajo asegurarme de que esta película se realice según lo programado, y creo recordar que la fecha límite del Festival Nacional de Jóvenes Cineastas es esta noche. Ahora estamos frente a la casa de los Wilson, y Winona, malhumorada, libera a Doug.

—Así que… —prosigo, aunque es arriesgado— supongo que me estoy preguntando si necesitamos volver a filmar esta escena.

—Por octava vez —murmura Doug, sobando su antebrazo.

Winona está analizando la hierba del jardín y yo contengo la respiración, esperando una respuesta que no estoy segura de estar lista para escuchar.

Por fin, sube los escalones de piedra que conducen a la puerta principal.

—¿Por qué no lo averiguas por ti misma?

Arriba, me acomodo frente a la computadora de Winona para ver la edición actual de la película. Comienza con una modesta Winona, como la hermana mayor del personaje de Doug, pasando junto a los dos niños que juegan manitas calientes. Luego, la historia cambia a sólo Doug y Sai, que aparecen corriendo por la acera de Palermo, llenos de espíritu y risas. Irrumpen en el 7-Eleven y arruinan la sección de dulces antes de que mi voz los interrumpa, acusando a Doug de robar. Al ver las caras de los chicos en la cámara, puedo reconocer cuán eficazmente Winona ha capturado una sensación de malestar y claustrofobia.

—Esto es excelente —le digo, volviéndome hacia Winona. Pero ella sólo frunce el ceño y anota algo en su cuaderno. Ahora, Doug y Sai están hablando mientras deambulan por la avenida Palermo. Doug está molesto por la acusación, pero Sai no lo entiende. El abismo entre ellos se ensancha y se pelean. Entonces Doug empuja a Sai, Sai lo empuja también, en respuesta, y Doug cae sobre el jardín. Pero enseguida, Doug se levanta de nuevo y avanza por la calle. Sai corre tras él, golpeando fuertemente la acera hasta que tropieza y cae. Doug, todavía corriendo, gira la cabeza justo a tiempo para ver la caída, y disminuye gradualmente la velocidad. Hay un momento de silencio mientras considera qué hacer. Entonces se acerca un automóvil, oímos su rugido antes de ver el resplandeciente cromado, y es Winona al volante del convertible de época de su padre, balanceando unos lentes de sol. Baja la ventana y examina la situación. *Sube*, parece sugerirle a Doug, y él obedece. Luego, ella se acerca a Sai y le ofrece llevarlo también. Después de que él se sube al asiento trasero, Winona los lleva hacia la puesta de sol.

Cuando termina, estoy sonriendo de oreja a oreja. He visto muchas películas de Winona Wilson y ésta es la mejor hasta ahora.

—Ésta fue una obra maestra —deliro, girando para enfrentar a Winona—. O sea, en serio... —pero hago una pausa cuando me doy cuenta de que ella no está escuchando—. ¿Qué estás haciendo?

Winona todavía está escribiendo notas, tan salvajemente que ni siquiera puedo leerlas.

—Creo que la escena de la avenida Palermo necesita algo más —dice, más a la página que a mí—. ¿O tal vez menos?

Le quito el cuaderno para que deje de escribir.

—¿Eh, qué pasa contigo?

—Nada —responde ella, lanzándose sobre mí para recuperar sus notas—. Sólo necesito que esto sea realmente genial. Algunos cambios más y...

—Pero podrías seguir haciendo cambios por siempre —señalo—. Nunca terminarás a este ritmo. ¿Cómo lo vas a presentar?

—Bueno, ¡tal vez no lo haga!

El tono de su voz me hace sentarme y soltar su cuaderno, que se lleva al pecho.

—No puedes *no* enviarlo —le digo—. Ni siquiera tendrás una oportunidad si no entras.

—Sí, pero tampoco podré ser rechazada —Winona utiliza una voz tan baja cuando dice esto que casi no la escucho.

Pero finalmente comprendo y reúno todas las piezas. *Por eso* reescribió todo de forma tan obsesiva. *Por eso* presionaba para volver a hacer las tomas tantas veces. Porque si algo no está terminado, nunca será juzgado, en realidad. Nunca tendrías que lidiar con el hecho de que tal vez eso —y tú— no estuvo a la altura de tus expectativas.

Y vaya si sé lo que significa no estar a la altura de tus propias expectativas.

—Éste es el verdadero asunto, Elisa —dice Winona—. Y supongo que, sobre todo ahora que me he metido literalmente en la película... no quiero saber que no es lo suficientemente buena. No quiero saber que *yo* no soy lo suficientemente buena.

Smokey, tal vez sintiendo una oportunidad en la forma en que sólo los perros pueden hacerlo, entra trotando en la habitación y apoya la cabeza en mi regazo, frunciendo el ceño mientras mira a Winona y luego a mí.

—Tal vez lo que pasa con la vida real es que no funciona de esa manera —aventuro, acariciando la cabeza de Smokey—. Quizá no se trate de que seas lo suficientemente buena o no. Tal vez se trate tan sólo del proceso.

Winona se acerca y rasca el lomo de Smokey, lo que precipita un fuerte movimiento de cola.

—Tal vez.

—Como sea —le recuerdo—, tú misma has dicho que los panelistas del festival pueden ser una autoridad parcial. Si no se quedan con tu trabajo, quizá sea su culpa.

—Sí —responde Winona con tristeza—, pero al final del día, ellos siguen siendo la autoridad —su cuaderno se resbala de su regazo, pero no lo levanta—. Es que... todavía significa algo para mí ganar un Oscar o entrar en la Colección Criterion. Todavía quiero el reconocimiento. Y siento que si mi trabajo no es absolutamente perfecto, ¿qué posibilidades tengo?

—Winona —interrumpo—, ¿no suena eso como algo que diría tu padre? ¡No es tu trabajo ser perfecta!

—Lo sé —gime Winona—. Lo sé.

—Y sí, puede que te rechacen, tal vez por razones injustas, pero lo mejor que puedes hacer en este momento es lanzar tu tiro. Así que lánzalo, porque tu película es en verdad buena. Definitivamente, lo suficiente para enviarla —Winona comienza a ignorarme, pero no la dejo—. Lo digo en serio. Lamento haber sido una inútil últimamente, pero te juro que te diría si hubiera algo que en verdad necesitas cambiar. Sabes que lo haría.

Winona se estira en el suelo.

—Eso es cierto —dice despacio—. Pero seamos realistas, tu juicio ha sido un poco cuestionable estos días.

La observación, aunque no inexacta, todavía hace que mis entrañas se contraigan.

—También lamento toda esa situación de Len —digo, arrepentida—. En serio.

Winona ha dejado de acariciar a Smokey, así que ahora ambos me miran con la misma expresión de *¿Qué pasa?*

—¿Qué pensaste que iba a pasar cuando se corriera la voz?

—Para ser honesta, no dediqué el suficiente tiempo para meditarlo.

Un bufido se escapa por su nariz, y es entonces cuando por fin le cuento la historia completa. El beso. Las caricias. La forma en que Serena se enteró. La revelación sobre el manifiesto.

—Y, bueno —digo—. Ya conoces el resto.

—Eso es una mierda, Elisa.

—Lo sé. Debería haberte contado todo esto antes.

—¿Por qué no lo hiciste? —la frente de Winona se arruga, pero su pregunta parece venir más de la herida que del enojo.

La respuesta surge de lo más profundo de mi pecho, y por mucho que quiera ignorarla, no puedo:

—Tenía miedo —lo admito. Las palabras se sienten tensas e inadecuadas al salir, pero son la verdad. Toda mi bravuconería sobre no temerle a nada resultó, al final, injustificada—. Me preocupaba que tú, más que nadie, pensaras que terminaría decepcionando a todos, que creyeras que había perdido de vista lo que era realmente importante. Y que tuvieras razón.

Winona acaricia la parte superior del hocico de Smokey.

—Tal vez hubiera sido *dura* contigo —concuerda—. Como fui dura con Serena —suspirando, reflexiona sobre la alfombra durante un buen rato—. Como soy dura conmigo misma.

—Bueno, a diferencia de ti o de Serena, arruiné todo el asunto del feminismo.

—No, no lo hiciste —Winona se apoya en los codos y me mira—. Pero tampoco pusiste las cosas fáciles para que alguien pudiera defenderte.

Una nueva ola de agotamiento me golpea entonces, y me siento lista para darme por vencida: la reacción de los últimos días, las malas decisiones que tomé y todo lo que ya venía desde antes.

—Sí —le digo con cansancio—. A veces pienso que no debería haberme molestado con nada de eso.

—En realidad, no lo crees —dice Winona—. Y yo tampoco —su mirada se vuelve severa y cierro los ojos, preparándome para más censuras—. Sin embargo, la próxima vez que decidas convertir el patriarcado en tu juguete, agradecería que me lo informaras antes que a Serena Hwangbo. No creo que sea mucho pedirle a tu mejor amiga.

Río. El alivio casi me hace languidecer.

—Anotado.

—Sobre todo, si dicho chico va a venir a preguntarme dónde estás.

—¿Qué? —mis mejillas se enrojecen.

—No te preocupes, no fui tan amable con él.

—Pero ¿qué quería?

Al oír esto, Smokey deja caer la cabeza al suelo con desdén y Winona levanta una ceja.

—¿Tú qué crees?

* * *

Más tarde esa noche, mientras estoy tendida en mi cama, tratando de memorizar algunas palabras en español, Winona me envía un mensaje de texto para decirme que *Los caminos de entrada* ha sido presentada oficialmente para ser considerada para el Festival Nacional de Jóvenes Cineastas de este año. Respondo de inmediato con una fila de signos de admiración y, durante los siguientes minutos, básicamente no intercambiamos nada más que una serie de emojis de celebración.

Luego, mi teléfono suena con otro tipo de notificación. Alguien, al parecer, acaba de comentar sobre la publicación original de Insta de Natalie, lo cual todavía ocurre ocasionalmente. Deslizo las capturas de pantalla como una masoquista, llenándome de ira y humillación renovada mientras releo mis propias palabras.

Pero luego, llego a la última parte, los dos párrafos que en realidad no escribí.

Pensé que mis estimados colegas del Bugle *eran mejores que esto. No lo son. Ellos nunca lo han sido. En las tres décadas de existencia de este periódico, sólo siete de sus editores han sido mujeres. Eso equivale a diecinueve por ciento. Eso es más bajo que el porcentaje de mujeres que en la actualidad son parte del Congreso. Estamos hablando del Congreso, gente.*

Hoy, el Bugle *podría haber hecho una pequeña parte para doblar el arco del universo moral. En cambio, ha elegido a otro hombre para hacer un trabajo que, de acuerdo con casi todos los criterios, debería haber sido para una mujer mucho más merecedora. Me siento decepcionada, indignada e insultada… pero tal vez no sorprendida.*

Es entonces cuando me doy cuenta de algo. Si Len fue quien publicó el manifiesto, entonces... él debió de haber escrito ese final.

¿Qué podría significar? ¿Estaba sólo tirando mierda? ¿Se suponía que eso sería una parodia de algo que yo habría escrito?

¿O lo decía en serio?

Lo imagino parado en la sala de redacción, contando los retratos de las editoras en la pared, o sentado en su estúpida silla de Princeton en su habitación, buscando en Google el número de mujeres que han sido miembros del Congreso. Con mi cabeza colgando sobre el borde de mi cama, compruebo si *La vida: instrucciones de uso* todavía está donde lo arrojé. Por supuesto, ahí está, abierto de modo que más o menos las primeras cincuenta páginas están dobladas. Me agacho por instinto para rescatarlo y aliso los pliegues antes de recordar, a medio movimiento, que se supone que no me importa un carajo si arruiné el libro de Len.

Paso al final del censurable tomo, que concluye en el capítulo 99. Si Perec hubiera seguido adecuadamente su propio concepto de desafío-del-caballo-por-el-edificio-de-apartamentos, debería haber habido cien capítulos, uno para cada habitación. Pero no lo hizo. A propósito, omitió un capítulo, sólo para romper el sistema. Esto, he aprendido desde que hice la investigación sobre el escritor, era cosa de Perec: creía que las limitaciones estructurales podrían convertirse en la razón de ser de una obra, pero la verdadera creatividad y significado venía de abrazar un *clinamen*, o una desviación intencional de esas limitaciones.

Así que Len tenía razón cuando me dijo que la escritura

de Perec se trataba de reglas. Y aunque me negué a escuchar, también insinuó cómo eso significaba romperlas. La gente piensa que esto hace que el trabajo de Perec sea más humanista o, al menos, más filosófico. Porque supongo que nada en la vida es tan ordenado como esperas.

Tomo otra vez mi teléfono y reviso los últimos mensajes que recibí de Len:

La cagué, Elisa.

Lo siento.

¿Podemos hablar, por favor?

Pienso en responderle, pero en su lugar aprieto el botón de bloqueo y apago la luz. En la oscuridad, me acurruco de lado y aprieto el borde del edredón cerca de mi pecho.

Maldito Len. Cada vez que creo que lo tengo resuelto.

39

Por la mañana, estoy en la primera hora de Quimica, tratando de avanzar en mi lectura de Historia de Estados Unidos, cuando los anuncios de la mañana comienzan con el sonido de Otis Redding.

Levanto la mirada y me encuentro con el video promocional del baile de graduación de Winona, *Las chicas de rosa*. Consiguió que esta estudiante de último año, Jada Williams, capitana del equipo de baile de Willoughby, se disfrazara de Duckie y sincronizara los labios con "Try a Little Tenderness", como en la película. Jada, con un blazer marrón, baila enérgicamente por el patio y disfruta de cada segundo. A medida que el plano final se desvanece, las palabras *Las chicas de rosa* aparecen en magenta neón y, debajo, *Graduación del Bachillerato Willoughby* y *Boletos a la venta en el patio*. Todo el mundo aplaude cuando termina, incluyéndome.

Estoy a punto de volver a leer sobre la distensión de la Guerra Fría cuando escucho una voz inesperada procedente de la televisión.

—Hola, Centinelas. Éste es Len DiMartile.

—Y ésta es Serena Hwangbo.

—Por favor, rindamos un saludo a la bandera.

Me quedo clavada en mi asiento durante cinco segundos completos después de que todos los demás se han levantado, y mientras me pongo de pie, no puedo dejar de mirar a Len. Hoy lleva una camisa de franela color pastel; el estampado escocés es de rosas y amarillos descoloridos. Se para al lado de Serena, que es al menos veinticinco centímetros más baja, y ambos se giran ligeramente, con las manos colocadas sobre sus corazones. Sin embargo, en el otro lado del pecho, ambos llevan pines de *SOY FEMINISTA*. El de Len es particularmente notorio por el trozo de cinta adhesiva que cubre la palabra *FEMINIS-TA*. En su lugar, escrito con marcador Sharpie, está la palabra *PUTA*.

Miro a James, quien, sospechosamente, no está sorprendido.

—Hey —le susurro—, ¿qué está pasando?

—Sólo espera y lo verás —responde de manera críptica.

Entonces, quizá por tercera vez este año, presto atención a los anuncios de la mañana. Por supuesto, en realidad no retengo una sola cosa que hayan dicho Len o Serena. Todo el tiempo me siento inquieta, preguntándome qué va a pasar.

—De acuerdo, Len —dice Serena, finalmente—. ¿Escuché que tienes un anuncio especial?

—Sí —responde, asintiendo. No es tan lindo en la televisión como en la vida real, pero la semejanza es suficiente para que mi corazón se acelere de cualquier manera—. Bueno, como estoy seguro de que todo el mundo sabe, el personal del *Bugle* me eligió recientemente para que fuera el editor en jefe el próximo año.

La gente a mi alrededor está lanzando miradas de reojo en mi dirección ahora. Finjo que no me doy cuenta.

—Y se ha expresado mucha oposición en contra de esto, en gran parte razonable —Len se aclara la garganta y suena inusualmente nervioso. Ahí van sus dedos a su cabello. Mi curiosidad está realmente estimulada.

—Estoy de acuerdo en que no hemos tenido suficientes estudiantes mujeres en puestos de liderazgo en Willoughby, sobre todo en los roles de presidenta de la escuela y editora del *Bugle*. Los números son una farsa y lamento no haber tenido nada que ver con mejorarlos. Porque el feminismo, contrariamente a la creencia popular, no se trata de odiar a tipos como yo. Se trata de que todos trabajemos juntos por la igualdad —ahora ve a la cámara, con una mirada fija e inquebrantable—. Pero ésa no es la única razón por la que estoy renunciando.

La clase estalla en un murmullo e incluso el señor Pham deja de calificar las pruebas para escuchar.

—Dejo el cargo porque fui yo quien publicó el manifiesto de Elisa Quan en la página de inicio del *Bugle*. Ésa fue una conducta impropia de un editor del *Bugle* y una violación de la integridad periodística más básica. Por no hablar de lo ruin —mete las manos en sus bolsillos—. Así que lo siento. Por todo. Pero no puedo aceptar el puesto porque no es lo correcto.

Se enfrenta a la cámara una vez más y siento como si sus ojos estuvieran fijos en los míos.

—Gracias, Len —dice Serena, como si simplemente estuviera participando en una sesión de anuncios común y corriente—. Se necesita valor para admitir cuando te equivocas, y creo que lo has hecho maravillosamente —ella le dirige a

362

la cámara una pequeña mirada de complicidad, que también, extrañamente, la siento destinada a mí—. Pero quiero preguntarte una cosa más.

Todavía estoy paralizada, al igual que todos los demás.

—Cuéntanos sobre ese pin que llevas puesto —Serena señala su camisa.

—Oh, sí —dice Len—. Como estoy seguro de que también sabes, ha habido algunos rumores bastante feos sobre Elisa y yo. Así que sólo quería dejar las cosas claras. Como sea que llamen a Elisa, yo también debería serlo. No es justo que sólo ella tenga que lidiar con esa basura.

—Eso es muy noble de tu parte, Len —dice Serena—. Pero yo lo llevaría un paso más allá —se acerca y quita la cinta del pin de Len, de modo que una vez más se lee SOY FEMINISTA. Luego se cruza de brazos y habla a la cámara—. Creo que todos deberíamos dejar de insultarnos unos a otros. Yo también he sido culpable. Pero creo que deberíamos trabajar para edificarnos unos a otros, no para derribarnos. Y para mí, eso es lo suficientemente importante como para lanzar una campaña.

Detrás de ella, se despliega una pancarta que muestra a Serena vestida como Rosie the Riveter, blandiendo un bíceps de la manera clásica, con un titular que dice: *¡Hwangbo para presidenta!* como reemplazo de *¡Podemos hacerlo!*

—¡Así es, estoy anunciando oficialmente mi campaña para postularme como presidenta de la escuela!

Tienes que concedérselo. La chica sabe enviar un mensaje.

Al fondo, se escuchan el sonido de gritos y porras, y alguien arroja una lluvia de confeti rojo, blanco y azul.

—Y eso es todo por hoy —dice Serena con alegría—. ¡Buenos días y buena suerte!

Justo antes de que se apague el video, Len aparece a cuadro con una V de la Victoria.

—Vota por Serena —dice, y luego la pantalla se vuelve negra.

Cuando el señor Pham apaga la televisión, James me mira enarcando las cejas.

—¿Cómo se siente ser la nueva editora en jefe del *Bugle*? —pregunta.

Mi mandíbula todavía está abierta, pero no se me ocurren otras palabras que las que finalmente decido enviarle a Len: **De acuerdo, hablemos.**

40

A l final del día, espero a Len detrás del salón de arte, apoyada contra la pared del edificio prefabricado. La calle que bordea este límite del campus es bastante tranquila, y aunque se puede escuchar el estruendo distante de los equipos deportivos practicando, el único sonido real aquí es el viento que ocasionalmente susurra entre la hierba amarilla.

Me deslizo hasta el suelo y recojo los pequeños tréboles blancos, de ésos con los que a Kim le gustaba hacer collares cuando estábamos en la primaria. Siempre tuvo la habilidad de hacerlo de la manera correcta: perforar un tallo con la uña y ensartar la siguiente flor a través de la hendidura, asegurando el capullo. Yo, por otro lado, cuando me molestaba en hacer esas cosas, sólo podía lograrlo atando torpemente cada tallo al siguiente. Pero ése era el precio que pagaba por la fuerza bruta y la impaciencia.

Estoy probando el método de Kim ahora, haciendo una ristra de tréboles de casi medio metro de largo antes de darme cuenta de que Len todavía no ha aparecido.

Cuando reviso mi teléfono, no hay otro mensaje que no sea el último, en el que accedió a encontrarse conmigo aquí.

Le vuelvo a enviar un mensaje de texto, pero en respuesta, sólo hay un silencio doloroso y prolongado. ¿Dónde podría estar? Una parte de mí se pregunta si no vendrá después de todo. ¿Pasó por todos esos problemas con los anuncios de la mañana sólo para dejarme plantada? Mi pecho se contrae en protesta. *Eso no parece propio de él*, insiste. La vergüenza se apodera de mis mejillas y empiezo a romper mi cadena de tréboles, una flor a la vez. ¿Qué sé en realidad sobre cómo es Len? No puedo creer que después de todo esto todavía le esté dando el beneficio de la duda. Yo, Elisa Quan, no le doy a la gente el beneficio de la duda.

Sin embargo, a mitad del camino de mi destrucción de tréboles, hago una pausa. Podría seguir sentada aquí, destrozando un tallo tras otro, con mi decisión endurecida por algo familiar y apropiado, pero también profundamente insatisfactorio. O podría admitir que tal vez ya no quiero eso.

Ato el resto de la cadena de flores en una pulsera y luego me levanto de un salto. No tengo que darle a Len el beneficio de la duda. Pero puedo darle otra oportunidad.

De vuelta en el patio, la multitud después de la escuela se ha reducido casi por completo. Sin embargo, se me ocurre que no tengo ni idea de por dónde empezar a buscarlo. Tomo otra vez mi teléfono, tratando de pensar en alguien a quien pudiera enviarle un mensaje de texto. ¿Serena, tal vez?

Luego, a unos metros de distancia, escucho un golpe en la ventana de un salón de clases cercano. Y, después de unos segundos, otro. Me acerco para investigar, y es entonces cuando lo veo. Al otro lado del cristal, está agachado sobre un escritorio, catapultando un clip que aterriza con un suave tintineo contra el cristal de la ventana. Cuando se da cuenta de que ya tiene mi atención, hace una pantomima de estar enviando mensajes de texto y agita las manos en un gesto desesperado. *Sin teléfono*, dice.

Así que eso es lo que sucedió: Len fue castigado y se quedó atascado con un maestro que en realidad es estricto a la hora de recoger los teléfonos. Estaría mintiendo si dijera que no me siento un *poco* satisfecha de que algo, por fin, le haya tocado a Len. Pero tengo que hablar con él, me doy cuenta. El impulso le está ganando a mis nervios con cada minuto que pasa, y si espero hasta que termine el castigo, no quedará mucho tiempo antes de que mamá llegue a recogerme.

No tengo ningún plan, pero eso no me impide correr y encontrarme completa y descaradamente dentro del salón antes de darme cuenta de que el miembro de la facultad a cargo de la detención hoy es...

—¡Doctor Guinn!

Levanta la vista de un número de *The Atlantic* y me mira por encima de sus lentes.

—Hola, Elisa —dice—. ¿Sólo estás de visita hoy?

—En realidad... —digo, y luego me detengo, porque no sé cómo terminar la oración. Inapropiadamente, o quizás apropiadamente, me pregunto qué haría Len. Entonces, una idea destella en mi mente— tengo una pregunta.

El doctor Guinn dobla su revista y la coloca sobre el escritorio. Todos los demás, confundidos y emocionados por esta interrupción, esperan su respuesta. Llega después de una larga pausa:

—¿Puedo suponer que esto involucra a nuestro amigo de la última fila?

Todas las miradas se vuelven hacia Len, quien está medio encorvado en su asiento, con ambas piernas estiradas hacia el pasillo.

—Ésa es la cosa, sin embargo —digo—. No es que sea exactamente mi amigo —por el rabillo del ojo, noto que Len hace una mínima mueca de dolor.

—Imagino, entonces —añade el doctor Guinn, masajeándose la frente—, que pensarás que hay una cierta justicia en las consecuencias.

Decido no responder a eso.

—Doctor Guinn —digo en cambio, lanzando mi voz sobre el espacio donde su pregunta flota en el aire—, ¿no fue usted quien alguna vez habló sobre la importancia de la conexión?

Las cejas del doctor Guinn, casi invisibles por su escasez, se elevan con leve sorpresa. No se espera esto, que es exactamente con lo que estoy contando.

—Dijo que deberíamos intentar conectarnos con aquellos que no están de acuerdo con nosotros —continúo—. Con aquellos que creemos que nos han hecho mal.

—Creo que tuvimos esta discusión, sí.

—Pero subsanar ese tipo de división requiere que ambos lados extiendan, como usted dice, una mano sobre las trincheras —hago un gesto ahora hacia Len, que todavía lleva puesto su pin SOY FEMINISTA—. A veces no lo hacemos muy bien, y otras veces no es suficiente —él se hunde un poco más en su asiento—. Pero creo que vale la pena reconocerlo cuando lo intentamos.

Los brazos del doctor Guinn están en su habitual posición cruzada, con la boca presionada en una línea reflexiva que está a medio camino de una sonrisa o un ceño fruncido.

—¿Qué propones, Elisa?

Bien, aquí va.

—Creo que Len lo intentó hoy —le digo, señalándolo—. Me mata admitirlo, pero lo haré, porque yo también lo estoy intentando —doy un paso hacia delante, y aunque Len permanece callado y sin sonreír, sus ojos se iluminan—. No creo que deba ser castigado por haber hecho por fin lo correcto. Por una vez.

El doctor Guinn se reclina en su silla.

—Estás pidiendo que Len sea liberado de la sanción.

Asiento con la cabeza, mirando el reloj directamente sobre la brillante cabeza del doctor Guinn.

—Sólo quedan alrededor de cuarenta minutos a estas alturas —digo—. Creo que se ha ganado al menos ese indulto.

Se produce un silencio mientras el doctor Guinn revisa su reloj y, al darse cuenta de que al parecer necesita cuerda, gira la perilla de metal en el costado hasta que se detiene con un clic. Una vez más, toda la habitación está hipnotizada. Por fin, se emite una respuesta.

—Muy bien —dice el doctor Guinn—. Indulto concedido.

La atmósfera se convierte en una celebración, lo cual es un poco extraño cuando lo piensas, porque sólo saqué a Len del castigo y a nadie más. Pero Len, siendo Len, se ha levantado de su asiento y los chicos que lo rodean ya lo están saludando con los cinco en alto. Gritos de "¡Bien, DiMartile!" y "¡Eres el mejor!" llegan hasta él, y mientras veo que lo felicitan por no haber hecho precisamente nada, llego a la conclusión de que algunas cosas, al parecer, nunca cambian.

O tal vez puedan cambiar. Len, meneando levemente la cabeza, me tiende una mano, como un actor que hace un gesto de reconocimiento a la orquesta durante una llamada al escenario, y alguien más agrega: "¡Sí, crédito a quien lo merece!".

Al salir, el doctor Guinn nos despide. Para mí, dice:

—Puede que nunca estemos del todo de acuerdo, Elisa, pero tu tenacidad es, y siempre ha sido, una fuerza —todavía estoy averiguando si lo dice como un cumplido cuando le entrega a Len su teléfono—. Y a usted, señor, lo veré aquí mañana.

—¿Mañana? —le pregunto a Len cuando estamos afuera. Me sonríe de manera amplia, cálida y familiar.

—Si no te importa, tendré que ser liberado del castigo unas cuatro veces más.

—¡No sé si vales la pena! —pero río y se siente mejor de lo que esperaba.

La felicidad de Len es obvia, aunque está teñida de una energía furiosa y asustadiza. Sus dedos vuelan por su cabello antes de bajar su gorra de beisbol sobre sus ojos. Nunca lo había visto así y, al mismo tiempo, sé exactamente cómo se siente.

—¿Puedo invitarte algo de beber? —dice, con la voz quebrada un poco por las palabras.

En el mostrador de Boba Bros, Len pide lo que está en la pizarra especial semanal para él y luego, antes de que yo pueda decir nada, agrega:

—Y un té de lavanda con gelatina de almendras, por favor. Con leche de soya y la mitad del edulcorante —da un paso atrás para hacer un espacio para mí—, ¿cierto?

Es exactamente mi orden habitual, y cuando mi rostro se ilumina involuntariamente, puedo sentir su tensión disolverse en una especie de satisfacción. Su alivio es casi engreído. Por eso, cuando lleva las bebidas adonde estoy esperando, en el jardín del centro comercial, señalo la otra.

—Me gustaría tomar eso hoy, si no te importa.

Esto lo desconcierta, como sabía que lo haría. Pero me entrega el vaso sin preguntar nada.

—Es *hojicha* —dice, y se deja caer al suelo a mi lado—. Un té verde japonés.

Tomo un sorbo y me sorprende lo diferente que es: rico y pleno como la canela o el azúcar quemada, pero sin el regusto áspero. En realidad, no está mal. Nuevo, pero de alguna manera reconfortante.

En el silencio entre nosotros, Len mastica su popote más de lo que bebe, y pasamos unos minutos tan sólo viendo pasar los autos.

—Ése fue un gran anuncio, el que hiciste esta mañana —digo finalmente.

—Escucha, lo siento mucho, Elisa —dice él, al mismo tiempo.

Después de una pausa, Len avanza titubeante:

—Lamento haber publicado el manifiesto y no habértelo dicho. Sin lugar a dudas, fue increíblemente estúpido. Pero la descripción que hiciste de mí fue tan despiadada... bueno, honestamente, quería ver lo divertido que sería provocarte —manchas de culpa color rosa se extienden por sus mejillas.

Pongo mi popote dentro de mi taza.

—Lo sé, así es como finges que las cosas no te hacen daño. Siendo un idiota.

El rostro de Len se eriza de remordimiento.

—Lo juro, estaba destinado principalmente a ser una broma tonta y autocrítica. Ni siquiera pensé que nadie más que tú lo vería antes de que lo elimináramos. Intenté que ni James ni Powell lo vieran, ¿recuerdas? Pero luego se convirtió en todo esto que no supe cómo detener.

Toca mi muñeca, las yemas de sus dedos rozan mi piel y se demora sobre el brazalete de trébol, suavemente, antes de dejar caer la mano de nuevo en la hierba.

371

—Obviamente, no pensé bien las cosas. Y luego tuve miedo de decirte la verdad —ahora está tomando grandes sorbos de su té, apurando la taza a un ritmo poco recomendable—. Me disculpo por haber sido un cobarde, por haber roto tu confianza y por todo lo que pasó por mi culpa. Y también por todas las cosas de mierda que dije.

—*Tú* fuiste una mierda.

Len intenta ocultar su reacción bebiendo de su vaso, pero sólo quedan cubitos de gelatina de almendras y hielo.

—Sí —dice, desamparado.

—Pero no estabas del todo equivocado —ahora yo suspiro en mi té—. Yo también dije algunas cosas realmente horribles. Y me disculpo —estiro las piernas frente a mí y él hace lo mismo. Nuestros jeans se tocan—. Yo también he tenido miedo. Y también está mal en muchos sentidos. Pensé que sabía todo sobre todos, pero supongo que a veces ni siquiera me conocía a mí misma —frente a él, abruptamente abrumada por la urgencia de asegurarme de que escucha lo que estoy a punto de decir, le tomo la mano—. No creo que seas un cobarde.

—¿Ya no? —bromea. Pero cierra sus dedos alrededor de los míos.

—Todos podemos ser cobardes —apoyo mi frente en su hombro—. O no serlo.

Apoya su barbilla en mi cabeza, y se siente natural encajar juntos, finalmente, de esta manera tan sencilla.

—Palabras sabias de la nueva editora en jefe del *Bugle* —concuerda.

—Espera —me siento con un sobresalto, presa de una comprensión—. ¿Dejar el cargo significa que tienes que dejar el *Bugle*?

—No, me quedaré como redactor. A menos, por supuesto, que estés pensando en echarme a patadas.

Una sonrisa se extiende por mi rostro, lo suficientemente grande como para rivalizar con la suya.

—Tu historial ético es un poco irregular.

—Bueno, estoy pasando a una página nueva —ajusta la visera de su gorra hacia delante para que su ángulo sea impecable—. Y, para empezar, como descargo de responsabilidad, no puedo cubrir más partidos de beisbol. Conflicto de intereses y esas cosas.

Le doy un abrazo y mi pregunta sale como un chillido.

—¿Vas a regresar?

Creo que mi entusiasmo nos asombra a los dos.

—Ése es el objetivo —dice Len, riendo.

—¡Vaya, bien por ti! Tal vez incluso me presente en un juego en algún momento.

—Tal vez incluso desarrolles un amor duradero por el equipo de Willoughby.

Agarro su gorra y la coloco cómodamente en mi cabeza.

—Nunca se sabe con estas cosas —digo sonriendo, y me recuesto en la hierba, con las manos detrás de la cabeza.

Len también se estira, de modo que los dos estamos uno al lado del otro bajo el cielo primaveral, y de repente, la tarde se siente infinita, como si el universo entero existiera en la calidez dorada de lo que está aquí ante mí, justo al alcance de mi mano. Y aunque hay tantas cosas que no sé y tantas que no puedo saber, nunca me he sentido más segura de mí misma.

Un mes después

Un poco más arriba, tal vez más, espera, no, ahora es demasiado. Len me lanza una mirada por encima del hombro, sus brazos extendidos sostienen un retrato enmarcado contra la pared.

—Sabes que tú podrías alcanzar esto, ¿verdad? —dice—. No creo que en realidad necesitaras "una persona extremadamente alta" para hacerlo.

—Me descubriste —mi rostro estalla en una sonrisa diabólica—. La verdad es que sólo te necesitaba a *ti* —después de todo, el simbolismo del gesto, que el chico que estuvo a punto de destituirme cuelgue mi retrato en el lugar que le corresponde, era simplemente demasiado grande para dejarlo pasar.

A pesar de que dicho chico es muy lindo, en especial cuando se supone que está gruñón por recibir órdenes.

Me acerco y me inclino para besarlo en la mejilla, pero luego me detengo, entrecerrando los ojos para ver dónde ha colocado el marco.

—¿Quizás un poco a la izquierda?

Es la hora del almuerzo y estamos a unos días de que termine el año para siempre, y mi retrato como editora acaba de llegar por correo de parte de Eton Kuo, de la generación del ochenta y ocho, el mismo ilustre artista. James, quien me entregó el paquete esta mañana, estaba sensiblero con todo el asunto.

—Hombre —dijo, mirándome abrir el sobre—. Se siente como si ayer hubiera recibido el mío —cuando saqué el dibujo, lo declaró una obra maestra, y luego, con la voz cada vez más temblorosa, agregó—: Estoy orgulloso de ti, Quan. En verdad.

El retrato, si se me permite decirlo, es bastante acertado. Claro, mi frente es un poco ancha, aunque no estoy segura de que arrugue tanto mi cara ("Lo haces", dijo James), pero escuché que uno no debería tener expectativas tan rigurosas en la vida.

—Esto es bueno, Elisa —insiste Len, marcando la pared con un lápiz antes de agarrar un martillo del mostrador.

Estoy a punto de protestar cuando Natalie, enrojecida y sin aliento, asoma la cabeza a la sala de redacción.

—Hey —dice—, acaban de terminar de contar los votos para la elección del consejo estudiantil. ¡Serena ganó! Ella es la nueva presidenta de la escuela.

—¡Eso es increíble! —aplaudiendo, apenas puedo mantener los pies en el suelo. Entre esto y que Winona se enteró de que entró al Festival Nacional de Jóvenes Cineastas, ¡ésta ha sido una semana maravillosa!

—Voy corriendo al patio —dice Natalie, agarrando la cámara del gabinete—. Serena acaba de publicar que estará haciendo una transmisión sorpresa en vivo en cinco. ¿Nos vemos afuera?

—Sí —respondo, agitando la mano mientras ella galopa hacia la puerta. Entonces recuerdo que Len y yo estamos en medio de la instalación de mi retrato—. ¿Te importa si terminamos esto más tarde?

Pero Len se queda ahí parado, moviendo el martillo que tiene en la mano antes de volver a colocarlo en el mostrador, y es entonces cuando me doy cuenta de que ya terminó de colgar mi retrato.

Y que él tenía razón: el marco está bien alineado.

—Es perfecto —le sonrío y luego busco mi última chamarra alternativa, una que he estado usando mucho desde que decidí que es perfectamente razonable, me atrevo a decir que incluso divertido, cambiar mi guardarropa de vez en cuando.

—Bonita chamarra —observa Len, mientras paso los brazos por las mangas de cuero. Me río cuando se acerca a mí, fingiendo inspeccionar el nombre bordado en mi pecho—. ¿Quién es DiMartile? —murmura en mi cabello—. ¿Te gusta o algo así?

Casi dejo que roce mis labios, pero luego me recuesto juguetonamente.

—Bueno —digo—, ciertamente yo le gusto a *él*.

La sonrisa de Len se toma su tiempo para extenderse por su rostro.

—¿Ah, sí? —dice—. Pensé que no te preocupaba agradarles a los demás.

Me pongo de puntillas y rodeo su cuello con mis brazos.

—Puedo preocuparme por lo que yo quiera.

Luego lo atraigo a un beso noqueador, uno real esta vez, largo y lleno de toda clase de potencial, antes de llevarlo al patio, con su mano en la mía, para descubrir cómo es el futuro cuando las chicas, finalmente, se hacen cargo.

Agradecimientos

Este libro no existiría sin las muchas personas a las que, por fortuna, les agradó Elisa lo suficiente como para darle (y darme) una oportunidad:

Primero, un gran agradecimiento a mi agente Jenny Bent, cuyas reacciones ante las cosas son casi siempre iguales que las mías, sólo que más sabias y divertidas, y cuya fe inquebrantable en esta historia ha hecho realidad todos mis sueños. Gracias también a Gemma Cooper, cuyo fabuloso gusto y buen juicio han sido una parte invaluable del viaje de Elisa. Y al resto del equipo de Bent Agency, en especial a Claire Draper, Amelia Hodgson y Victoria Cappello.

Un agradecimiento igualmente enorme para mis editoras: la feroz y astuta Mabel Hsu, así como la elocuente y siempre amable Stephanie King. Estoy en deuda con ambas por su entusiasta guía y su incansable apoyo. Y porque se ríen de mis bromas en los comentarios.

Muchas gracias al equipo de Harper: Karen Sherman, Lindsay M. Wagner y Gweneth Morton, por su impecable atención a los detalles, y a Allison C. Brown, Aubrey Churchward, Jacquelynn Burke, Tanu Srivastava y Katherine Tegen, por todo su entusiasmo y apoyo. Lo mismo para Rebecca Hill, Sarah Cronin, Katharine Millichope, Kevin Wada, Stevie Hopwood y Katarina Jovanovic, del equipo de Usborne: gracias por crear una hermosa edición para el Reino Unido y hacerme sentir como parte de la familia incluso desde tantas zonas horarias lejanas.

Muchas gracias a los amigos que siempre actuaron como si escribir un libro fuera una forma perfectamente razonable de pasar mi tiempo, sobre todo a los que me ayudaron a terminarlo: Trish Smyth, que me inspiró a empezar a escribir de nuevo; Lei'La'Bryant y Lucy Claire Curran, quienes han sido durante mucho tiempo mis mayores campeonas; Ayushee Aithal, que escucha todas mis peroratas y me dio una retroalimentación honesta, y Alice Lee, cuyo juicio crítico he considerado indispensable desde que teníamos doce años.

Gracias también a todos los que se tomaron el tiempo de leer los borradores completos o parciales, incluidos Avi Francisco, Christina Liu, Krystal Gregory y Riya Kuo.

Mucho cariño y aprecio a mis padres, quienes apoyaron mi escritura desde el principio. Y también a C., quien inspiró a un personaje importante.

Y, por último, a J. No podría haberlo hecho sin ti.

Esta obra se imprimió y encuadernó
en el mes de diciembre de 2021, en los talleres
de Impregráfica Digital, S.A. de C.V.
Av. Coyoacán 100-D, Col. Del Valle Norte,
C.P. 03103, Benito Juárez, Ciudad de México.